Annette Böhler

Veganes Schnitzel zum Verlieben

Annette Böhler

Annette Böhler lebt mit ihrem Ehemann und ihren beiden Töchtern in Vorarlberg, Österreich. Ihre Texte und Kurzgeschichten wurden in verschiedenen Anthologien abgedruckt. Die Veröffentlichung ihres Debütromans läutete ein neues Kapitel in ihrem Leben ein. Seit 2020 lebt sie als freie Autorin und schreibt für den Empire-Verlag. Davor war sie im Bankensektor tätig.

https://boehlerannette.jimdofree.com/
https://www.instagram.com/annette.boehler/

Annette Böhler

Veganes Schnitzel zum Verlieben

Liebesroman

Bibliografische Information der Deutschen Nationalbibliothek:
Die Deutsche Nationalbibliothek verzeichnet diese Publikation in der Deutschen Nationalbibliografie; detaillierte bibliografische Daten sind im Internet über http://dnb.d-nb.de abrufbar.

Empire-Verlag OG, Lofer 416, 5090 Lofer

Lektorat: Marion Busch
http://www.lektorat-busch.de

Korrektorat: Peter Wolf

Cover: Chris Gilcher
http://buchcoverdesign.de/

Illustrationen: Adobe Stock ID 292203107, Adobe Stock ID 187493091 und freepik.com

Buchsatz: Catherine Strefford
www.catherine-strefford.de

Bestellung und Vertrieb: Nova MD GmbH, Vachendorf

Ein Ziel ohne Plan ist nur ein Wunsch.

(Antoine de Saint-Exupéry)

Für Maia und Ramona,
weil ihr mich so glücklich macht

Kapitel 1

Ich ließ die Fensterscheibe meines Wagens herunter und fuhr langsam zur Einfahrt der Tiefgarage. Ich drückte auf den kleinen grauen Knopf an der Metallsäule, um mein Ticket zu lösen und einzufahren. *Guten Tag*, las ich auf dem Display des Automaten, als er mein Parkticket auswarf. Die Schranke ging hoch. Ich sah schon, die meisten Parkplätze waren belegt. Was kam ich auch immer so spät! Aber wenn ich die Auswahl hatte zwischen Smalltalk und einer angespannten Parkplatzsituation, nahm ich lieber den Stress der Parkplatzsuche in Kauf. Ich hasste es, mit einem Sektglas in der Hand durch einen Raum zu schlendern. Nicken, lächeln, immer nicken und lächeln. Da! Eine Parklücke. Ich fuhr hinein und stellte den Motor ab. Dann griff ich nach meiner Handtasche auf dem Beifahrersitz. Das Farbenspiel aus dunklem und hellem Braun passte perfekt zu meiner dezenten Frühsommerbräune und meinem blonden Haar. Aber vor allem passte die Tasche perfekt zu meinem goldenen Cocktailkleid, das mir eine ehemalige Schulfreundin für diesen Abend genäht hatte. Sie gründete gerade ein Start-up als Designerin und bat mich um Unterstützung. Natürlich war ich die perfekte Werbeplattform für sie. Mit meinem YouTube-Kanal erreichte ich inzwischen an die zwei Millionen Abonnenten. Ich kramte nach meinem roten Lippenstift, der irgendwo in der Handtasche lag, und tupfte ihn auf meine Lippen. Mein Gesicht wirkte gleich frischer und kecker. Dann stieg ich aus und zog mein Kleid zurecht. Es war ziemlich kurz. Ich warf einen Blick auf mein Handy. Noch immer kein Rückruf von Ben. Wo blieb er nur? Ich wählte ihn an, aber er hob nicht ab. Also schrieb ich ihm eine Nachricht.

... ich geh schon rein. Bin eh schon spät. Bist du da? Melde dich, ohne dich halte ich das nicht aus ... Bis gleich ...

Ich befand mich im Katastrophenmodus. Ganz alleine, niemand an meiner Seite. Solche Situationen hasste ich. Ich sah mich nach dem Eingang um, fand aber nur ein Schild, das mich lotste. Es war ein ordentliches Stück zu gehen, bis ich den Eingang erreichte. Ich zog an der schweren Sicherheitstür. Für einen kurzen Moment stand ich im Dunkeln, dann reagierte der Bewegungsmelder und das Licht ging an. Vor mir befand sich ein langer Flur, gesäumt von Betonwänden. An der Decke flackerte eine Neonröhre. Ganz hinten sah ich den Parkautomaten und die Treppe. Ich ging nach oben. Nach zwei Etagen hörte ich leises Gemurmel und Gelächter und stand im Foyer des Hotels.
Der Boden war aus weißem Marmor und die Wand, zu der ich blickte, aus Glas. Ich schaute nach draußen in den Park, der rund um das Hotel angelegt war. Das Gras leuchtete noch hell von der Sonne, die bald untergehen würde. Mittig im Raum hing ein großer Kristallleuchter.

Ich ging direkt auf ihn zu. Es war schwer zu sagen, ob er wirklich antik oder nur ein Replikat war.

»Schön, oder?«

»Ja. Märchenhaft«, sagte ich. Neben mir stand die junge Frau, die mich fast immer auf solchen Events ansprach. Wir kannten uns schon ewig, aber ich habe mir ihren Namen nicht gemerkt.

»Bist du schon lange hier?«, fragte sie.

»Nein, grad gekommen. Und du?«

»Seit einer halben Stunde.«

»Und wie geht's dir? Was machst du?«

»Mir geht's super! In zwei Wochen fahre ich in Urlaub. Ich freue mich riesig. Hör zu, ich sollte mal wieder einen Deal abschließen. Hast du unser Sortiment noch im Kopf? Interesse, für uns zu werben? Wir haben auch ein paar neue Sachen«, plapperte sie und langte in ihre Handtasche. Genau deswegen hasste ich diese Veranstaltungen. Eigentlich will dir jeder etwas andrehen. Verkaufen, verkaufen, verkaufen. Geld, Geld, Geld. In Wahrheit ging es nur ums Verkaufen und Geld.

»Urlaub klingt super«, erwiderte ich. »Weißt du was? Lass uns nachher plaudern. Ich muss meinen Tisch finden.«

»Ist gut. Du kannst ja schon mal drüber schauen.« Sie steckte mir den Zettel zu, den sie zusammengefaltet aus ihrer Handtasche zog und mir jetzt hinhielt. Ich fragte mich, wie viele solcher Zettel sie noch dabeihatte. Ich stellte mir vor, wie sie zu Hause am Küchentisch gesessen und sie alle von Hand gefaltet hatte, damit sie in ihre Handtasche passten.

»Danke«, sagte ich und wandte mich zur offenstehenden Doppeltür an der rechten Seite des Foyers.

Meine Schuhe klackten leise bei jedem Schritt und verstummten erst, als ich den Bankettsaal betrat, der mit einem dunklen Teppich ausgelegt war. Vor mir ergoss sich ein Meer aus luxuriös eingedeckten Tischen. Der Raum war erfüllt von stehenden und sitzenden Gästen. Ich ließ meinen Blick über die Köpfe schweifen und suchte Ben. Keine Spur von ihm. Ich zog mein Handy aus der Tasche, um zu schauen, ob er auf meine Nachricht geantwortet hatte. Nichts.

»Hast du Ben gesehen?«, fragte ich meine namenlose Bekannte.

»Nein. Aber du sitzt an Tisch siebzehn, habe ich schon mal rausgefunden.« Sie stand vor der Informationswand, an der die Tische auf einem großen Plakat angeordnet und mit Nummern versehen waren. Darunter gab es eine Namensliste, jeder Name hatte eine eigene Nummer und so wusste jeder, wo er sitzen sollte. Ich kannte das.

»Und du?«

»Ganz vorne. Tisch drei. Deiner ist dort links.« Sie zeigte in den mittleren Teil des Raums. Bald hatte ich das Tischschild ausgemacht und nickte.

»Ist Ben gelistet?«, wollte ich wissen und trat näher zu ihr.

»Ja. Tisch achtundzwanzig.«

»Super. Dann schaue ich da nachher mal vorbei. Wenn du ihn früher siehst. Sagst du ihm, dass ich ihn suche?«

»Mach ich gern. Darf ich dich was Persönliches fragen?«

»Klar.«

»Du und Ben. Seid ihr zusammen? Ein Paar?«

»Ben und ich? Nein. Wir sind nur Freunde. Sehr gute Freunde. Wir kennen uns schon ewig.«

»Ich hatte immer den Eindruck, da ist mehr. Ihr benehmt euch wie ein altes Ehepaar.«

»Vielleicht sieht Freundschaft von außen so aus. Keine Ahnung.«

»Aber du musst zugeben, dass er gut aussieht.«

»Stimmt. Das muss ich.«

»Ich könnte mich an ihn heranmachen. Wäre das okay für dich?«

»Er hat an jedem Finger eine. Ich kann dir nur abraten. Ehrlich.«

»Shit!«

»Ach komm. Es gibt andere. Heute Abend ist sicher jemand für dich dabei. Bis nachher. Ich denke, wir sollten auf unsere Plätze«, beendete ich das Gespräch. Und obwohl ich keine Lust hatte, ihre Gymnastikbänder, Bälle und Yogamatten zu vermarkten, legte ich meinen Arm um ihre Schulter, drückte sie näher und hauchte ihr rechts und links einen französischen Kuss auf die Wangen. Ich hätte mich gerne zu ihr gesetzt und weiter geplaudert. Aber so lief das nicht. Wer auch immer diese Tischpläne machte, verfolgte irgendeinen geheimen Plan, um die YouTuber mit potenziellen Werbepartnern zusammenzubringen und umgekehrt. Eines stand also fest. Mit irgendeinem Werbevertrag würde ich heute hier rausgehen, ob ich wollte oder nicht.

Ich näherte mich meinem Tisch. Er war rund und mit einer weißen Tischdecke überzogen, die sich fast bis zum Boden ergoss. In der Mitte des Tisches stand ein großer, silberner Leuchter, darin steckten echte Kerzen, die brannten. Am Fuß des Kerzenständers war ein mit Sommerblumen gebundener Kranz drapiert. Vor jedem der acht Sitzplätze stand auf dem Tisch ein großer glänzender Platzteller, auf dem eine zu einem Fächer gefaltete Stoffserviette lag. Das Besteck war groß und wirkte schwer. Ebenso das Wasser- und Weinglas, die wie Kunstwerke anmuteten.

»Hallo«, sagte ich, als ich nahe genug am Tisch war. Ich reichte einem jungen Mann die Hand, der schon saß. Dann ging ich ein paar Schritte weiter. Eine Frau um die vierzig, auch ihr schüttelte ich die Hand. Gleichzeitig schielte ich immer auf die Tischkärtchen, an den noch freien Plätzen, um meinen Stuhl zu finden. Noch eine Dame, schwer zu schätzen, vielleicht Anfang dreißig. Dann ein freier Platz und danach meine Tischkarte. Ich zog den Stuhl heraus, nahm Platz und hängte meine Handtasche über die Lehne. Die Plätze rechts und links neben mir waren frei. Rechts sollte ein Walter kommen. Links eine Mira. Ich lächelte in die Runde. Niemand sprach ein Wort. Deshalb hasste ich diese Termine. Nur Oberfläche, immer nur Oberfläche. Und natürlich das Smartphone am Tisch.

»So!« Ein Mann riss den Stuhl neben mir nach hinten. »Meine Damen«, begrüßte er den weiblichen Teil der Tischrunde, schaute dabei in meinen Ausschnitt und ließ seinen Blick dann zu den anderen schweifen. Den Herrn schien er zu ignorieren, obwohl er auf der anderen Seite neben ihm saß. Laut schnaufend, als wäre es ungeheuer anstrengend hier anzukommen, setzte er sich. Sein gewölbter Bauch presste sich an die Tischkante und seine dicken Finger spielten schon jetzt mit dem Besteck, als könne er es kaum länger ohne Essen aushalten.

»Ella. Ein schöner Name.« Er nickte zu meiner Tischkarte. »Ich bin Walter.« Er streckte mir seine rechte Hand entgegen. Sie war weich und warm und als ich sie wieder losließ, hatte ich das Bedürfnis, meine Handfläche an meinem Schenkel sauber zu wischen.

»Hallo Walter«, sagte ich und hoffte, dass meine Sitznachbarin bald kommen würde.

»Und? Warum bist du hier?«

»Das Übliche. Und du?« Solche Kerle hörten sich meistens selbst gern reden.

»Nein, nein. Du kommst mir nicht davon. Mich interessiert wirklich, wer du bist, woher du kommst und was du machst.« Okay, das klang vernünftig. Vielleicht war er doch netter, als ich ihm unterstellte. Aber sein Blick schweifte nach wie vor regelmäßig in meinen Ausschnitt. Wusste er nicht, dass ich genau sehen konnte, dass er mir nicht in die Augen blickte, sondern ungeniert auf meine Brüste.

»Gut. Ich bin Ella. Bekannt durch meinen Foodblog *Ella isst vegan*. Tja, was vor etwa fünf Jahren als Hobby begann, ist jetzt zu einem echten Unternehmen geworden. Eigentlich war es meine beste Freundin, die mir vorschlug, gemeinsam mit ihr Vegetarierin zu werden. Und so schloss ich mich ihr an. Es war kein großes Problem für mich. Ich habe immer schon wenig Fleisch gegessen. Außerdem liebe ich es, zu kochen. Ich kaufte also ein paar neue Kochbücher und probierte die Rezepte aus. In Wahrheit muss man weniger ändern, als man vermutet. Neben neuen Rezepten fand ich natürlich auch interessante Informationen rund um das Thema Ernährung. Und dann passierte es. Ich erinnere mich noch ganz genau. Im Fernsehen lief eine Dokumentation, in der darüber berichtet wurde, wie viel Agrarfläche weltweit für die Viehzucht benötigt wird und wie viel CO_2-Emissionen das verursacht. Auch die Transportwege, der Wasserverbrauch und viele andere Aspekte wurden beleuchtet. Zwar war ich stolz auf mich, weil ich durch meine Ernährung nicht für die Schlachtung der Tiere verantwortlich war. Dennoch aß ich tierische Produkte und musste erkennen, dass ich dadurch immer noch zu vielen der aufgeführten Probleme beitrug. Das wollte ich nicht. Und so kam ich an diesem Abend zu dem Entschluss, mich vegan zu ernähren. Um ehrlich zu sein, habe ich noch zwei Anläufe gebraucht, bis ich es wirklich schaffte. Beim ersten Versuch habe ich nach zwei Wochen einen Schokokuss gegessen. Ich konnte einfach nicht widerstehen. Und beim nächsten Anlauf kam mir Weihnachten dazwischen. Meine Mama macht das weltbeste Tiramisu. Na ja, aber dann, ganz klassisch, der Neujahrsvorsatz. Seither lebe ich vegan. Und weil ich gerne koche und meine Freundinnen und Bekannten immer fragten, wie ich das schaffe, mich im Alltag vegan zu ernähren, habe ich begonnen, einen Blog zu schreiben. Mit Artikeln über Praktisches wie Einkaufen von veganen Lebensmitteln, mit Rezepten, dann kamen Videos dazu, ein bisschen Lifestyle-Themen. Aber das Hauptaugenmerk liegt auf einer gesunden, ausgewogenen und veganen Ernährung. Und es macht mich froh, dass das bei so vielen Menschen Anklang findet. Aber jetzt habe ich zu viel von mir geredet. Was machst du?«

»Ha«, sagte Walter. »Da setzen sie mich zu einer Veganerin. So ein Quatsch.« Er schnaubte. »Die Menschen haben schon immer Fleisch gegessen. Dieser ganze pflanzliche Schwachsinn ist doch nur Marketing.«

»Ich weiß. Am Anfang reagieren viele mit Abwehr. Aber du brauchst dir keine Sorgen zu machen. Du musst nicht zum Veganer werden, nur weil du neben mir sitzt. Ich bekehre niemanden. Entspann dich. Erzähl von dir. Ich bin neugierig.« Seine Reaktion nervte mich, obwohl ich bei seiner Figur damit hätte rechnen müssen, dass er gern tierische Produkte isst.

»Das ist aber nett, dass du mich nicht umdrehen willst«, gab er spöttisch zurück. »Das ginge auch gar nicht. Ich komme aus der Fleischindustrie. Wir stellen alles her, was du dir vorstellen kannst. Vom Schnitzel bis zum Fleischaufstrich. Egal, ob frisch oder in der Tiefkühltheke oder als Fertiggericht. Wir bedienen jede Nische. Wir wissen, was der Kunde will. Und natürlich will der Kunde Fleisch. Mehr denn je. Nie hatten wir eine Gesellschaft, in der Fleischhunger gepaart mit Wohlstand so groß war wie jetzt.« Das galt im Übrigen auch für das Aufkommen von Herzkreislauferkrankungen, dachte ich und hielt den Mund. Walter wirkte wie ein Kandidat für einen Infarkt. Er schnaufte noch immer schwer, obwohl er seit einer gefühlten Ewigkeit schon neben mir auf dem Stuhl saß.

»Das stimmt sicher«, sagte ich stattdessen, weil ich keinen Streit wollte, und weil es wirklich so war. »Aber viele junge Menschen entschließen sich immer öfter aus den verschiedensten Gründen, eine vegetarische oder vegane Lebensweise anzustreben. Für manche geht es dabei um Gesundheit und Fitness. Andere tun es, um abzunehmen. Einige aus ethischen Gründen den Tieren zuliebe und wieder andere für die Umwelt.«

»Ist ja gut, Kleine.« Mir blieb fast der Atem weg. Ich war sechsundzwanzig Jahre alt und einhundertdreiundsiebzig Zentimeter groß. Mit *klein* hatte beides nichts zu tun. »Aber die ganze Tofu-Pampe muss ja auch transportiert werden. Und der Hafer für die Hafermilch angebaut. Das braucht genau so viel Agrarfläche und auch Transporte wie bei jedem anderen Produkt«, behauptete er. »Und Fabriken. Und auch Billigarbeiter. Da lass ich mich auf keine Diskussion ein. Meinetwegen kannst du mit mir über Gesundheit sprechen, aber ganz ehrlich, wer liebt kein gutes Essen. Und ja. Irgendwann werden wir alle das Zeitliche segnen. Da mache ich mir keine Illusionen.« Er schnaufte und sah sich um. »Ah! Kellner!«, rief er. »Rotwein.« Der junge Mann kam zu uns gelaufen. Er sah den Gast mindestens so verdattert an wie ich. »Schenken Sie nur ein und achten Sie darauf, dass dieses Glas immer voll ist«, wies er den Kellner an. »Für die Dame auch.« Ich nickte dankend. »Wie lange dauert es noch, bis serviert wird? Wenn Sie zügig etwas auf den Tisch bringen, können Sie sich über ein Trinkgeld freuen.«

»Ich werde sehen, was ich tun kann«, erwiderte der Kellner. Es war ein junger Kerl, vielleicht machte er das nur als Ferien- oder Nebenjob.

»Danke«, wiederholte ich nochmals und schämte mich für meinen Tischnachbarn.

»Geld regiert die Welt.« Mit diesen Worten zog Walter ein Bündel Scheine aus seiner Hosentasche. Sie waren mit einer silbernen Spange fixiert. Er löste einen Fünfzig-Euro-Schein aus dem Stapel und legte ihn unter sein Weinglas. Den Rest steckte er wieder ein. »So sieht er, worauf es hinausläuft, wenn er sich gut macht«, meinte er selbstgefällig.

»Nett«, antwortete ich. Leider hörte Walter den Sarkasmus nicht, den ich in meine Stimme gelegt hatte.

»Und was machen wir beide nun aus diesem Abend?«, fragte er und sah mich an. Ich hatte keine Ahnung, was er meinte. »Na ja, du weißt, wie das läuft. Bist ja auch schon länger im Geschäft. Du brauchst Kohle und ich brauche Kunden. Wie machen wir es also?«

»Du sprichst von Werbung?«

»Klar Süße. Darum geht es hier doch. Irgendwer muss deine Prada-Tasche ja zahlen.« Louis Vuitton, wäre ich ihm gerne über den Mund gefahren, aber was machte es für einen Unterschied. Ich müsste ihn wegen seiner herablassenden Art anprangern und nicht wegen seiner Unkenntnis.

»Ich bin auf neue Werbeaufträge nicht mehr angewiesen. Es gibt Kooperationen aus der Vergangenheit, die zum Glück noch immer Bestand haben.« Was glaubte er denn, wer er ist?

»Aber was wäre, wenn du neben deinem veganen Ansatz dein Publikum erweiterst? Sagen wir, du führst einen Cheating-Day ein. Und an diesem Tag konsumierst du Fleisch und erklärst, warum es gesund ist, und bietest Rezepte an, und natürlich sind es meine Produkte, die du dabei am liebsten wählst.« Walter lachte. Sein Bauch zog sich dabei zusammen und dehnte sich wieder aus. So, als würde jemand darin wohnen und von innen unrhythmisch gegen die Bauchdecke klopfen. »Wie wäre das? Plötzlich sprichst du auch Menschen mit deinem Blog an, die gerne vegan leben würden, es aber nicht schaffen. Du gibst ihnen das Gefühl, dass das okay ist. Niemand muss auf dieser Welt perfekt sein.«

»Natürlich nicht. Wir können alle ein paar Tiere umbringen und dann so tun, als wäre das okay.«

»Kaltes Gurkencremesüppchen mit gegrillter Garnele und Kurkuma-Schaum«, sagte der Kellner und stellte die Schüssel hin. Es war eine andere Bedienung als vorhin.

»Entschuldigung. Für mich bitte die vegane Alternative«, bat ich.

»Selbstverständlich.« Der Kellner zog das Süppchen wieder von meinem Platzteller. Meine Tischnachbarin war immer noch nicht aufgetaucht.

»Jetzt habe ich dich verärgert. Das wollte ich nicht.«

»Nein. Entschuldigung. Ich sagte doch, ich bekehre niemanden. Viele meiner Freunde essen Fleisch. Ich verurteile das nicht. Aber auf meinem Blog finde ich Menschen, die darüber ähnlich denken wie ich. Wir wünschen uns eine heile Welt. Ohne Leid. Für Mensch und Tier. Das klingt manchmal naiv oder auch idealistisch. Aber es ist schön, diese Gedanken äußern zu können und sie auf fruchtbaren Boden fallen zu sehen. Menschen wie du, und ich meine das absolut wertfrei, verstehen das nicht immer.«

»Ist schon gut, Kleine. Aber sieh genau her. Ich habe mein Essen schon. Die anderen auch. Wenn es hier um Evolution ginge, dann wärst du schnell weg vom Fenster.«

»Zum Glück ist es nur Essen«, entgegnete ich höflich und ignorierte die Kränkung. Mein Magen verhielt sich allerdings anders. Er machte mit einem lauten Knurren auf sich aufmerksam. Ich hoffte, Walter hatte es nicht gehört, ich wollte ihm nicht noch mehr Angriffsfläche bieten. Aber er schaufelte sein kleines Suppenschälchen so zügig leer, dass der Löffel ständig an den Rand der Suppentasse schlug. Ich war mir sicher, er hörte nichts anderes.

»Entschuldigung«, meldete sich der Kellner. Ich drehte mich zu ihm. »Es ist kein veganes Menü vorgesehen.«

»Doch, doch. Ich habe das entsprechende Formular auf der Homepage ausgefüllt und gesendet.«

»Sind Sie sicher? Wir haben knapp vierhundert Menüs in der Küche. Davon fünfunddreißig vegetarische. Aber es gibt keine einzige vegane Bestellung.«

»Ha, ha«, gluckste Walter neben mir. Der Mann hatte tatsächlich keinen Funken Anstand.

»Der Koch bietet Ihnen eine vegetarische Alternative an. Er kann auf die Schnelle jedoch nichts Veganes improvisieren. In der Gurkencremesuppe zum Beispiel ist Sahne. Alles ist vorbereitet und vorgekocht. Es tut uns sehr leid.«

»Vielen Dank für Ihre Mühe. Dann verzichte ich auf die Vorspeise und nehme beim Hauptgang das vegetarische Gericht.«

»Gerne«, verabschiedete sich der Kellner. Walter sah mich triumphierend an.

»Das passiert mir nicht zum ersten Mal«, sagte ich, um ihm den Wind aus den Segeln zu nehmen.

»Das denke ich mir. Aber jetzt im Ernst. Du hast noch nichts zu meinem Vorschlag gesagt. Kommen wir ins Geschäft?«

»Du meinst den Cheating-Day?«

»Klar, ich finde das eine gute Idee.«

»Ich nicht. Nett von dir, dass du dir Gedanken zu meinem Blog machst. Und du hast bestimmt recht damit, dass vielleicht ein paar neue Nutzer ihren Weg zu mir finden würden. Aber meine Kern-Abonnenten, die würde ich komplett vor den Kopf stoßen. Und das Wichtigste hast du vergessen. Ich esse kein Fleisch. Mir fehlt dabei auch nichts. Ich brauche keinen Cheating-Day.«

»Aber heute schummelst du doch auch. Ist das kein Cheating?«

»Nein. Für mich nicht. Schau, ich will mich vegan ernähren. Und das tue ich auch. Heute scheint ein Fehler passiert zu sein und ich habe wirklich Hunger. Deshalb esse ich, auch wenn es nicht vegan ist. Das ist für mich keine Ausnahme und auch kein Schwindel. Es ist das Leben. Es hat sich notgedrungen so ergeben.« Ehrlich gesagt, ging es mir ordentlich gegen den Strich, aber was nützte es mir. Mein Magen knurrte erneut. Dieses Mal hörte er es. Er lachte.

»Du hast wirklich Hunger. Eines hat diese vegane Ernährungspampe ja tatsächlich für sich«, sagte er und musterte mich. »Du siehst gut aus. Ich meine nicht nur dein Gesicht, ich meine alles. Dieses Kleidchen, wie es sich an dich schmiegt. Und deine Schenkel, so weich und gleichzeitig so knackig. Und erst die prallen kleinen Brüste. Sehr schön. Wirklich sehr schön, muss ich sagen.« Mir fiel vor Entsetzen nichts ein, was ich darauf erwidern sollte. Ich tat so, als machte er einen Scherz und lachte. Dann verfiel ich in peinliches Schweigen. Die anderen am Tisch sahen nicht zu uns, sie waren in ihre eigenen Unterhaltungen verstrickt. Niemand schien mitbekommen zu haben, was er gerade zu mir gesagt hatte. Entweder war der Kerl zu alt oder zu dumm, um zu wissen, dass man solche Sachen seit Jahren nicht mehr zu einer Frau sagen konnte. Oder er war schlichtweg zu ignorant und legte es auf Ärger an. Sein Blick hing noch immer in meinem Dekolleté.

»Lachsfilet an sommerlichem Ratatouille«, verkündete der Kellner und stellte den Teller vor mir ab.

»Ich bekomme bitte das vegetarische Menü«, sagte ich erneut. Der Kellner entschuldigte sich und nahm den Teller zurück, um ihn Walter hinzustellen.

»Sicher nicht«, protestierte er und schob die Hand des Kellners weg. »Fleisch. Bringen Sie mir was Anständiges, Junge.«

Der Kellner versprach es und wandte sich zum Tisch hinter uns.

»Ich meine das durchaus ernst«, fuhr Walter fort und lehnte sich vertraulich zu mir. Seine Hand berührte sachte mein Knie. Es war so dezent, dass ich es ignorieren konnte.

»Was meinst du?«, fragte ich und blickte zu den anderen. Niemand hatte Augen für uns, alle waren ins Gespräch vertieft, wie es schien. Ich musste alleine mit ihm klarkommen. »Ich verhungere gleich, wann kommt das Essen endlich?«, versuchte ich abzulenken und drehte mich in alle Richtungen. Walter zog seine Hand zurück, sein Körper war aber immer noch mir zugeneigt.

»Wir beide könnten doch noch was an der Bar trinken, wenn wir schon nicht ins Geschäft kommen. Oder wenn du willst, können wir eine kleine Ausfahrt in meinem neuen Coupé machen. Ich weiß, meine Hülle ist nicht mehr so jung wie deine, aber alles, worauf es ankommt, ist noch voll in Schuss, wenn du verstehst.« Er zwinkerte mit dem linken Auge und alles an ihm sah dabei schäbig aus.

»An der Bar was trinken, klingt doch nett. Ich muss nur zuerst etwas essen«, sagte ich. Und danach würde ich abhauen, fliehen, so schnell wie möglich weg von dem schmierigen Kerl. Und in Wahrheit nicht nur von dem Kerl. Ich musste weg von diesem Business. Weg von solchen Events.

»Ah, so ist es gut«, sagte Walter. Der Kellner servierte uns beiden die Hauptspeise.

»Die Dame.« Der Kellner wandte sich an mich. »Eine knusprig gebratene Kartoffel-Karotten-Tartelette auf sommerlicher Salatvariation an Erdbeervinaigrette. Guten Appetit. Und für den Herrn ein im Heu gegartes Lammfilet an Gemüsespiegel mit Prinzesskartoffeln.«

Walter und ich bedankten uns nahezu im Chor.

Die Kruste der Tartelette knackte, als ich mir mit dem Messer ein Stück abschnitt.

»Was ist jetzt da nicht vegan? Sieht aus wie Hasenfutter.« Walter lehnte sich über meinen Teller. Ich konnte ihn kauen hören.

»Ich denke, in der Tartelette sind Eier, Sahne und Käse.«

»Dass man davon satt wird.« Er schien ernsthaft zu staunen. Ich beobachtete, wie er sich ein großes Stück Fleisch in den Mund steckte. Es war innen zartrosa und mich überkam der Gedanke, dass er in etwas hineinbiss, das einmal lebte. »Vielleicht sollte ich mich an dich halten«, sagte er und klopfte sich auf den Bauch. »Ehrlich gesagt, mein Arzt ist mit meinen Werten nicht zufrieden. Aber was soll ich machen. Ich liebe Essen. Und meinen Job. Ich müsste kündigen, wenn ich unser Fleisch nicht mehr essen und vermarkten würde.«

Er lachte und stach seine Gabel in eines der knusprigen Kartoffelhäufchen auf seinem Teller. »Außerdem könnte ich mich dann nicht von jungen Frauen wie dir kurieren lassen. Du könntest mir ein veganes Frühstück zaubern. Dazu würde ich nicht nein sagen. Ich bin sicher, es würde himmlisch schmecken.« Wieder zwinkerte er. Ich kicherte. Was sollte ich auch sagen? Dass Flirten keine Einbahnstraße sei, dass er sich ein paar Manieren zulegen solle? Der Typ nervte!

»Ich denke nicht, dass eine vegane Ernährung das Allheilmittel für alles ist«, druckste ich stattdessen herum.

»Meine Rede«, entgegnete Walter und schob sich den letzten Bissen Fleisch in den Mund. Jetzt musste ich nur noch loskommen, ohne großes Aufsehen zu erregen. Ich zog mein Handy aus der Tasche. Keine Nachricht von Ben.

»Entschuldigst du mich kurz?« Ich stand auf. Er sah mir dermaßen auffällig auf die nackten Schenkel und den Saum des Kleides, dass es mir kalt über den Rücken lief.

»Bis gleich«, sagte er und nickte. Aber ich hatte nicht vor, nochmals zurückzukommen. Im Foyer schlug ich nicht den Weg zu den Toiletten ein, sondern nahm Kurs auf die Treppe, die hinunter zur Tiefgarage führte. Als ich die erste untere Etage erreicht hatte und außer Sicht war, rief ich Ben an. Er hatte eine Standpauke verdient, mich in diesem Haifischbecken einfach alleine zu lassen. Aber ich erreichte nur seine Sprachbox. Ich steckte das Handy weg, kramte nach dem Autoschlüssel und ging weiter die Treppen hinab.

»Du bist ja noch heißer als angenommen«, hörte ich Walters Stimme hinter mir. Sie klang jetzt dumpf. Die Betonmauern rechts und links der Treppe fingen seine Stimme ein. Ich drehte mich zu ihm. Sein Kopf war rot, er atmete heftig. Er sollte wirklich abnehmen. »Ich dachte, wir treffen uns auf der Toilette, aber du schlägst den Weg ins Treppenhaus ein. Geil, echt geil.«

»Folgst du mir?«, fragte ich.

»Folgen, Süße, ist kein Ausdruck für das, was ich tue. Ich vergöttere dich. Ich bete dich an. Dieses Kleid. Oh, ich kann den Blick gar nicht von deinen Schenkeln lassen.« Er trat die letzten beiden Stufen zu mir so schnell herab und fasste mir in einer fließenden Bewegung an den Hintern, dass ich erst verstand, was passierte, als ich seine Hände spürte.

»Was machst du?«, kreischte ich und stieß ihn weg. Ich rannte schnell die Stufen zum nächsten Plateau hinab. Dort stand der Parkscheinautomat. Mir wurde klar, dass ich nicht aus der Tiefgarage ausfahren konnte, ohne mein Ticket zu entwerten. Ich blieb also stehen und kramte in meiner Geldtasche nach ein paar Münzen.

»Ein Spielchen also? Stehst du auf so was? Das kleine Mädchen, das sein Parkticket nicht findet? Aber ich helfe dir. Komm Süße, lass sehen, ob ich etwas finden kann.« Er schlich sich an wie ein Raubtier.

»Nein, kein Spielchen. Ich weiß nicht, was mit dir los ist. Ich will mein Ticket entwerten und dann gehen.«

»Du sagst also nein? Das habe ich vorher anders verstanden.« Er stand jetzt direkt vor mir. Und ich hatte keine Rückzugsmöglichkeit mehr. Ich war immer weiter nach hinten getreten, während er einen Schritt nach vorne machte. Ich spürte die kalte Betonwand in meinem Rücken. Für einen winzigen Moment dachte ich an mein Kleid, und dass der Stoff durch den rauen Verputz aufgerieben werden könnte. Er stützte seine Arme rechts und links neben meinen Schultern gegen die Wand. Ich sah zu ihm auf. Er lächelte.

»Was tust du da? Lass mich jetzt gehen.« Sein Lächeln wurde breiter.

»Du sagst, du bist vegan, hast aber vorhin Käse gegessen. Jetzt willst du nicht, obwohl du mich den ganzen Abend über angemacht hast. Ich glaube, du bist eine von denen, die nein sagen und trotzdem wollen.«

»Sicher nicht!« Ich drückte ihn wieder weg. Seine Brust fühlte sich schwammig an, dennoch konnte ich ihn nicht von mir wegbewegen. Im Gegenteil, er lehnte sich fester gegen mich. Ich spürte seinen Atem an meinem Hals.

»Du riechst so gut«, flüsterte er in mein Ohr und küsste meinen Hals. Seine Hände umklammerten meine Taille und streichelten meinen Po.

»Hör auf. Hör endlich auf.« Meine Stimme klang erstickt. Ich schaffte es kaum, meinen Mund frei zu bekommen. Sein Oberkörper verdeckte fast mein ganzes Gesicht. Das Licht ging aus. Seine Hand lag plötzlich in meinem Nacken und dann spürte ich seine nassen Lippen auf meinen. Ich hörte ihn atmen.

»Halt still, Süße«, befahl er und ich hörte seine Gürtelschnalle klappern, den Reißverschluss zippen.

»Was tust du. Ich schlafe nicht mit dir. Kapierst du das!«, schrie ich ihn an. Ich hämmerte auf ihn ein.

»Ist okay, wenn du das für die Show brauchst. Dein Kleid ist so kurz, ich weiß genau, was du willst.« Seine Pranken fuhren über meine Schenkel und schoben mein Kleid hoch. Er atmete wie ein wildes Tier. Ich presste meine Schenkel aneinander. »Stell dich nicht so an. Ich kenn dich doch. Kurzes Kleid, rote Lippen, ein kleiner Flirt und dann verziehst du dich. Oh, ich weiß, du willst erobert werden und ich werde dich so richtig nehmen. Oh, oh.« Er grabschte an meine Brüste. Er stöhnte. Dann hörte ich ein lautes Geräusch, das Licht sprang an. Ein Mann betrat von der Tiefgarage aus kommend den Gang, der zum Parkautomaten und zu uns führte. Walter rückte von mir ab. Der Mann blieb stehen und starrte uns an.

»Entschuldigung«, sagte er und lächelte, dann kam er auf uns zu. Walter ging zur Seite und ließ den Mann vorbei, der zur Treppe wollte.

»Nein. Bitte. Gehen Sie nicht«, rief ich. Er drehte sich um und sah mich an. Länger, als es unter normalen Umständen vielleicht üblich wäre. Dann sah er zu Walter.

»Was ist das hier?«, fragte er.

»Nichts. Wir hatten ein bisschen Spaß. Aber es ist sicher der falsche Ort. Tut uns leid«, sagte Walter. Er fummelte an seiner Hose herum und schloss den Gürtel.

»Können Sie mich zu meinem Auto begleiten?«, bat ich den Fremden.

»Belästigt Sie der Mann etwa?«

Ich nickte.

»Lassen Sie die Frau in Ruhe!«, sagte er zu Walter. Der fuhr sich durch die Haare und schnaubte.

»Haben will sie's. Drauf anlegen, tut sie's. Ach, leckt mich doch alle!« Dann stapfte er zur Tiefgarage. Bevor er durch die Tür trat, drehte er sich zu mir um. »Der gefällt dir besser, ha? Mit dem treibst du's lieber, ha?«

»Passen Sie auf, dass ich nicht die Polizei rufe, und jetzt verschwinden Sie!«, sagte der Fremde. Die schwere Brandschutztür der Tiefgarage fiel laut ins Schloss, dann war es still.

»Danke«, sagte ich.

»Wollen Sie die Polizei rufen? Was ist überhaupt passiert?«

»Nein, alles okay. Nichts passiert.«

»Es sah ein bisschen anders aus«, widersprach er. Ich nickte.

»Meinen Sie, er ist weg? Begleiten Sie mich trotzdem zum Auto? Ich muss nur noch das Ticket entwerten.« Ich kramte in meiner Handtasche, bis ich meine Geldbörse fand und das Ticket herauszog. Ich schaffte es nicht, es in den Schlitz zu bugsieren. Meine Hand zitterte.

»So können Sie sowieso nicht fahren. Ich lade Sie zu einem Drink ein. Dann erzählen Sie mir, was los war und danach rufe ich ein Taxi. Einverstanden?« Er lachte und streckte mir seine Hand entgegen. Es kam mir vor, als wollte er mich auf die Tanzfläche führen. So als wäre er ein Gentleman und ich eine Lady. Er trug einen schwarzen glänzenden Anzug mit weißem Hemd und schwarzer Krawatte. Das Gegenteil des Looks, der gerade so angesagt war. Turnschuhe und T-Shirt zum Anzug. Oder Sakko und Jeanshose. Er wirkte klassisch elegant und diese Geste unterstrich diesen Stil.

»Sehr gern«, erwiderte ich und nahm seine Hand.

Er zögerte kurz und sah mich an. »Sie sollten Ihr Kleid in Ordnung bringen und die Haare und auch ein bisschen Ihr Gesicht.« Ich blickte an mir hinab. Man konnte mein Höschen sehen. Ich zog den Stoff nach unten. »Entschuldigung«, flüsterte ich. Dann tastete ich meine Frisur ab, sie fühlte sich aufgebauscht an, wie wenn ich gerade aufgestanden wäre. Ich strich sie glatt, so gut es mit bloßen Händen ging. Dann nahm ich ein Taschentuch aus meiner Handtasche und fuhr mir damit um die Augen und um die Konturen meiner Lippen.

»Darf ich?«, fragte er und nahm mir das Taschentuch ab. Dann wischte er mir ein paar Mal damit über die Wangen. »Perfekt«, befand er. Wir gingen die Treppe weiter nach oben und standen bald im Foyer. Es war nahezu leer. Die Leute befanden sich noch immer im Festsaal und warteten wahrscheinlich auf das Dessert.

»Die Bar ist dort.« Er zeigte nach links.

»Sieht man auch wirklich nichts mehr?«, fragte ich ihn. Es fühlte sich an, als würde ich wie eine Neonreklame leuchten, an all den Stellen, an denen Walter mich berührt hatte.

»Vertrauen Sie mir?«

»Ja«, sagte ich.

»Ich würde Sie nicht bloßstellen. Niemand sieht etwas.«

Kapitel 2

Die Bar bestand hauptsächlich aus weißem Marmor und war außen mit einer weißen Lederpolsterung verziert. Auch die Sitzflächen der Barhocker waren mit weißem Leder bezogen. Die Rückwand war verspiegelt. Das schenkte dem Raum Tiefe und Eleganz.

»Was möchten Sie trinken?«, fragte er. Ich zuckte mit den Schultern. »Vielleicht Prosecco?«

»Ich will nicht mit Ihnen feiern. Aber der Alkohol beruhigt die Nerven«, sagte er und drehte sich zum Barkeeper.

»Zwei Rum. Wir nehmen den Riise. Haben Sie einen zwanzigjährigen?«

»Natürlich«, antwortete der Barkeeper.

»Rum?«, fragte ich.

»Sie werden sehen«, sagte er und führte mich nach draußen in den Garten. Auf der Wiese standen Stehtische, die mit einem weißen Überzug verhüllt waren. Darauf befanden sich Blumenvasen gefüllt mit Wiesenblumen. Als kleines Mädchen hatte ich oft solche Sträußchen gepflückt und am Straßenrand mit meinen Freundinnen an Vorbeikommende verschenkt. Wenn wir Glück hatten, bekamen wir ein bisschen Geld dafür und konnten uns ein Eis davon kaufen. »Einen Moment«, sagte er und ging nochmals hinein. Ich sah ihm nach. Er sprach mit dem Barmann und winkte mich dann zu sich. »Wir können nach oben. Dort haben sie eine kleine Lounge. Dort sind wir ungestört und Sie können sich setzen.«

»Das ist sehr aufmerksam. Danke.« Der Kellner lief mit dem Tablett in der Hand, auf dem unsere Getränke standen, vor uns her. Seine linke Hand trug er dabei etwa auf Brusthöhe zur Seite geneigt, so dass wir es von hinten sehen konnten. Die Finger an dieser Hand zeigten steil nach oben und darauf lag, wie ohne Gewicht, das Tablett. Die karamellfarbene Flüssigkeit in den Gläsern blieb dabei völlig unbewegt.

Er führte uns einen langen Flur entlang zum Fahrstuhl. Meine Schuhe machten bei jedem Schritt einen ungeheuren Lärm. Zu dritt fuhren wir ein Stockwerk nach oben. Dann ging es wieder einen Gang entlang. Hier war Teppichboden verlegt. Er war dunkelblau und fühlte sich sehr weich unter meinen Schuhen an. An den Wänden hingen abwechselnd Bilder mit verschiedenen Stillleben und Wandleuchten. Immer zwei Bilder, dann eine Wandleuchte. Hin und wieder ein Fenster. Schließlich öffnete der Barmann eine Tür und ließ uns eintreten.

»Bitte schön«, sagte er. Vor uns öffnete sich eine Art Wohnzimmer oder Bibliothek. Die Wände waren voller Bücherregale. Alle aus dunklem Holz gefertigt. Während sich das Foyer und der Festsaal modern präsentierten, wohnte diesem Raum ein altertümliches Flair inne. Die Decke war mit Stuck verziert. Der Boden war mit Holzdielen ausgelegt, darüber ein roter Perserteppich mit verschiedenen Blumenornamenten. An der rechten Wand entdeckte ich einen Kamin. Zwar brannte er nicht, aber es standen Kerzen darin.

»Wollen wir uns setzen?«, fragte mich der Fremde, der mich vor ein paar Minuten gerettet hatte. Wobei mir der Begriff *gerettet* zu dramatisch vorkam. Andererseits wollte ich nicht darüber nachdenken, was passiert wäre, wenn er nicht plötzlich in der Tiefgarage gestanden hätte.

»Wie heißen Sie eigentlich«, fragte ich und setzte mich in den dunkelgrünen Ohrensessel, der zum Kamin hin ausgerichtet war. Der Kellner stellte unsere Gläser am dazugehörigen Tischchen ab und schaltete für uns die Tischleuchte an. Ein antik wirkendes Messinggestell mit einem Lampenschirm aus grünem Glas.

»Jo«, stellte er sich vor und setzte sich in den Sessel mir gegenüber. Der Kellner zündete die Kerzen im Kamin an und ging.

»Und Sie? Oder darf ich du sagen?«

»Gerne, ich bin Ella«, sagte ich und reichte ihm meine Hand. Er nahm sie und schüttelte sie. Dann ließ er los und griff nach seinem Glas.

»Und jetzt stoßen wir an. Zum Wohl.«

»Ja. Zum Wohl. Auf dich. Ich glaube, ich habe mich noch gar nicht bedankt.« Die Gläser waren schwer. Sie sahen aus wie die Gläser, die sie in alten Filmen manchmal verwendeten. Bleikristall, schoss es mir durch den Kopf.

»Das ist doch selbstverständlich. Eigentlich habe ich gar nichts gemacht, außer den Kerl zu verscheuchen. Ich war nur zur richtigen Zeit am richtigen Ort.«

»Und ich wohl zur falschen Zeit am falschen Ort.«

»Scheint so. Hat er dich einfach da unten abgefangen?«

»Nein, er war mein Tischnachbar. Unten findet gerade ein YouTuber-Event statt. Ziel ist es, dass die Community in Kontakt bleibt und neue Kontakte knüpft. Aber ich hoffe nicht, dass dabei noch andere an diese Art von Kontakt denken wie mein Sitznachbar.« In Gedanken sah ich plötzlich wieder sein rotgefärbtes Gesicht vor mir und sein widerwärtiges Lächeln. Ich spürte seine Hände noch immer auf meinem Hintern. »Das Kleid ist wirklich kurz. Ich weiß. Vielleicht habe ich es übertrieben.«

»Wenn ein Kerl so was macht, dann hat das nichts mit deinem Kleid zu tun. Okay?«, sagte er. Ich blickte auf das Muster des Glases und fuhr die einzelnen Erhebungen und Vertiefungen mit dem Finger nach. »Es hat nur etwas mit ihm zu tun und den kranken Vorstellungen, die er hegt. Verstanden?« Ich nickte und blickte zu ihm.

»Können wir das Thema wechseln?«

»Klar. Du bist also YouTuberin, wenn ich das richtig verstanden habe. Erzähl mir mehr.«

»Wir fangen bei dir an. Ich will deinen echten Namen wissen. Jo ist definitiv eine Abkürzung.«

»Stimmt. Aber nicht nur eine Abkürzung, sondern ein echtes Unterhaltungsspiel. Du darfst raten und ich werde den Kopf schütteln. Du wirst nie auf meinen echten Namen kommen. Er ist alt und hässlich und ich habe keine Ahnung, warum mich meine Eltern so nennen konnten. Dein Name hingegen ist so modern und leicht und freundlich.«

»Danke. Du heißt also nicht Jonathan?« Er schüttelte den Kopf. »John?« Wieder schüttelte er den Kopf. Sein Lächeln wurde breiter. »Johannes, Johann, Josef …« Weiteres Kopfschütteln. Er lachte. Ein gurgelnder warmer Laut. »Okay, jetzt muss ich echt überlegen«, gab ich zu.

»In der Zwischenzeit google ich dich. Du kannst es mir aber auch leichter machen, indem du mir deine Webadresse nennst.«

»Solange du mir deinen Namen nicht verrätst … Jochen!«, rief ich. Er lachte nur. »Jonas?«

»Ich hab dich«, sagte er. »Das sieht gut aus.«

»Du bluffst doch nur. Du kannst mich gar nicht so schnell finden.«

»*Ella isst vegan*. Sogar mit Fotos von dir und Videos. Ich werde mir morgen gleich etwas von deinem Foodblog kochen und dir einen Kommentar schreiben.«

»Da bin ich ja gespannt, mit welchem Namen du unterzeichnest.«

»Da kommst du nie drauf.« Er trank lachend den letzten Schluck in seinem Glas. Dann nickte er mir zu. »Was trinken wir jetzt?«

»Du musst das nicht tun. Ich geh jetzt nach Hause. Auf die Party da unten habe ich sowieso keinen Bock. Warum bist du eigentlich hier?«

»Ähm, ich bin eine Art Berater. Das Hotel hat mich angeheuert, die Party als Beobachter zu besuchen und Schwachstellen und Verbesserungsmöglichkeiten zu finden. Dann lege ich ihnen mein Konzept für diverse Optimierungen vor.«

»Das klingt toll. Das ist etwas Handfestes.«

»Ich denke schon, ja. Aber lass uns bei dem Thema bleiben. Wie gefiel dir das Event? Was könnte ich deiner Meinung nach in den Bericht schreiben?«

»Ich war schon auf so vielen Veranstaltungen, dass ich gar nicht mehr auf Details achte. Allerdings gab es kein veganes Essen für mich. Was ich einen schlechten Witz finde. Ich bin geladener Gast. Sie kennen meinen Blog. Es ist doch logisch, dass sie mir etwas Veganes anbieten sollten. Aber das ist der Klassiker. Alle wollen nur Kohle machen, aber möglichst wenig investieren. Die einfachste Art der Kostenrechnung. Außerdem ist das Essen grundsätzlich einfallslos. Gurkencremesuppe. Das gibt es seit Ewigkeiten auf sämtlichen Speisekarten der Welt. Ich würde innovativer vorgehen. Überleg mal. Ich koche für mehr als zwei Millionen Abonnenten, aber sie würden mich nie anfragen, für ein solches Event zu kochen. Wer kocht stattdessen? Der Caterer oder der Koch des Hotels. Und wie viele Follower hat der wohl? Aber ohne Ausbildung in diesem Bereich, keine Chance. Offiziell kann ich gar nicht kochen. Dabei beweisen gerade YouTube und die ganze Blogger-Szene, dass wir uns durch unsere Hobbys auszeichnen. Fast niemand, der als Influencer erfolgreich ist, ist dies im Hauptberuf. Es sind unsere Hobbys und unsere Leidenschaften, die uns über uns hinauswachsen lassen. Aber das sehen die Organisatoren hier nicht. Der Veranstalter will seine Werbeverträge unter die Leute bringen und Cash machen. Es ist zum Kotzen.«

»Kochen ist also deine Leidenschaft? Und du würdest dir sogar zutrauen, so ein Event zu schmeißen. Aber wie ist das mit den Werbeverträgen und der Ausbildung. Ist das nun dein Beruf oder machst du hauptberuflich etwas anderes. Und warum Werbeverträge, das verstehe ich nicht.«

»Als Erstes fängst du aus Spaß mit dem Bloggen an und drehst ein paar Videos. Es kommen immer mehr Follower dazu und weil du dich darüber freust, steckst du noch mehr Energie rein. Du postest öfter oder kaufst dir eine bessere Kamera oder denkst dir coolere Vlogs aus. Und irgendwann kommt jemand auf dich zu und sendet dir gratis eine neue Bratpfanne oder Geschirr. Es ist ein Geschenk, aber der Absender freut sich natürlich, wenn du es in der Sendung verwendest. Irgendwann bekommst du Geld angeboten, wenn du sagst, dass diese eine Pfanne deine Lieblingspfanne ist, dass dein Essen darin am besten gelingt oder so. Und das führt dazu, dass du deinen echten Job an den Nagel hängen kannst und dich ganz auf dein Hobby einlässt. Zumindest war es bei mir so. Und das macht ungeheuer Spaß.«

»Das heißt, du bist Vollzeit-YouTuberin?«

»Ja.«

»Wow«, staunte er. »Der Traum, oder? Sein Hobby zum Beruf machen. Das können nicht viele über sich sagen.«

»Es hört sich vielleicht besser an, als es ist«, wandte ich ein.

»Warum?«, wollte er wissen. Dann ging die Tür auf und der Kellner kam herein.

»Darf ich Ihnen noch etwas anbieten?«

»Bringen Sie uns bitte zwei Gin Tonic.«

»Gerne.«

»Haben Sie auch etwas zu knabbern?«

»Natürlich.«

»Danke«, sagte Jo zum Kellner, der unsere leeren Gläser auf sein Tablett stellte und wieder ging. »Wo waren wir?«

»Ich sagte, ich wollte eigentlich gehen.«

»Nein, du sagtest, dass es nicht immer so toll ist, dieses Leben, wie du es dir vorgestellt hast.«

»Ich habe vom Job gesprochen und nicht von meinem Leben. Aber eigentlich hast du recht. Ist dir das noch nie passiert? Dass du etwas wolltest, und als du es dann hattest, war es nicht so, wie du es dir vorgestellt hast?«

»Eigentlich lebe ich noch immer in der Vorstellung, dass ich mir meinen Traum noch erfüllen werde. Ich bin also meilenweit hinter dir.«

»Was ist denn dein Traum?«

»Ich würde gerne schreiben. Romane. Belletristik. Aber hier bin ich. Alles, was ich schreibe, sind …«, er stockte.

»Was?«, hakte ich nach.

»Ähm, alles, was ich schreibe, sind diese Konzepte.«

»Hast du denn schon einmal etwas anderes geschrieben? Es zumindest versucht?«

»Natürlich. Ich habe begonnen. Aber ich bin noch nie mit einem Manuskript fertig geworden. Schlechte Voraussetzungen, um Schriftsteller zu werden, nicht wahr?«

»Was nicht ist, kann ja noch werden. Weißt du, ich träume auch.«

»Wovon?«

»Ich habe ursprünglich internationale Wirtschaftswissenschaften studiert und eine Zeitlang für ein Investmenthaus gearbeitet. Nebenher hat sich mein Blog ergeben. Es war mein Traum, zu kochen und frei zu sein. Reisen, Freunde treffen, mal trödeln, mal keine Lust haben. Den Blog hauptberuflich durchziehen zu können, war für mich ein Befreiungsschlag von den starren Strukturen, die ein normaler Job mit sich bringt. Und dass das möglich ist, die größte Überraschung meines Lebens. Ich verdiene Geld in meiner Freizeit!« Ich lachte. Er lachte auch. »Aber jetzt … Irgendwann hat sich das alles geändert.«

»Was?«

»Siehst du es nicht?«

»Ich weiß nicht, was du meinst.«

»Alle Freiheit ist weg. Ich sitze einen ganzen Abend neben einem Affen und unterhalte mich mit ihm, weil ich das Gefühl habe, das müsste ich. Ich tue das alles nicht mehr freiwillig.«

»Entschuldigung. Das wusste ich nicht. Ich wollte dich nur auf andere Gedanken bringen.«

»Oh, nein. Nicht du. Entschuldigung.« Ich beugte mich vor und legte meine Hand auf seine. Er trug eine Uhr am linken Arm. Rund, goldenes Gehäuse mit braunem Lederband. Das Ziffernblatt weiß, aber irgendwie vergilbt, die Zahlen darauf golden und kaum zu erkennen. Die Marke konnte ich nicht entdecken. »Ich spreche von dem ekligen Typ in der Tiefgarage. Er saß den ganzen Abend an meinem Tisch. Er war komisch und er ging mir auf die Nerven, aber ich blieb freundlich, weil ich es mir in Wahrheit gar nicht leisten kann, jemanden zu vergraulen oder einfach aufzustehen und zu gehen, was ich dann schlussendlich doch tat. Aber du weißt ja, wie das geendet hat.«

»Warum kannst du es dir nicht leisten, einfach zu gehen und so einem Typen die Grenzen aufzuzeigen?«

»Werbeverträge! Wie ich das hasse! Ich bin abhängiger und unfreier als je zuvor. Ich kann nur deshalb von meinem Hobby leben, weil Firmen mir Geld geben. Dafür bewerbe ich ihr Zeug auf meinem Channel. Verstehst du? Ich verkaufe mich. Ich lüge. Ich biete meinen Followern Dinge an, die sie in Wahrheit nicht brauchen. Jede Pfanne tut ihren Dienst! Aber ich rede weiter, preise an und lobe die Dinge in den Himmel.«

»Ach so«, sagte er und nickte leicht. Dann lehnte er sich zurück in seinen Stuhl.

»Was am Anfang ein Kompliment war und eine Bereicherung, ist nun zur größten Falle geworden, in die ich je getappt bin.«

»Ist es denn wirklich so schlimm? Wir verkaufen uns doch alle irgendwie.« Er sah mich nachdenklich an.

»Du auch?«

»Natürlich.«

»Wie?«

Er zuckte mit den Schultern. Dann ging die Tür auf und der Kellner stellte die neuen Gläser vor uns ab.

»Zum Wohl«, sagte Jo und ich stieß mit ihm an. Das Glas war außen feucht beschlagen und fühlte sich in meiner Hand eiskalt an. Die Eiswürfel klirrten, als ich den Gin Tonic zum Mund führte. Ich mochte das Getränk, auch wenn es diesen Sommer schon aus der Mode geraten war, wenn ich das richtig mitgekriegt hatte. Mein Begleiter sah gut aus. Keine Ahnung, warum mir das erst jetzt auffiel. Er war groß. Die Haare dunkel. Ein gepflegter kurzgehaltener Vollbart.

»Ernährst du dich vegan?«, fragte ich.

Er lachte und klopfte sich auf seinen Bauch. »Da kommt alles rein.«

Das hatte ich mir gedacht. Er wirkte weder schlank noch sportlich. Eher wie ein Bär. Weich und knuffig.

»Was ist denn nun dein Traum? Damit bist du noch nicht rausgerückt«, hakte er nach.

»In Wahrheit ist es mein Traum, auszusteigen. Ich würde gerne aufs Land. Ein eigener Hof, als Selbstversorgerin leben, Obst und Gemüse anbauen. Echte Kochkurse, mit echten Menschen. Hochzeiten ausrichten, Familienfeste. Alles unter nachhaltigen Gesichtspunkten. Im Hintergrund Vogelgezwitscher und Bienensummen.«

»Das klingt romantisch.«

»Du willst sagen unrealistisch.« Ich lehnte mich zurück und trank einen großen Schluck. Ich bereute, kein Wasser bestellt zu haben.

»Nicht unbedingt. So was kann man planen und in die Wege leiten.«

»Du hast recht. Wahrscheinlich bin ich zu feige, es zu versuchen. Ganz sicher sogar. Stell dir vor, es floppt.

Das könntest du dann überall im Netz lesen. Das ist der Nachteil, wenn man bekannt ist. Ich bin aus der Anonymität ausgebrochen und jetzt bildet sich jeder eine Meinung zu mir und dem, was ich mache. Von den Hass-Postings, die ich hin und wieder erhalte, habe ich dir noch gar nicht erzählt. Ich verstehe auch nicht, warum man als veganer Mensch für jemanden ein Feindbild darstellen kann. Aber, egal. Es geht darum, dass ich es mich nicht traue. Und dahinter steckt vielleicht derselbe Gedanke, der dich keine Romane schreiben lässt.«

»Schon traurig, oder?«

»Weißt du, dass ich seit einer Ewigkeit nicht mehr so offen und ehrlich mit jemandem gesprochen habe?«

»Ergibt sich nicht so oft. Meistens ist man mit dem Alltagskram so beschäftigt, dass keine Zeit zum Nachdenken bleibt.«

»Ich dachte eher, weil in meinem Leben nur gute Neuigkeiten gefragt sind. Ich habe das Gefühl, ich muss immer glänzen. Für Unzufriedenheit hat niemand Zeit. Und Sorgen erst, niemand will die Sorgen der anderen hören.«

»Ich habe kein Problem, dir zuzuhören«, sagte er und lächelte mich an.

»Du hast nicht zugehört. Du hast vor allem Fragen gestellt. Bei diesen Veranstaltungen stellt normalerweise niemand Fragen.«

»Zum Glück haben wir unser Separee.«

»Du hattest den Abend bestimmt anders geplant. Wie spät ist es denn jetzt?« Ich beugte mich zu seiner

Uhr. Er zog den Arm allerdings weg, um selbst einen Blick darauf zu werfen.

»Bald zehn.«

»Weißt du was? Ich gehe jetzt nach Hause. Du gehst auf die Party und erledigst deinen Job. Und vergiss ja nicht, zu schreiben, dass es kein veganes Essen gab.« Ich stand auf und lief ein paar Schritte zum Bücherregal an der anderen Wand.

»So viele Bücher«, sagte er.

»Gefällt dir das?«

»Wie könnte es nicht.« Sein Blick schweifte über die vielen verschieden dicken Buchrücken. »Ich wünschte, mein Roman würde hier stehen.«

»Was hast du vorhin zu mir gesagt? So was kann man planen und in die Wege leiten? Also, versuch es doch einfach.«

»Keine Zeit. Ich muss auf eine Party«, seufzte er und nickte mit dem Kopf zur Tür.

»Dann halte ich dich nicht länger auf.«

»Tust du nicht. Du warst heute ein großer Bestandteil meiner Arbeit.«

»Versprich mir, dass du nichts von dem Vorfall in deinem Bericht erwähnst.« Ich hielt ihn am Arm zurück und sah zu ihm auf. »Das ist wichtig. Kein Wort.«

»Okay. Aber ich bringe dich zum Auto.«

»Gerne. Danke.«

Wir verließen das Kaminzimmer und gingen zum Aufzug. Eine neu aufgekommene Stille lag zwischen uns, als hätten wir alle Worte in dem Raum voller Bücher gelassen, und nun stünden uns keine mehr zur Verfügung. Die Aufzugtüren öffneten sich mit einem leisen Surren. Jo blickte zu mir und deutete mit der Hand an, dass ich zuerst einsteigen solle. Ich quittierte die Geste mit einem Lächeln und trat ein. Er folgte und drückte den Knopf für die Tiefgarage. Als die Türen sich schlossen, wünschte ich mir für einen kurzen Moment, er würde mich küssen. Einfach so. Aber das passierte nur in Filmen. Wir kannten uns vielleicht seit zwei Stunden. Das würde er nicht tun. Und ich ebenso wenig. Ich sah zu ihm. Er starrte auf seine Schuhe. Es waren schöne Schuhe. Schwarzes glänzendes Leder mit einer dezenten Reptilien-Optik. Ich hoffte, das Material war nicht echt. Aber ich hielt seinen Geschmack nicht für billig, also echtes Leder. Aber darüber wollte ich nicht nachdenken. Vielleicht traf er solche Entscheidungen unbewusst und dachte gar nicht darüber nach, dass ein Lebewesen für seine Schuhe gestorben war.

»Jetzt bist du froh, dass du mich endlich los bist«, sagte ich, als die Lifttüren sich öffneten. Die Kälte, die Betonwände, vor allem aber die Erinnerung daran, dass der Abend für mich ganz anders hätte laufen können, ließen mich frösteln, während ich auf den Parkautomaten blickte. Ich öffnete meine Handtasche, suchte das Parkticket und entwertete es.

»Du hast mir den Abend gerettet«, entgegnete Jo. Er schob sein Ticket ebenfalls ein und ging mit mir zur Tiefgaragentür.

»Das war umgekehrt. Ich weiß nicht mehr. Habe ich mich bedankt? Wenn du nicht gewesen wärst …« Ich stockte. Walter hatte seine Hände unter meinem Kleid gehabt. »Ich glaube nicht, dass er aufgehört hätte. Ich glaube nicht, dass ich es geschafft hätte …« Mein Blick verschleierte sich und ich drehte mich um und lief Richtung Tiefgaragentür. Ich versuchte, nicht zu blinzeln. Jo sollte die Tränen nicht sehen.

»Warte«, rief er.

»Ich schaff das schon. Mein Auto ist gleich da drüben. Danke für den schönen Abend.« Ich lief hin, ohne mich noch einmal zu ihm umzudrehen. Meine Bemühungen nützten trotzdem nichts. Die Tränen liefen mir die Wangen hinab. Ich blickte nach rechts und links, als ich vom Flur in die Tiefgarage trat. Walter war nirgends zu sehen, aber vielleicht versteckte er sich nur gut.

»Ich weiß, dass du das schaffst. Bitte bleib trotzdem kurz stehen.« Das tat ich, dann drehte ich mich zu ihm um. Nach zwei Schritten stand er vor mir. Ich starrte geradeaus, in der Hoffnung, die Tränen doch noch verbergen zu können. Und dann drückte er mich an sich. Unvermittelt und gleichzeitig sanft und ernst und ehrlich. Ich riss meinen Kopf zurück und blickte zu ihm auf. Er war bestimmt knapp zwei Meter groß.

»Ich ruiniere dir deinen Anzug«, sagte ich.

»Meinen Anzug kann ich reinigen. Dich vielleicht nur heute Abend trösten. Wenn ich deine Erlaubnis habe, drücke ich dich gerne. Das ist nach so einem Abend in Ordnung. Ehrlich gesagt, habe ich die ganze Zeit auf diesen Zusammenbruch gewartet.«

»Das klingt nicht nett.«

»Du weißt, wie ich es meine.«

»Ich breche nicht zusammen«, widersprach ich.

»Und trotzdem sind wir beide jetzt hier.« Ich nickte. »Und jetzt leg den Kopf an mein Hemd und alles wird gut.« Ich sah ihn noch eine Weile an, bevor ich nachgab. Ich lehnte mich an ihn. Mit der Zeit spürte ich die Wärme, die von ihm ausging. Ich nahm seine Hände in meinem Rücken wahr. Die eine, die meine nackte Haut im Schulterbereich berührte. Und die andere, die mich auf Taillenhöhe umfasste und auf dem Stoff meines Kleides lag. Weinen musste ich nicht mehr.

»Ich denke, jetzt geht es«, sagte ich schließlich und löste mich.

»Wo steht dein Wagen? Ich begleite dich.«

»Dort ums Eck.« Tatsächlich war auf seinem Hemd ein leichter Braunschimmer von meinem Make-up zu sehen. Schlimmer war allerdings der schwarze Punkt, den eine Träne verursacht haben musste. »Tut mir leid.« Ich legte meine Hand auf seine Brust, an die Stelle, wo sein Hemd dreckig war. Seine Haut fühlte sich unter dem Stoff weich an. Sie gab etwas nach und erinnerte mich an Samt. Erst in dem Moment wurde mir die unpassende Berührung bewusst und ich zog meine Hand zurück.

»Nur ein Hemd. Ich habe eine Waschmaschine«, sagte Jo und ging in die Richtung, die ich ihm gewiesen hatte. Ich kramte den Autoschlüssel aus meiner Handtasche und drückte den Knopf, um aufzusperren. Von weitem sah er die Lichter leuchten.

»Tesla?«, fragte er. Ich nickte. »Dein Unternehmen muss wirklich gut laufen.«

»Das sagte ich ja. Das bedeutet aber nicht, dass mein Leben gut läuft, oder? Aber zum Glück weiß das niemand. Was hinter den Kulissen passiert, will niemand wissen.«

»Außer mir. Schon vergessen?«

»Nein. Du hast aber auch gesagt, dass dort oben eine Party auf dich wartet.«

»Stimmt, trotzdem bringe ich dich noch nach Hause. Ich meine, wenn es dir passt, dann fahre ich einfach hinter dir her.«

»Das musst du nicht.«

»Ich habe so was wie heute noch nie erlebt. Du willst keine Polizei rufen, ihn nicht anzeigen. Aber der Kerl hätte auch Ernst machen können. Ich will nicht, dass er hier drin oder draußen auf dich lauert und dich nach Hause verfolgt. Verstehst du? Keine Ahnung, wozu dieser Typ fähig ist.« Nach diesen Worten wurde mir bewusst, wie naiv ich war.

»Okay. Wir treffen uns bei der Ausfahrt.«

»Warte noch ein, zwei Minuten im Wagen, bis du losfährst, dann sollten wir etwa gleichzeitig dort sein. Verriegle die Tür, sobald du im Auto bist.«

»Mache ich. Danke.« Ich kam mir wie ein kleines Kind vor, dem man sagen musste, was zu tun war.

»Bis gleich«, sagte er, als ich mich in das Auto setzte. Ich gurtete mich an und warf einen Blick in den Rückspiegel. Meine Wimperntusche hatte sich mit den Tränen ihren Weg über die Wangen gebahnt und mein Gesicht schwarz gestreift. Ich sah aus wie eine Winterlandschaft, in der im Frühling, wenn der weiße Schnee schmolz, nur noch graue knorrige Wände übrigblieben. Dann fuhr ich zur Ausfahrt, direkt vor die Schranke. Es dauerte noch ein paar Momente, bis ich im Rückspiegel ein Auto näherkommen sah. Ich wartete, um den Fahrer erkennen zu können. Es war Jo. Er winkte mir und zur Bestätigung hob auch ich die Hand. Dann ließ ich das Fenster herab, steckte mein Ticket in den Schlitz und fuhr aus. Draußen wartete ich wieder. Als Jo die Auffahrt hinter mir hochkam, startete ich. Um diese Zeit war nicht mehr viel Verkehr und wir hatten keine Probleme, zusammenzubleiben. Hin und wieder dachte ich daran, dass er und Walter unter einer Decke stecken könnten. Vielleicht war die Rettung nur ein gut durchdachter Schachzug gewesen und jetzt führte ich ihn direkt zu mir nach Hause. Mein Herz klopfte so heftig gegen die Brust, als führte es ein unabhängiges Leben. Und eines Tages würde es einfach aufhören zu schlagen. Eigentlich war das Leben viel zu kurz, dachte ich und warf wieder einen Blick in den Rückspiegel. Jo war noch da. Die Automarke konnte ich nicht erkennen, aber der Wagen schien schwarz zu sein. Das Leben war so unberechenbar. Was wäre, wenn Jo nicht aufgetaucht wäre. Wo wäre ich jetzt? Was wäre passiert? Es gab so viel, dass ich nicht vorhersehen oder beeinflussen konnte. Vielleicht sollte ich endlich den Mut finden, die Dinge zu beeinflussen, die ich verändern konnte. Meinen Job zum Beispiel. Nie wieder auf so ein Event gehen zum Beispiel.

Endlich nicht mehr nur träumen, sondern den Bauernhof wirklich kaufen und ein neues Leben beginnen. Ich bog in die Seitenstraße, die zu meiner Wohnung führte und überlegte, ob ich an einer fremden Adresse halten sollte, aber das kam mir kindisch vor, also fuhr ich zu mir nach Hause. Der Wagen glitt auf den großen Vorplatz der Wohnanlage und ich zweigte dann in die Abfahrt zur Tiefgarage ab. Dort blieb ich stehen und stieg aus. Jo hielt direkt hinter mir. Er ließ das Fenster herunter, als ich zu ihm kam.

»Hier wohne ich. Ich kann dir gar nicht genug danken. Ohne dich …«

»Kein Problem. Soll ich hier parken und dich noch zur Haustür bringen?«

»Nein. Das ist nicht nötig. Den Rest schaffe ich alleine.«

»Ich leuchte dir noch, bis du in der Tiefgarage bist. Dann bin ich weg.«

»Vielen Dank nochmals und einen schönen Abend«, verabschiedete ich mich und stieg wieder in den Wagen. Seine Lichter blendeten mich im Rückspiegel. Ich fuhr die Abfahrt hinab und verlor ihn aus den Augen.

Kapitel 3

Das Tor schob sich langsam zur Seite und oberhalb blinkte das orange Warnlicht. Ich fuhr hinein und parkte den Wagen rückwärts in meine Lücke. Dann ging ich zur Treppe, die ins Freie führte. Die Wohnanlage war wie ein U angelegt, in dessen Mitte sich eine schöne Gartenanlage mit Kinderspielplatz befand. Um diese Zeit beleuchteten nur ein paar kleine Lampen das Haus. Vereinzelt hörte ich von den Terrassen und Balkonen Stimmen. Menschen, die den Abend noch auskosteten, während er für mich bereits gelaufen war. Ich stieg die Treppe hoch in den ersten Stock und ging am Küchenfenster meiner Nachbarin vorbei. Sie stand an der Spüle und ich winkte ihr. Dann war ich an meiner Tür und sperrte auf. Ich ließ die Handtasche auf den Boden fallen, kickte die Schuhe weg und ging zum Sofa. Zur Entspannung schloss ich die Augen, doch sofort tauchte Walter in meinen Gedanken auf, sodass ich die Augen gleich wieder öffnete. Ich beschloss, Ben noch einmal anzurufen. Nach dem zweiten Klingeln ging er ran.

»Hey«, meldete er sich.

»Hallo, wo steckst du denn? Ich habe dich schon tausend Mal versucht, zu erreichen.«

»Ich bin bei mir. Ich kann nicht reden, ich melde mich morgen«, flüsterte er und legte auf. Ich trottete in die Garderobe und stellte die Schuhe ordentlich in den Schrank und meine Handtasche auf die Kommode. Dann ging ich ins Badezimmer und zog mich aus. Das Kleid stopfte ich in den Müll und stellte mich unter die Dusche.

Am nächsten Vormittag schrieb ich an einem neuen Skript für meinen nächsten Vlog-Beitrag, als Ben endlich anrief.

»He«, sagte ich. »Du hast mich nicht vergessen.«

»Nie.« Er klang verschlafen.

»Gestern aber schon. Wo warst du denn? Ich hätte dich dringend gebraucht.«

»Ich war schon früh da. Kennst mich ja, ich sahne gerne die besten Deals ab, wenn die anderen noch ihren Parkplatz suchen.« Er lachte.

»Ich habe dich nirgends gesehen und ans Telefon gingst du auch nicht.« Es klang vorwurfsvoll, aber so meinte ich es nicht.

»Ich habe am Abend eine klargemacht. Ach, das ist das Geilste an dem Job. Die wissen, wer ich bin und sind verknallt und denken, ich bin der Frauen-Versteher schlechthin. Ich meine, ich muss maximal einen Drink ausgeben, ein paar nette Komplimente raushauen und die Frauen sind hin und weg.« Er lachte. »Jedenfalls habe ich ihr von meiner neuen Wohnung erzählt und gefragt, ob sie sie sehen will. Na ja, und dann nahm die Sache ihren Lauf.«

»Du bist echt mies. Wenn ich dich nicht schon ewig kennen würde und wüsste, dass du ein netter Kerl bist, könnte ich dich glatt für ein Arschloch halten.«

»Warum? Ich bin charmant und gut im Bett. Was willst du mehr?«

»Wusste die Kleine, dass dein Charme nur für eine Nacht reicht?«

»Nein, aber das wird sie noch rausfinden. Außerdem habe ich ja meinen Job. Sie ist ein riesiger Fan, sie wird verstehen, dass ich für nichts anderes Zeit habe, und irgendwann wird es ihr zu blöd, auf mich zu warten. Problem gelöst.«

»Alles easy bei dir. Ich seh schon. Aber ein bisschen eifersüchtig bin ich trotzdem.«

»Das wird auch Zeit«, erwiderte er und lachte erneut.

»Deine Wohnung«, seufzte ich theatralisch, »… habe ich immer noch nicht gesehen.«

»Ich wollte voll eingerichtet sein, bevor ich dich einlade. Aber wenn du mich so bittest … Kommst du? Gleich? Bringst du uns Mittagessen mit? Chinesisch wäre toll.«

»Ich komme in einer Stunde und bringe uns was vom Japaner.«

»Super! Wie war denn dein Abend gestern? Ordentlich was eingestrichen?«

»Nein. Ich bin früh nach Hause. Es war komisch, ich bin neben einem …«

»Ohne mich schaffst du es einfach nicht, ins Gespräch zu kommen. Ich weiß, das hast du mir schon tausend Mal erklärt. Ich falle nachher zur Entschuldigung auch vor dir auf die Knie. Wobei, die tun mir ganz schön weh. Wir haben jeden Raum eingeweiht, auch den Boden, wenn du verstehst. Warte, ich habe ein Foto von ihr.«

»Dass die sich alle fotografieren lassen.«

»So sind die jungen Mädels.«

»Alt bin ich ja auch nicht.«

»Da würde ich an deiner Stelle aufpassen. Du wirst in vier Jahren dreißig.«

»Du auch.«

»Bei Männern ist das sexy. Ich krieg dann immer noch eine Zwanzigjährige. Aber du wirst alt.« Jetzt lachte er wieder. »Ich habe dir das Bild gerade geschickt.« Ich öffnete seine Nachricht und blickte auf ein paar in Szene gesetzte nackte Frauenbrüste. Sie waren schön. Sie waren perfekt.

»Was soll ich jetzt sagen? Sieht aus wie aus einem Katalog. Wirklich hübsch. Sie tut mir trotzdem leid.«

»Ich zeig es sonst niemandem, versprochen. Kommst du gleich?«

»Ja, bis später.«

Ich hatte keine Lust mehr, am Skript weiterzuarbeiten. Das würde sich noch länger ziehen, deshalb öffnete ich meine Mails, zumindest ein paar konnte ich lesen, bevor ich losfuhr. Mir fiel gleich eine Mail ins Auge, die in der Betreffzeile drei fette Ausrufezeichen stehen hatte. Ich klickte sie an und las:

Ella,

ich habe Sie gestern vermisst. Muss ich Sie daran erinnern, dass Termine einzuhalten sind? Seit Monaten war die Besprechung am gestrigen Abend in unseren Kalendern eingetragen.

Ich ersuche Sie dringend um Rückruf, sonst sehe ich mich ge-

zwungen, unsere Zusammenarbeit abzubrechen.

Grüße,
Karsten

Eigentlich war Karsten ein netter Kerl. Er war Sales-Mensch bei einer Bio-Firma, die ökologisch vertretbare Reinigungsmittel vertrieb. Ich kassierte ein nettes regelmäßiges Einkommen, weil ich immer wieder ein paar Flaschen Putzmittel der Marke in meiner Küche stehen hatte oder die Tabs für den Geschirrspüler verwendete und online staunte, wie sauber meine Gläser waren. Die Mail kränkte mich. Er tat fast so, als wäre er mein Chef. Als bräuchte ich ihn, in Wahrheit war es genau umgekehrt. Er brauchte mich. Außerdem, hatte ich nicht gestern Abend beschlossen, auszusteigen? Er wies mir gerade den Weg in die gewünschte Richtung. Ich schrieb:

Hallo Karsten,

tut mir leid, dass es gestern nicht geklappt hat. Ich habe Sie noch nie versetzt und meine Termine stets eingehalten. In meinen Augen liegt die Vermutung nahe, dass etwas Außergewöhnliches passiert sein muss. Aber das kommt Ihnen natürlich nicht in den Sinn. Kein Wort der Nachfrage. Nichts.
Sie haben recht. Unter solchen Voraussetzungen kann ich mir keine weitere Zusammenarbeit vorstellen.

Grüße, Ella

Als ich die Nachricht abgesendet hatte, machte ich mich auf den Weg zu Ben. Es war gar nicht so leicht, die neue Wohnung zu finden. Das Navi brachte mich zwar zielsicher zur Wohnanlage, aber seine Haustür musste ich selbst suchen. Nach ein paar Minuten stand ich endlich davor. Sie war dunkelgrau, unter dem Spion klebte eine Metallplakette, auf der sein Name stand. Ich drückte auf den kleinen silbernen Knopf an der Wand und hörte, wie es im Inneren der Wohnung klingelte. Er machte auf.

»Hallo«, begrüßte er mich, nahm mich in den Arm und küsste mich rechts und links auf die Wangen.

»Ich bin schon gespannt«, sagte ich und überreichte ihm die Tasche mit dem Essen. Von hier aus blickte ich dem Flur folgend auf eine große Glasfront. Davor stand eine Marmorskulptur. Beeindruckend.

»Komm rein.« Ben lief mit der Tasche in der Hand in den Wohnraum. Ich stand im Flur, genau genommen, waren es zwei Wände, rechts und links von mir, die etwa drei Meter nach vorne reichten. Dort öffnete sich dann der Wohnraum.

»Was ist das?«, fragte ich und nickte zur Skulptur.

»Keine Ahnung. Die Innenarchitektin hat es mir erklärt, aber ich interessiere mich nicht für diesen Kram. Aber sieht gut aus, oder?«

»Wirkt schön, ja.« Ich hatte meine Sandalen unter den weißen Metallständer gestellt. Dort hängte ich auch meine Handtasche auf. Der Eingangsbereich wirkte freundlich und einladend, ein bisschen wie ein modernes Wartezimmer. An der Wand stand ein schwarzer

Polsterstuhl, daneben ein Tischchen mit Zeitschriften. An beiden Wänden hingen Bilder. Abstrakt, soweit ich das beurteilen konnte. An der rechten Wand stand eine weiße Kommode, definitiv ein Designermöbelstück. Sie war geschwungen und erinnerte mich an die Elbphilharmonie.

»Was sagst du jetzt?«, wollte Ben wissen. Er stand im Wohnraum und winkte mich zu sich. Die Sonne schien durch die Fenster auf den hellen Dielenboden herein und zeichnete die Muster der Pflanzen draußen auf der Terrasse nach. Ich trat zu ihm. Nun sah ich die Küche. Sie verlief parallel zur Wand des Flurs. Die Oberschränke waren an der Decke montiert, dazwischen gab es freie Sicht auf den Essbereich. Keine Wand.

»Hast du den Tisch ausgesucht?«, fragte ich und ging am Küchenblock vorbei. Er war aus altem Holz. Mit Kerben und Wurmlöchern. Darauf lag eine Glasplatte. Er schüttelte den Kopf und grinste. »Ist irgendwas von dir in der Wohnung?« Ich musste lachen. Er auch.

»Klar! Meine Klamotten und die technischen Geräte. Willst du Kaffee?«

»Können wir zuerst essen? Ich habe Hunger.«

»Klar.«

Ich setzte mich und sah Ben zu, wie er in den Küchenschränken nach Geschirr suchte.

»Auch nicht selbst eingeräumt?«

»Wo denkst du hin. Ich bin mit der neuen Kohle jetzt auf einem ganz anderen Level. Da hat man Leute für so was. Wirst sehen, das dauert bei dir auch nicht mehr lange. Wie viele Follower hast du jetzt? Bald kommen die Großen der Branche auf dich zu.«

»Ich habe Karsten heute gekündigt«, entgegnete ich.

»Was? Bist du verrückt?« Endlich hatte Ben zwei Schalen gefunden und stellte sie vor uns ab. Es klirrte, als das Porzellan auf das Glas der Tischplatte traf. »Untersetzer, irgendwo müssen die sein«, murmelte er und ging wieder zur Küche. »Warum machst du das? Ist er nicht dein größter Deal?«

»Ja. Aber ich will das nicht mehr. Ich spiele schon länger mit dem Gedanken, auszusteigen. Und jetzt mache ich es einfach.«

»Ich denke, ›einfach‹ ist das falsche Wort. In zweierlei Hinsicht. Erstens kommst du aus den Werbeverträgen schlecht raus und zweitens, was willst du denn stattdessen machen?«

»Ich will echte Kochkurse geben, nicht nur virtuell, sondern mit Menschen. Ich will einen Bauernhof kaufen und selbst Pflanzen anbauen.«

»Du hast sie doch nicht mehr alle.« Jetzt hielt er ein paar Topflappen in die Höhe und legte Geschirrtücher auf die Theke. »Ich finde keine Untersetzer.«

»Egal, mir knurrt der Magen. Komm her, lass uns essen.«

»Hast du das fertig gedacht?«

»Ich glaube schon.« Er setzte sich zu mir an den Tisch und ich teilte die verschiedenen Boxen aus. »Für dich habe ich Frühlingsrollen und Sushi, für mich Gemüse-Maki. Du kannst auch bei mir zugreifen.«

»Nie im Leben!« Er lachte. »Aber im Ernst. Dir ist klar, dass Restaurants, Yoga-Studios und so echt Probleme haben. Die bauen ihre digitale Präsenz aus, weil sie sich nur so über Wasser halten können und du gehst genau in die andere Richtung und glaubst, das kann klappen? Ich sag's dir nur ungern, aber du bist auf dem Holzweg.«

»Ich muss ja nicht reich damit werden. Ich brauch keine Designerwohnung. Ich will nur glücklich sein. Glaubst du nicht, das Leben ist dazu da, glücklich zu sein?«

»Sieht dir das nicht nach Glück aus?« Er fuchtelte mit seinen Händen in der Luft. In der rechten hielt er die Stäbchen, zwischen denen ein Stück Sushi klemmte.

»Es sieht schön aus. Aber ob du glücklich bist, weiß ich nicht.«

»Nach einer Nacht wie der vergangenen? Die Kleine fand mich spitze, und die Wohnung hat ihr den Rest gegeben.«

»Geht es nur darum?«

»Nein. Aber wir sind jung. Wir leben nur einmal. Spaß haben ist kein Verbrechen.«

»Gestern bin ich einem Typen begegnet, der wollte auch nur Spaß. Aber ich fand das nicht lustig.«

»Mensch, du musst einfach lockerer werden, wenn dich einer anmacht. Das gehört eben dazu, wenn man gut aussieht und im Rampenlicht steht.«

»Deshalb will ich ja auf einen einsamen Bauernhof.«

»Ich seh schon. Wir kommen nicht weiter. Soll ich dir das Schlafzimmer zeigen?«, fragte er. Ich musste lachen.

»Das klingt zweideutig. Hast du das gestern auch so gesagt?«

»Ich darf doch träumen.«

Ich schüttelte den Kopf und stand auf.

»Wohin?«

»Hier entlang. Es ist genial. Du wirst staunen.« Und damit hatte er recht. Das Zimmer war riesig. Ich war mir fast sicher, dass es ursprünglich zwei Zimmer gewesen sein mussten, Ben aber in der Planungsphase wahrscheinlich auf eine Wand verzichtete.

»Das ist nicht normal«, stellte ich fest. »Wenn sich das rumspricht, dann stehen die Mädels hier Schlange.« Ben lachte und legte mir einen Arm um die Schulter. Ich blickte auf ein riesiges Bett mit goldener Bettwäsche. Am Boden ein brauner Teppich aus einem Naturstoff, der sich perfekt mit dem hellen Dielenboden verband. Auf der anderen Seite des Zimmers war die Wand mit einem schwarzen Einbauschrank und Kommoden und Regalen bestückt. Alles wirr durcheinander und dadurch unglaublich stylish, modern und anziehend. Das Originelle allerdings war das Badezimmer, das sich hier zwischen offenem Kleiderschrank und Bett in einem Glas-Kubus befand. Ich sah eine ovale Badewanne, eine separate Dusche und zwei Waschbecken.

»Ich bin seit drei Nächten hier. Ich liebe es.«

»Hast du eine Putzfrau? Die Glaswände möchte ich nicht reinigen.«

»Warum denkst du immer so praktisch? Es sieht genial aus. Aber natürlich habe ich eine Reinigungskraft, oder sehe ich so aus, als hätte ich dafür Zeit? Komm, ich zeig dir meinen Kraftraum und mein Studio.« Er nahm meine Hand und zog mich hinter sich her. Ich dachte darüber nach, dass er nicht ewig Single sein würde. Irgendwann würde er heiraten, Kinder haben. Diese Wohnung war der falsche Ort für solche Pläne. »Besser als jedes Fitnesscenter«, sagte er und stieß die Tür auf. Als Erstes fiel mir unser Spiegelbild auf. Denn alle Wände des Raums waren verspiegelt.

»Davon kriegt man ja Kopfschmerzen«, protestierte ich und trat ein.

»Das ist ein genialer Effekt. Ich kann mich so von allen Seiten sehen.« Er setzte sich auf die Lederbank eines Trainingsgeräts und begann an einem über ihm befestigten Griff zu ziehen. Ein Surren setzte ein und dann sah ich den Gewichtblock, den er durch den Seilzug bewegte.

»Angeber.« Ich sah mir die anderen Geräte aus der Nähe an.

»Weißt du, wie viel Zeit mir das spart, nicht immer ins Fitnessstudio gehen zu müssen?« Er stand auf und trat hinter mich. Er packte mich und hob mich hoch. Ich schrie auf. »Ich kann dich auf Händen tragen, nicht schlecht, oder?«

»Das kriegt jeder hin, oder wie denkst du, machen die Neuvermählten das, wenn sie ihre Angebetete über die Schwelle tragen.« Dann begann er mich zu stemmen.

»Und jetzt?«, presste er hervor. Ich sah eine Ader an seinem Hals hervortreten und auch seine Gesichtsfarbe veränderte sich langsam.

»Du hast gewonnen. Du stellst jeden anderen Kerl in den Schatten. Ist es das, was du hören willst?«

»Wenn du es ernst meinen würdest, dann ja.« Er stellte mich vorsichtig auf den Boden. Ich hielt mich an seinen Armen fest. Sie fühlten sich kräftig an. Ich überlegte, wie er ohne Shirt aussehen würde. Tatsächlich hatte ich ihn noch nie oben ohne gesehen.

»Zeig mir dein Studio«, bat ich.

»In den nächsten Tagen werde ich mein erstes Video hier aufnehmen. Ich bin gespannt, was meine Fans dazu sagen.« Er öffnete die Tür, die an den Fitnessraum grenzte. Mein Blick fiel auf ein gelbes Sofa, das auf einem flauschigen hellblauen Teppich stand. Davor ein kleines Holztischchen mit Duftkerzen und Zeitschriften. Dahinter ein Fenster, auf dem Sims eine Pflanze. Rechts neben mir, gleich bei der Tür ein Schreibtisch mit Laptop, eine Tasse mit Stiften darin und ein Notizblock. An der Wand darüber hing ein Regal mit Büchern und Ordnern. Was aber gar nicht hier herein passte, waren das Bett und der Kleiderschrank an der linken Wand. Dennoch war mir klar, um was es hier ging. Die ganzen Beleuchtungsschirme, Kameras, Mikros und Kabel, belegten es ja.

»Wow«, sagte ich und ging zur Couch.

»Irgendwann ist es einfach sinnvoll, die Kameras nicht immer auf- und abbauen zu müssen. Außerdem geht es eigentlich niemanden etwas an, wie meine Wohnung aussieht. Meine Fake-Räume müssen dem Publikum genügen.«

»Das stimmt. Mich nervt es inzwischen auch, dass jeder weiß, wie es bei mir in der Küche aussieht.«

»Du kannst auch hier drehen, wenn du willst.«

»Wie soll das gehen? Mit einem Camping-Kocher am Wohnzimmertisch?«

»Stimmt. Aber zumindest die Videos, in denen du nicht kochst, kannst du gerne hier machen, wenn du willst.«

»Aber die Fans sehen doch, dass es plötzlich ein neues Wohnzimmer ist, dann muss ich das lang und breit erklären. Außerdem kennen manche vielleicht auch deinen Blog, das wirkt doch komisch, wenn sie sehen, dass wir aus demselben Studio senden.«

»Im Gegenteil. Ich finde, wir könnten uns fördern. Ich hätte dich gerne in meiner Show. Du als mein Gast, als meine Freundin.«

»Warum? Ich koche, du gibst Frauen Dating- und Styling-Tipps. Inzwischen wendest du dich auch an Männer mit Work-out-Tipps und First-Date-Ratschlägen. Ich passe da nirgends rein. Das hat alles nichts mit veganer Ernährung zu tun.«

»Nein. Du könntest einfach nur manchmal deine Meinung sagen. Oder wir könnten schauspielern und Dating-Szenen darstellen oder so.«

»Du hast also nicht nur eine neue Wohnung und ein eigenes Studio, du willst deine Show weiterentwickeln. Sehe ich das richtig?«

»Ich will, dass du nicht aufhörst, *Ella isst vegan* zu sein. Mensch, das wäre ein riesiger Fehler. Und wenn es dir hilft, bei mir zu drehen oder mit mir zu drehen, dann tue ich das gerne für dich. Am besten ist es vielleicht, wenn du mich auch zu dir einlädst. Lass mich mit dir kochen und dein Essen probieren und so. Dann macht es dir sicher wieder mehr Spaß.«

»Ich überlege es mir. Aber jetzt muss ich los. Ich sollte endlich meinen neuen Vlog für diese Woche fertig planen.« Ich trat hinaus in den Wohnraum und ging zum Flur.

»Okay. Danke fürs Essen.«

»Danke, dass ich die Wohnung endlich sehen durfte. Sie ist echt der Wahnsinn.«

»Willst du einen Schlüssel? Ich kann dir einen geben. Du kannst immer kommen«, bot er an. Ich steckte meine Füße in die Sandalen und zog meine Handtasche vom Ständer.

»Und versehentlich in eines deiner Abenteuer platzen? Lieber nicht.«

»Ein Wort, und …«

»Lieber nicht. Ich muss.« Ich drückte ihn und gab ihm ein Küsschen auf die Wange, dann drehte ich mich um und ging.

Zu arbeiten, hatte ich heute aber keine Lust mehr. Es war Freitag und ich beschloss, mir einen verfrühten Start ins Wochenende zu gönnen. Ich checkte noch kurz meine Kanäle, ob ich irgendwo einen Kommentar liken oder einem antworten sollte und machte mich ans Werk. Wieder ein Teil des Jobs, den ich nicht mochte. Ich liebte meine Fans, aber sie wurden schnell stinkig, wenn ich nicht immer sofort antwortete und mich meldete. Aber ganz ehrlich, wie sollte das gehen bei so vielen Followern? Es gab noch eine Anfrage über das Kontaktformular meiner Homepage. Wahrscheinlich wieder eine Werbeanfrage. Aber Ben hatte schon recht. Ich hatte Glück mit meinem Erfolg. Viele taten das Gleiche wie ich und bekamen nicht dieselbe Aufmerksamkeit und die große Anzahl an Werbeverträgen angeboten. Ich sollte echt dankbar sein. Ich mochte den Tesla und eine größere Wohnung würde mir auch gefallen. Wahrscheinlich sollte ich die Anfrage einfach öffnen und weitermachen wie bisher. So etwas wie gestern war noch nie zuvor passiert und würde wahrscheinlich auch nie wieder vorkommen. Und so öffnete ich die Mail.

Grüß dich, Ella,

ich habe versprochen, zu kochen und zu posten. Ehrlich gesagt, ich kann nicht kochen. Und selbst für eines deiner einfachen Rezepte fehlen mir die Zutaten. Und extra einkaufen? Dafür fehlt mir die Zeit.

Ich frage mich, wie es dir geht. Konntest du in der Nacht schlafen? Ich hoffe, du musstest nicht ständig an den Kerl denken.
Gestern war der falsche Zeitpunkt, um zu fragen. Heute wahrscheinlich auch. Aber ich will es auch nicht verpassen. Jedenfalls hätte ich dich gestern nach deiner Telefonnummer fragen sollen. Jetzt hast du meine Mail-Adresse. Schreib zurück. Ich würde dich gerne wiedersehen.

Beste Grüße,
Jo

Er hatte recht. Das mit der Schriftstellerei könnte schwierig für ihn werden. Kein Mensch schrieb heute *Grüß dich* oder *Beste Grüße*. Aber ich freute mich über seine Kontaktaufnahme. Manchmal hatte es auch seine Vorteile, so leicht zu finden zu sein.

Hi Jo,

merkst du, wie komisch das klingt? Ich brauche unbedingt deinen echten Namen. Ich freue mich, dass du dich meldest. Der Abend, zumindest der Teil mit dir, war nett. Ich geb dir einfach meine Nummer und du meldest dich, wenn es dir passt.

Mach's gut,
Ella

Kapitel 4

Am Samstagnachmittag klingelte mein Telefon. Eigentlich ging ich beim Joggen nie ran, aber weil ich auf Jos Anruf hoffte, zog ich das Handy aus meiner Hosentasche und sah eine unbekannte Nummer. Ich nahm ab.

»Hallo«, sagte ich.

»Spreche ich mit Ella?«

»Wer will das wissen?« Ich hatte seine Stimme natürlich sofort erkannt. Aber egal, vielleicht würde er in die Falle tappen und seinen Namen nennen.

»Jo.«

»Das ist kein Name.«

»Es ist ein Gesellschaftsspiel, habe ich dir doch schon erklärt. Vielleicht hältst du es ein Leben lang mit Raten aus.«

»Sollte ich je heiraten, was ich bezweifle, dann bevorzuge ich es, den Namen meines Gemahls zu kennen.«

»Warum denkst du, dass du nicht heiraten wirst. Willst du nicht, oder glaubst du, dass keiner fragen wird?«

»Ich glaube an Freiheit. Darüber haben wir doch schon gesprochen. Die Ehe ist der Inbegriff für Einschränkung.«

»Das klingt tatsächlich nicht schön, so wie du das sagst.« Dann war es still in der Leitung. »Was machst du?«, fuhr er nach einer kurzen Pause fort.

»Ich laufe.«

»Ich höre dich atmen.«

»Ja. Ich will nicht stehen bleiben, das wirft mir meinen Zeitplan über den Haufen.«

»Okay. Ich will dich nicht aufhalten. Wollen wir uns morgen treffen? Im Café am Marktplatz? Um drei?«

»Passt mir super.«

»Spitze. Bis dann. Ich freu mich.«

»Ich mich auch. Bis morgen.« Dann legte ich auf und stopfte das Handy wieder in meine Gesäßtasche. Keine Ahnung, warum ich plötzlich Magenkribbeln hatte, aber es war nicht zu leugnen.

Als ich am Sonntag das Café betrat, sah ich ihn bereits in der hintersten Nische sitzen und auf mich warten. Während die Tür hinter mir zufiel, blickte er auf und faltete die Zeitung zusammen, in der er gerade las. Ich schmunzelte. Seine förmliche Anrede und Verabschiedung in der Mail, jetzt die verstaubte Zeitung. Er war ganz anders als die Männer, die ich sonst kannte. Ich trat an den Tisch und setzte mich zu ihm.

»Du liest Zeitung?«

»Es gibt nicht mehr viele Kaffeehäuser, die diese Kultur noch am Leben halten. Ja, ich lese Zeitung. Schlimm?«

»Ich kenne niemanden außer meinen Eltern, die noch eine Printausgabe im Haus haben.«

»Ich mag das Knistern. Ich mag die Größe der Seiten. Die Zusammenstellung an Artikeln und Bildern. Es ist eine Art Kunst, die hoffentlich nie verloren gehen wird.«

»Stört es dich nicht, dass die Informationen, meist schon

überholt sind, bis du sie endlich in den Fingern hältst oder du sie bereits aus anderen Quellen vernommen hast.«

»Stimmt. Das hat sich in den letzten Jahren so ergeben. Dennoch ist das geschriebene und gedruckte Wort, das sich nicht so einfach wegwischen lässt, unglaublich wichtig für eine freie Welt. Und die dahinterliegende unabhängige journalistische Arbeit ein Indikator für den Zustand eines Landes.«

»Pressefreiheit.« Ich nickte.

»Deshalb bin ich … ähm, Berater geworden, um die Welt zu verändern, Missstände aufzuzeigen und auch für kommende Generationen festzuhalten.«

»Mit den Konzepten, die du anbietest, willst du die Welt retten?« Ich staunte nicht schlecht. Der Anspruch war etwas hochgesteckt, machte Jo aber sympathisch. Die Welt brauchte Idealisten. Er lachte auf.

»Nein. Das wollte ich mit echter journalistischer Arbeit. Ernsthafter Berichterstattung. Vielleicht auch mit meinen Romanen. Aber jetzt stecke ich in einer Sackgasse. Mainstream-Themen für Mainstream-Menschen. Das hatte ich mir zu Beginn anders vorgestellt.« Er kräuselte die Stirn und blickte zum Fenster. »Ehrlich gesagt, dein Traum vom Bauernhof, der ging mir die letzten Tage nicht mehr aus dem Kopf. Und warum du es nicht einfach machst. Und dann fragte ich mich, warum ich es nicht einfach mache.«

»Was willst du machen? Einen Roman schreiben?«

»Ausbrechen. Ich schmeiße meinen Job hin. Ich mache es wie du. Ich muss mich nicht länger an einen Boss verkaufen, Deadlines einhalten, Dinge recherchieren, die niemanden interessieren. Ich kann schreiben, was ich will.«

»Wow! Ja! Mach das!«, feuerte ich ihn an. Das wäre mutig und verrückt und in Wahrheit beneidete ich ihn, wenn er diesen Entschluss wirklich umsetzen würde. Ich wollte das. Es war mein Traum, von dem er sprach. Aber ich würde es nicht tun. Ben hatte recht. Es ging nicht.

»Ich will auch ein Bauernhaus auf dem Land. Ich will im Einklang mit der Natur leben. Mit den ersten Sonnenstrahlen aufwachen, schreiben und mit dem Mond und den Sternen ins Bett gehen. Ich will Frieden und Harmonie. Lesen, philosophieren, Schreibkurse geben, um mir das Notwendigste leisten zu können, und mich nach meiner inneren Wahrheit ausrichten.«

»Das klingt fast so, als wären wir seelenverwandt«, warf ich ein. Er lächelte und nickte.

»Den Eindruck hatte ich neulich auch, als du ausgesprochen hast, was du denkst«, sprach er weiter. »Lass uns was bestellen. Was willst du?«

»Ich trinke einen Kaffee und wenn es was Veganes zum Essen gibt, dann gerne einen Snack dazu.«

»Warte, ich hole die Karte.« Er stand auf und ging zur Theke. Ich sah ihn zum ersten Mal in Jeans. Mein Blick fiel auf seine Turnschuhe. Er sah anders aus. Sein Gesicht und seine Frisur hatten sich aber nicht verändert. Was er über mein Outfit dachte? Auf der Gala trug ich ein schönes Kleid und hohe Schuhe. Jetzt ebenso Jeans wie er und ein weißes T-Shirt.

»Lieber einen Schoko-Cookie oder ein Avocado-Sandwich? Beides vegan«, fragte er, als er zurückkam, und legte mir eine Hand auf die Schulter. Meine Haut prickelte an der Stelle, an der er mich berührte. »Was nimmst du? Süß oder pikant? Ich schließe mich dir an.«

»Süß, wenn es dir passt.«

»Gern«, stimmte ich zu. Dann ging er wieder zum Tresen und bestellte für uns. Kurze Zeit später kam er mit einem voll bepackten Tablett zurück. »Weißt du, die Sache mit dem Bauernhof ist wahrscheinlich derselbe Traum wie der, vom Kochen zu leben. Jetzt, da ich es geschafft habe, kenne ich die Schattenseiten. Ich denke, erst wenn ich auf dem Land leben würde, würde ich erkennen, was es wirklich bedeutet. In Wahrheit macht es vermutlich keinen Unterschied. Probleme gibt es überall.«

»Der Traum ist also geplatzt, bevor er überhaupt angefangen hat?«

»Ich habe keine Ahnung von Gartenarbeit. Außerdem wird die Welt jeden Tag digitaler. Mich aus dem Netz zurückzuziehen ist, als würde ich mir mein Grab schaufeln.«

»So fühlt sich mein aktueller Job gerade für mich an. Und ich dachte, deiner in Wahrheit auch. Aber vielleicht sollte ich dir zuerst etwas erklären ...«

»Donnerstag war eine Ausnahmesituation. So etwas ist mir noch nie passiert. Und ich denke, das wird auch nie wieder vorkommen. Jetzt alles hinzuschmeißen, nur weil der Typ nicht wusste, was sich gehört, das wäre doch zu leicht«, fiel ich ihm ins Wort.

»Glaubst du an Schicksal? An Kräfte, die im Universum wirken, von denen wir nichts verstehen?«

»Nein. Das tue ich nicht.«

»Mir kommt es manchmal so vor, dass Dinge nicht zufällig passieren, sondern dich in eine gewisse Richtung weisen wollen. Und je länger du diese Richtung nicht einschlägst, umso deutlicher werden die Zeichen.«

»Und du glaubst, Walter war so etwas für mich?«

»Nein, das war alles für mich.«

»Wie meinst du das?«

»Weißt du, ich mache meinen Job schon ein paar Jahre und die Storys, die ich schreibe, sind schon okay. Nicht das, was ich will, aber auch nicht so schlimm, dass ich es nicht aushalte. Aber der Donnerstag bringt mich plötzlich in eine Situation, dass das, was ich schreiben muss, nicht das ist, was ich schreiben will. Zum ersten Mal macht es mich zum Lügner und zum Verräter und das bringt mich dazu, darüber nachzudenken, was das über mich sagt.« Er stockte und stocherte in seinem Tortenstück. Er hatte es noch gar nicht probiert. »Der Artikel ist geschrieben und wird in Kürze gedruckt. Und ich schäme mich. Und ich hasse mich dafür«, sagte er und sah zu mir. Er wirkte wirklich verzweifelt. Es dauerte einen Moment, bis ich verstand, um was es ging.

»Aber nur weil du im Bericht vom Donnerstagabend nichts von mir und dem Übergriff erwähnt hast, bist du doch kein Lügner. Im Gegenteil. In Wahrheit bist du ein geheimer Held. Du breitest über mich den Schutz des Schweigens. Stell dir vor, du hättest was erwähnt. Die

Organisatoren des Events hätten vielleicht einen Namen haben wollen. Den von mir und den von Walter. Ich könnte ihm nicht gegenübertreten. Ich könnte ihn auch nicht beschuldigen. Du hast nichts falsch gemacht. Ich weiß, du hast ein gewisses Berufsethos, aber ganz ehrlich, deine menschliche Moral steht darüber und du kannst dir nichts vorwerfen.«

»Wenn du nur wüsstest.«

»Weißt du, ich habe einmal gelesen, dass alles, was je geschrieben wurde – egal, ob ein Roman oder eine Dissertation, oder ein Bericht, wie du ihn verfasst hast – in Wahrheit immer nur für eine einzige Person geschrieben wurde.« Ich trank einen Schluck Kaffee. »Ich finde diese Vorstellung romantisch. Es geht darum, dass diese eine Person es liest, denn jedes Wort ist nur für diesen einen Menschen bestimmt.«

»Aber was, wenn ich nicht für eine Person schreibe, sondern gegen eine Person?«

»Du meinst, du hasst jemanden und willst diese Person mit deinem Text verletzen?«

»Nein. Ich hasse die Person nicht. Im Gegenteil, ich denke … vielleicht liebe ich die Person. Aber wenn diese Person liest, was ich schreibe, dann wird sie sich abwenden. Was ich schreibe, ist nicht nett. Aber ich muss, es ist mein Job.« Er klopfte mit seiner Kuchengabel ständig auf die sahnige Außenhülle seiner Torte und verunstaltete sie immer weiter. Er schien sich das wirklich zu Herzen zu nehmen. Und während ich am Donnerstag dachte, ich sei diejenige mit den Problemen und er der Fels in der

Brandung, erkannte ich, dass auch er mit seinem Beruf haderte und nach einem Ausweg suchte. Aber Ben hatte recht. Ein Bauernhof bringt nur neue Probleme und ist keine Lösung. Außerdem, wie stellte Jo sich das genau vor? Er hängte sich plötzlich in meinen Traum rein. Hieß das, für jeden einen Bauernhof? Oder zusammen einen Bauernhof? Ach, in Wahrheit waren meine Gedanken so schnell vorausgesaust, dass ich ihn schon lange draußen auf dem Acker arbeiten sah, während ich uns das Essen kochte. Er könnte sich draußen um alles kümmern, ich drinnen. Die klassischen Rollenbilder ließen grüßen. »Wird diese Person den Bericht denn lesen?«

»Wahrscheinlich nicht.«

»Dann wird also auch nichts Schlimmes passieren.«

»Wahrscheinlich nicht.«

»Und falls doch, dann kannst du es doch erklären. Nicht wahr? Beruf ist Beruf. Wir brauchen alle unser Gehalt.«

»Aber was ist mit mir? Ich weiß doch, was ich fühle und das, was ich schreibe verletzt am Ende auch mich selbst.«

»Ich denke, das ist das, was man Professionalität nennt. Über solchen Dingen musst du stehen. Du musst tun, was der Job verlangt.«

»Verstehst du jetzt, warum mir deine Idee mit dem Bauernhof so gut gefällt?«

»Vielleicht brauchen wir beide keinen Bauernhof in der Einöde, sondern einfach nur eine härtere Schale.« Er zuckte mit den Schultern und stach sich endlich ein Stück seiner Torte ab. Dann aß er. So, als ob er nur eine Sache konnte, entweder essen oder sprechen. Er sah immer wieder zu mir oder zum Fenster, aber er sagte nichts mehr.

»Wollen wir spazieren?«, schlug ich vor, nachdem er aufgegessen hatte, und er nickte. Wir schlenderten beide am Flussufer entlang. Die Sonne blendete in den Augen und der Kies knirschte leise bei jedem Schritt unter unseren Sohlen.

»Wir sehen lustig aus«, sagte ich und zeigte auf unsere weißen Turnschuhe und hellblauen Hosen.

»Als ob wir uns abgesprochen hätten. An dir sieht es allerdings besser aus als an mir.«

Ich kicherte. »Du siehst gut aus. Sehr sogar.«

»Findest du?« Er lachte. Ich nickte. Dann nahm er meine Hand in seine. Es fühlte sich an, als explodiere etwas in meinem Magen. Mir wurde heiß und irgendwie schwindlig und ich konnte gar nicht mehr aufhören zu lächeln. Mit sechsundzwanzig Jahren sollte man darüber hinweg sein, sich wie ein Teenie zu fühlen. Aber genau so war es. Als ob ich zum ersten Mal im Pausenhof Händchen hielt. Es war berauschend. Ich sah zu ihm hoch und er lächelte.

Kapitel 5

Am Montag startete die Arbeitswoche für mich wie für jeden anderen auch. Einerseits besaß ich zwar alle Freiheiten, die ich mir nehmen wollte. Gleichzeitig hatte ich schon früh bemerkt, dass eine gewisse Struktur und Verbindlichkeit für mich wichtig waren. Ich stand jeden Morgen um sechs Uhr auf, machte mein Yoga-Workout, frühstückte und ging ins Badezimmer. Spätestens um acht Uhr saß ich an meinem Küchentisch und überlegte, um welches Thema sich der kommende Vlog drehen sollte, wie ich ihn innovativ und unterhaltsam gestaltete und dadurch für meine Abonnenten einen Nutzen generierte. Dabei kam es nicht auf jede einzelne Minute an, da ich ein paar Videos in Vorlauf produziert hatte. Damit ich mir in Urlaubsphasen keinen Stress machen musste, oder wenn ich krank war. Dennoch war es so, dass ich einmal in der Woche filmte und ein Video online stellte. Den meisten Werbepartnern hatte ich diese Vorgehensweise zugesagt. Aber für die aktuelle Einschaltung wollte mir einfach nichts einfallen. Meine Gedanken drehten sich nur um Jo. Ich war definitiv verliebt. Und zwar so, wie ich es schon lange nicht mehr gewesen war. Ich schaute ständig auf mein Handy, ob er mir eine Nachricht geschickt oder versucht hatte, mich zu erreichen. Ich konnte keinen klaren Gedanken fassen, was total störend war. Nur Jo, Jo, die ganze Zeit, und wie sein Unterarm den meinen berührte, als er nach meiner Hand griff. Und wie meine Finger manchmal seine Jeanshose streiften. Dann klingelte das Telefon. Es war Ben.

»Hey«, begrüßte ich ihn. »Hast du das Wochenende überlebt?«

»Ich mache nicht immer Party«, antwortete er.

»Trotzdem klingst du müde.«

»Bin ich auch. Kommst du heute Abend vorbei? Wir könnten kochen und einen Film sehen.«

»Du meinst, ich könnte kochen«, stellte ich klar und lachte. Er meckerte zwar immer über meine veganen Leckereien, trotzdem ließ er nie einen Rest auf dem Teller übrig. Er war das perfekte Versuchskaninchen für die Vorbereitung zum aktuellen Vlog. »Weißt du was, ich habe schon eine Idee. Ich wollte schon lange einen Hot Dog machen. Statt dem Würstchen mariniere und grille ich eine Karotte. Was sagst du? Wir könnten eine Art Fast-Food-Abend machen. Mit Süßkartoffelpommes, Dips und Salaten.«

»So habe ich mir das vorgestellt.«

»Klasse. Dann bis später.«

»Ich freu mich«, sagte er und legte auf. Nachdem ich mein Thema endlich hatte, kam ich auch mit der Vlog-Planung voran.

Ich kam gerade vom Einkaufen zurück und ging am Küchenfenster meiner Nachbarin vorbei, als sie die Tür aufriss und mir zurief.

»Ich habe etwas für dich!« Ich blieb stehen und stellte

die beiden Einkaufstüten ab. Sie waren schwer. »Wie sagst du, heißt dein Beruf?«, fragte sie mich. Rosa war um die siebzig, alleinstehend und unglaublich neugierig. Sie bekam alles mit, was sich im Sichtfeld ihrer Fenster abspielte.

»Ich denke, du würdest es Köchin nennen. Ich nenne es Foodbloggerin. Man kann auch YouTuber oder Influencer sagen.«

»Ja, ja, das!«, rief sie. »Schau.« Sie wedelte mit einem Zeitungsartikel vor meiner Nase herum. »Da geht es um Leute wie dich. Da kamst mir gleich du in den Sinn.«

»Oh«, sagte ich und nahm ihr den Artikel ab. Es war dieses Magazin, das immer montags in den Briefkästen lag und in dem über Society-Events der vergangenen Woche berichtet wurde. Der Artikel ging um das Event vergangenen Donnerstag. »Ja, da war ich«, sagte ich und gab ihr das Magazin zurück.

»Willst du den Artikel nicht lesen?«, fragte sie.

»Nein. Ich weiß ja Bescheid, ich war dort.«

»Aber sie schreiben, dass es sich um eine Scheinwelt handelt. Dass hinter den jungen und attraktiven Menschen in Wahrheit ausgebrannte Seelen stecken, die an der Stelle eines Herzens nur eine Kontonummer haben.« Sie stoppte und sah mich eindringlich an. »Ist das so? Und du machst so was? Du bist doch so ein liebes Mädel.«

»Rosa. Du sollst doch nicht alles glauben, was in der Zeitung steht. Die leben von den Storys, die müssen spannend sein.«

Sie lächelte. »Stimmt. Ich dachte nur, es interessiert dich vielleicht. Nimm sie mit oder schmeiß sie weg.« Sie steckte die Zeitung einfach in meine Einkaufstüte, drehte sich weg und ging. Ich mochte Rosa. Ich griff nach meinen Einkaufstüten und ging in meine Wohnung. Die meisten Sachen beließ ich in der Einkaufstasche, die würde ich direkt zu Ben mitnehmen. Nur die Lebensmittel, die nicht für heute Abend gedacht waren, verstaute ich. Am Ende blieb noch die Zeitschrift übrig. Ich drückte mir eine Tasse Kaffee und setzte mich auf die Couch. Natürlich war ich neugierig, was sie schrieben.

Influencer-Event in der Innenstadt

Am Donnerstagabend trafen sich etwa 400 geladene Gäste der deutschsprachigen Influencer-Szene in noblem Ambiente. Doch der Schein trügt.

Ein Event, das die digitalen Heldinnen und Helden des 21. Jahrhunderts zusammenfinden lässt, um sich gegenseitig in ihren Erfolgen zu bestärken und zu fördern. So war es wohl gedacht. In der Realität fehlt dieser Gedanke jedoch weitestgehend. In der analogen Welt überzeugen die lächelnden Mienen der so oft gelikten Influencer kaum. Sie sind Menschen wie du und ich und können neben dem im Internet erlangten Ruhm kaum etwas vorweisen, das fundamental überzeugt. Am ehesten ist es ihr Aussehen, mit dem sie in den Vordergrund treten. Schlanke und sportliche Figuren, bei den Damen hohe Schuhe und kurze Kleider. Das scheint der Trend zu sein. Inhaltlich geben die Gäste jedoch wenig her. Die Yoga-Lehrerin ist gestresst und erzählt, sie habe das letzte Mal vor zwei Wochen wirkliches echtes Yoga gemacht. Für sich, meint sie, nicht für ihre Follower. Der Gitarrist, der sich alles selbst beigebracht hat, sagt, er veröffentliche auf YouTube nur Covers, die den meisten Followern gefallen würden. Nicht das, was ihm selbst am besten gefällt. Außerdem nehme er nun Gitarrenstunden bei einem Profi, um sich zu verbessern. Aber diese Aussagen werden von einer Frau getoppt, die ihr Hobby – veganes Kochen – durch ihre Videos zum Beruf gemacht hat und offen zugibt, dass sie ihre Abonnenten belügt, sich selbst nicht vegan ernährt und ihren Job durch und durch verachtet.

Lesen Sie nächste Woche mehr und finden Sie heraus, wie abgebrüht und verlogen die deutschsprachigen Influencer wirklich sind.

DOK

Ich klappte die Zeitung zu und lehnte mich zurück und trank ein paar Schlucke Kaffee. Unwahrscheinlich, dass ich die vegane Köchin war, selbst wenn der Text inhaltlich nahe an der Wahrheit dran war. Ich hatte mit keinem Journalisten gesprochen. Trotzdem ärgerte mich der Bericht und irgendwie fühlte ich mich ein bisschen zu Unrecht beschuldigt. Ich steckte die Zeitung ein und fuhr zu Ben. Ich knallte sie auf den Tisch.

»Lies mal. Bin ich das?« Ich schlug das Magazin an der richtigen Stelle für ihn auf.

»Da steht ja kein Name drin. Keine Ahnung, wen er meint. Ich behaupte ja, das ist ein Schuss ins Blaue.«

»Mich ärgert das. Es stimmt auch gar nicht.«

»Aber es ist auch nicht ganz daneben«, widersprach Ben und hatte den Nagel auf den Kopf getroffen. »Jetzt mach dir keinen Kopf. Niemand liest heutzutage noch Zeitung. Vor allem nicht unsere Abonnenten.«

»Ich weiß. Trotzdem.«

»Selbst, wenn dein Name auftauchen sollte. Dann wäre das noch immer zu deinem Vorteil.«

»Warum?«

»Du erreichst damit Menschen, die du sonst nie im Leben erreichen würdest. Die sind doch alle neugierig und googeln dich und ein Teil davon findet deinen Blog bestimmt gut und bleibt hängen. Neue Follower. Ist doch super!«

»Bei dir ist immer alles super!«

»Bei dir auch gleich wieder. Lass uns kochen, ich helfe dir.«

»Nimm du die Süßkartoffeln und schäle sie, dann schneidest du sie in Streifen und wirfst sie in eine Schale«, wies ich ihn an und reichte ihm vier große Süßkartoffeln. »Ich kümmere mich um die Karotten.« Ich suchte nach einem Schneidebrett, den Schäler hatte ich selbst dabei. Mich wurmte der Zeitungsartikel trotzdem. Vielleicht hatte Jo mit seiner Theorie zum Schicksal und den Hinweisen gar nicht so unrecht. »Meinst du nicht, dass ich den Zeitungsartikel, der sich über mich lustig macht, als eine Art Wegweiser sehen sollte, um wirklich auszusteigen?«, fragte ich Ben.

»Wenn ich da irgendwo vorkäme in dem Text. Und

ich würde dir die Frage stellen, ob ich meinen Job an den Nagel hängen soll, nur weil irgendjemand irgendwas schreibt, das mir nicht ganz gefällt. Was würdest du sagen?«

»Ich würde sagen, dass du drüberstehen sollst.« Ich seufzte. Genau das würde ich sagen.

»Gut, dann haben wir das geklärt. Machst du Fotos?«

»Klar, wenn alles fertig ist, also gib dir Mühe. Ich brauche gerade Pommes.« Die sechs Karotten für uns waren schnell geschält. Dann legte ich sie in eine Schale mit einer Marinade aus Sojasauce, Essig, Agavendicksaft, Thymian und Paprikapulver. Ich ließ das Ganze ziehen und goss Olivenöl über die Süßkartoffelpommes und mischte alles noch mit etwas Salz durch, bevor ich die Pommes auf einem Backblech verteilte und ins Rohr schob.

»Und jetzt?«, fragte Ben.

»Such du schon mal einen Film aus, den Rest schaffe ich alleine.«

»Willst du ein Bier?«

»Klar, warum nicht.« Er ging aus der Küche und ich begann, die Zwiebeln zu schälen und in Ringe zu schneiden. Ich wollte sie karamellisieren. Als sie in der Pfanne brutzelten, kümmerte ich mich um das Gurken-Relish. Zum Schluss machte ich noch eine Sauce aus veganem Joghurt mit Salz und Kräutern. Dann kam Ben mit zwei Flaschen Bier zurück und goss uns ein.

»Zum Wohl«, sagte er und wir stießen an.

»Jetzt brauche ich dich doch noch. Du kannst die Karotten bitte anbraten.« Er zögerte kurz. »Diese hier?«

Er zog eine Grillpfanne aus dem Schrank und hielt sie mir hin. Ich nickte. Zeitgleich wendete ich die Süßkartoffelpommes und schob auf einem zweiten Blech ein paar Aufbackbrötchen in den Ofen.

»Wir können den Tisch decken. In zehn Minuten ist alles fertig«, sagte ich und lief in den Flur, um meinen Fotoapparat zu holen.

»Essen wir vor dem Fernseher?«, fragte er und ich sah ihn mit den Tellern in einen anderen Raum gehen.

»Wie du willst.«

»Du wirst staunen. So was hast du noch nicht gesehen. Komm.« Er nahm mich an der Hand und führte mich in einen abgedunkelten Raum. »Mein eigenes Kino. Sensationell. Was sagst du?« Ich staunte wirklich. Ein Raum, fast so groß wie meine Wohnung, als privates Kino eingerichtet. Wir traten ganz vorne durch die Tür, direkt bei der Leinwand, das Bild wirkte verzerrt und unscharf. Hinten an der Decke war der Beamer montiert, der die Wand vorne anleuchtete. In den Ecken sah ich Lautsprecher. Fenster gab es keine. Der Boden war mit einem flauschigen Teppich ausgelegt und eine riesige Sofa-Landschaft fügte sich wie maßgeschneidert von der einen Seite bis zur anderen ein. Hin und wieder ein paar Tischchen und Ablagen, Sitzsäcke und Kissen.

»Du bist wirklich verrückt«, bemerkte ich und ließ seine Hand los. »Bist du sicher, dass du hier essen willst. Alles ist so schön und neu. Wir kleckern vielleicht.«

»Ich habe mir hier kein Museum eingerichtet. Es gefällt dir also?« Er legte seinen Arm um meine Schulter.

»Willst du vielleicht doch einen eigenen Schlüssel?«

Statt einer Antwort ging ich zur Küche. »Das Backrohr piept.« Ich nahm zuerst die Brötchen heraus und ließ sie abkühlen. Dasselbe tat ich mit den Karotten, die frisch aus der Grillpfanne zu heiß zum Essen waren. Dann kamen die Süßkartoffelpommes an die Reihe. Ich drapierte alles auf Platten. Dann baute ich den Hot Dog zusammen.

»Sieht gut aus«, fand Ben.

»Ich hoffe, es schmeckt auch so.« Ich strich die selbstgemachte Sauce auf die Unter- und Oberseite der Brötchen, dann legte ich die gegrillten Karotten darauf, darüber kamen die karamellisierten Zwiebelringe und das Gurkenrelish. Noch etwas grobkörniges Salz und bunter Pfeffer, fertig.

»Jetzt die Fotos.« Ich stellte mich auf einen Stuhl und knipste ein paar Bilder von oben. Dann von der Seite.

»Es wird bald kalt. Lass uns essen«, drängte Ben.

»Ich brauche die Fotos.«

»Soll ich mit aufs Bild? Ein Channel-Cross-Over wäre spannend.«

»Du weißt, dass ich das anders sehe. Ich will privat und Job nicht vermischen.«

»Keine Ahnung, welches Regelbuch du gelesen hast. Aber das ist Old School. Es gibt weder Job noch privat. Es gibt nur ein Leben.«

»Stimmt«, gab ich zu und Ben drängte sich ins Bild. »Zu spät. Fertig.« Ich drückte ihm einen Teller in die Hand. Er biss als Erstes in den veganen Hot Dog.

»Und?«

»Mega«, sagte er mit vollem Mund und schob ein paar Pommes nach. »Komm«, forderte er mich auf und trottete vor mir her in sein Heimkino. Ich folgte ihm und setzte mich. Auf dem Tisch stand bereits ein Bier für mich. »Auf einen gemütlichen Abend.« Wieder hielt er mir seine Flasche zum Anstoßen hin.

»Was hast du denn für uns ausgesucht?«

»Ich dachte, wenn du schon kochst, dann willst du sicher etwas aus der romantischen Ecke. Vielleicht *Stolz und Vorurteil* oder *Jane Eyre*.«

Ich lachte. »Dass du so was überhaupt kennst. Aber ich würde dich nie zwingen, das mit mir zu sehen. Außerdem kenne ich die Filme schon.«

»Was hältst du von Ethan Hunt?«

»*Mission Impossible* geht immer. Welcher Teil?«

»War nur ein Scherz. Kennst du *Lachsfischen im Jemen*?«

»Nein«, gestand ich.

»Hast du schon was gegessen? Probier endlich.« Er schaltete den Beamer an. »Es geht um ein Projekt, das im ersten Moment unmöglich erscheint und dann doch funktioniert. Da dachte ich an dich und deinen Bauernhof.«

»Du glaubst also, ich sollte es tun?«

»Auf keinen Fall. Aber ich dachte, der Film gefällt dir.« Ich sagte nichts, sondern biss endlich von meinem Hot Dog ab. Er schmeckte sehr gut. Die Pommes auch. Ich würde das Rezept definitiv auf meinen Blog stellen. Der Film war wirklich gut. Ich mochte die Schauspieler.

Und die Handlung. Der Protagonist belächelte zuerst den Plan, bei dem er helfen sollte, im Jemen eine Lachszucht aufzubauen. Erst mit der Zeit erkannte er, dass neben Vernunft und Wissenschaft auch Werte wie Vertrauen oder Hoffnung relevant sein konnten. Der Film hatte für meinen Geschmack die richtige Mischung aus Tiefgang und Oberflächlichkeit, was ihn so unterhaltsam machte. Nachdem ich aufgegessen hatte und den Teller von meinem Schoß zurück auf den Tisch stellte, legte Ben mir seinen Arm um die Schulter und zog mich an seine Brust. Hin und wieder machte er Andeutungen, die signalisieren konnten, dass er etwas für mich empfand. Und manchmal glaubte auch ich, etwas für ihn zu empfinden. Aber richtig sicher war ich mir nie. Weder bei meinen Gefühlen für ihn noch bei seinen für mich. Wir hatten uns während des Studiums kennengelernt und waren schon ewig befreundet. Und an diesem Abend fragte ich mich zum ersten Mal, ob er mehr wollte und sich nur nicht traute, weil ihm unsere Freundschaft so viel bedeutete, oder ob es einfach zu uns gehörte, zu kuscheln und sich nahe zu sein. Andererseits lag fast jedes Wochenende eine andere Frau in seinem Bett. Kaum eine Beziehung, wenn man es überhaupt so nennen konnte, hielt länger als ein paar Wochen. »Schläfst du heute Nacht hier?«, fragte Ben, als der Abspann lief.

»Danke, aber ich bin nicht müde.«

»Hat er dir gefallen?«

»Ein schöner Film«, erwiderte ich und stand auf, um unsere Teller in die Küche zu tragen. »Wir sollten noch aufräumen.« Ich nickte zur Arbeitsplatte, die noch mit Kochgeschirr bedeckt war.

»Das macht die Reinigungsdame.« Ben nahm mir das Geschirr ab und stellte es einfach auf die Theke.

»Nobel.«

»Das Angebot für diese Nacht steht noch. Und auch der Schlüssel. Nicht nur, um mich zu besuchen. Du kannst auch hier einziehen, wenn du willst«, sagte er und trat auf mich zu. Er legte beide Hände in meine Taille.

»Was würdest du denn machen, wenn ich wirklich hier einzöge? Ich würde dich bei deinen Romanzen nur stören.«

»Was, wenn die Romanzen nur stattfinden, weil du fehlst?«

»Jetzt trägst du aber dick auf.«

»Ich habe Spaß. Dagegen ist nichts einzuwenden. Ich kann aber auch treu sein bei der richtigen Frau.«

»Und du denkst, ich bin das?«

»Warum nicht? Hast du noch nie so über uns nachgedacht?«

»Manchmal.«

»Und?«

»Ich weiß nicht.« Ich legte meine Hände auf seine Arme. »Ich schätze dich sehr. Ich mag dich. Aber ich weiß nicht, ob es mehr ist. Und der Preis scheint mir zu hoch, wenn unsere Freundschaft zerbrechen könnte, nur um es herauszufinden.« Er beugte sich zu mir und drückte mir einen kurzen unschuldigen Kuss auf die Lippen. So wie es mein Vater getan hatte, als ich ein kleines Mädchen war und er mich abends ins Bett brachte. Ich stutzte.

»Und jetzt geh nach Hause und träum von mir«, sagte er.

»Sonst geht es dir aber gut?« Ich lächelte ihn an. Die Vertrautheit zwischen uns gefiel mir.

»Ich habe dich geküsst, wie könnte es mir da nicht gut gehen.«

»Das war kein Kuss. Das war höchstens ein Küsschen. Und gestohlen war es dazu, denn ich habe es nicht erwidert.«

»Aber es ist ein Fortschritt. Das musst du zugeben. Warte nur ab, in ein paar Wochen liegst du in meinen Armen und willst gar nicht mehr weg.« Ich lachte und zog meine Schuhe an. Ich hatte ihm nichts von Jo erzählt und den Schmetterlingen in meinem Bauch, wenn ich an ihn dachte. Es jetzt zu erwähnen, wäre ganz unpassend. Vor allem, weil wir uns erst einmal getroffen und Händchen gehalten hatten. Das hatte keine Bedeutung. Verdammt, ich war sechsundzwanzig Jahre alt. Händchen halten zählte nicht. Genauso wenig wie ein Küsschen.

»Wer weiß«, entgegnete ich und überlegte, ob ich es einfach tun sollte. Ob ich ihn jetzt einfach küssen sollte. Hierbleiben sollte. Es mit ihm versuchen sollte. Aber ich verabschiedete mich, so wie ich es immer tat, und ging nach Hause.

Kapitel 6

An den darauffolgenden Tagen arbeitete ich an meinem Vlog. Ich kochte das Essen noch einmal und filmte mich dabei aus den unterschiedlichsten Perspektiven. Immer lächeln, immer gut aussehen. Inzwischen kannte ich die Kameraeinstellungen, die mich schlank aussehen ließen und jene, die mich nicht so vorteilhaft zur Geltung brachten. Der Großteil der Arbeit war Routine. Ich drehte ein paar Sequenzen, vertonte sie und legte eine Hintergrundmusik darunter. Dann schnitt ich das Ganze zurecht und stellte es online. Im selben Moment rief ich Ben an.

»Hey«, meldete er sich.

»Hey. Mein aktuelles Video ist draußen. Schaust du es dir an und schreibst mir einen Kommentar?«

»Wird gemacht. Ich rufe dich gleich zurück.« Dann legte er auf. Ich wartete. Das Video dauerte zwölf Minuten. Danach würde er sich melden. Ich ging zur Kaffeemaschine und drückte die kleine schwarze Taste, auf der eine Tasse abgebildet war, und sah der braunen Flüssigkeit zu, wie sie in meinen Kaffeebecher rann. Mein Telefon klingelte.

»Das ging ja schnell«, sagte ich, ohne auf das Display zu sehen, griff nach der vollen Tasse und marschierte damit zu meinem PC.

»Hallo. Ich bin's, Jo. Ich sehe mir gerade dein Video an.« Mit ihm hatte ich nicht gerechnet.

»Das Ding ist seit etwa einer Minute draußen. Wie hast du das denn geschafft?« Ich war beeindruckt.

»Ich gehöre jetzt wohl zum engsten Kreis deiner Fans.«

»Sieht so aus. Hinterlässt du mir einen Kommentar?«

»Fast schon fertig. Warte. Jetzt.« Ich aktualisierte meinen Account und las, was er geschrieben hatte.

»Witzig.«

»Und?«

»Du bist zwei Tage zu spät. Es ist nichts mehr übrig.«

»Ein anderes Mal vielleicht?«

»Lädst du dich gerade selbst bei mir zum Essen ein?«

»Sieht so aus. Ich weiß, das ist unhöflich. Aber du bist die Foodbloggerin. Sähe komisch aus, wenn ich dich einladen und bekochen würde.«

»Du kannst es ja versuchen.«

»Okay. Kompromiss. Treffen wir uns im Restaurant?«

»Klar. Wann?«

»Samstag? Mittag?«

»Passt. Du reservierst und gibst mir Bescheid. Denk daran, ich esse vegan. Also kein Steakhouse.«

»Für wen hältst du mich?« Er lachte und ich stimmte ein.

»Ich bin schon gespannt.«

»Ich freu mich.«

»Bis dann«, verabschiedete ich mich und wir legten auf. Als ich meinen Blog aktualisierte, sah ich den Kommentar von Ben, der betonte, dass er sich vorstellen könne, wie köstlich es schmecken würde. Für heute war ich mit meinem Arbeitspensum durch. Die E-Mail von Karsten wartete zwar seit ein paar Tagen ungelesen in meinem Posteingang, aber ich wollte nicht wissen, ob er sich entschuldigte oder die Verbindung löste.

Am Samstag war das Wetter so, wie man es sich an jedem Sommertag wünschte. Nicht zu heiß und nicht zu kalt. Ich nahm meine dunkelblauen Shorts aus dem Schrank und zog ein weißes Shirt dazu an. Für ein Mittagessen wollte ich mich nicht rausputzen. Andererseits wollte ich auch nicht so aussehen, als ob ich mir keine Mühe gegeben hatte. Deshalb lackierte ich mir die Nägel rot und steckte die Haare locker hoch. Ich las den fiesen Zeitungsartikel nochmals durch und steckte ihn ein. Ich war gespannt, was er dazu sagen würde.

Jo und ich waren um halb eins am Marktplatz verabredet. Ich sah ihn nirgends und setzte mich auf eine Bank, die dort stand. Neben mir, über dem Müllkübel, summten Wespen. Ich rückte zum gegenüberliegenden Ende der Parkbank und schaute auf mein Handy, ob er mir eine Nachricht gesendet hatte. Nichts. Ich öffnete meine Mails und überwand mich endlich, die von Karsten zu lesen.

Hallo Ella,

bitte entschuldigen Sie. Ich war ganz mit mir beschäftigt. Ehrlich gesagt bin ich ordentlich unter Druck. Es tut mir leid. Können wir uns in den nächsten Tagen treffen, um die weitere Vorgehensweise zu besprechen? Montag, 14.00 Uhr, passt Ihnen das? Für die Anreisekosten komme natürlich ich auf.

Viele Grüße,
Karsten

Der Mann hatte Nerven, mich zu sich zu bestellen. Wenigstens hatte er sich entschuldigt.

»He«, sagte Jo und ich blickte hoch.

»Hallo.« Ich stand auf. Wir nahmen uns kurz in den Arm und hauchten uns Küsschen rechts und links auf die Wange. Er roch gut. Süß. Irgendwie nach Zimt und Vanille.

»Was liest du da?« Er nickte zum Handy in meiner Hand. Ich drückte die Mail weg und steckte das Handy in die Handtasche zurück.

»Arbeit«, antwortete ich.

»Am Wochenende?«

»Als ob Kreative und Selbstständige jemals frei hätten«, seufzte ich. »Wie ist das eigentlich bei euch Beratern? Letztens hast du auch abends arbeiten müssen.«

»Stimmt. Irgendwie bin ich auch immer im Dienst.«

»Dann machen wir jetzt gemeinsam Pause. Wohin entführst du mich?«

Er hob seine Hand und zeigte nach vorne. »Dort entlang. Dann noch um ein, zwei Häuserecken und wir sind dort.« Er legte seine Hand um meine Taille und wir schlenderten los.

»Vegan?«

»Du oder ich?«

»Das Restaurant natürlich.« Ich blickte zu ihm hoch. Er sah gut aus in seinem Outfit aus Jeans und lässigem Hemd. Ob er mich heute küssen würde? Ich hätte jedenfalls sofort Lust darauf.

»Definitiv vegan. Relativ neu. Heißt Plant-Based oder so. Hast du noch nichts davon gehört?«

»Nein. Und du hast keine Probleme, mit mir was Veganes zu essen. Keine Angst, zu verhungern?«

»Ob du es mir glaubst oder nicht. Ich bin, seit wir uns kennen, ebenfalls Veganer.« Ich blieb stehen und löste mich aus seiner Umarmung.

»Was?« Ich war verblüfft.

»Ich probiere neue Dinge immer gleich aus. Dann weiß ich aus eigener Erfahrung Bescheid. Ich hatte zuvor nie darüber nachgedacht. Aber das Treffen mit dir hat mich überzeugt, es einfach zu tun. Ist ja nicht so, dass man damit ein Risiko eingeht.«

»Du tust das für dich? Für deine Gesundheit? Oder warum?« Er legte seinen Arm wieder um mich und zog mich an seine Seite. Dann gingen wir weiter.

»Ich tu das aus keinem speziellen Grund. Wie gesagt, ich probiere es einfach aus.«

»Aber es ist schwierig.«

»Auf deinem Blog sagst du, es ist leicht.«

»Ja. Nein. Ich meine … du bringst mich ganz durcheinander. Es ist eigentlich ganz leicht. Aber am Anfang fühlt es sich schwer an, weil wir gerne die Dinge essen wollen, die wir immer gegessen haben und uns noch nicht alle Alternativen bekannt sind.«

»Ging es dir so?«

»Klar. Ich habe ein paar Anläufe gebraucht, bis ich es geschafft habe.«

»Bei mir klappt es im Moment ganz gut.«

»Schön. Das freut mich.«

»Du weißt, dass ich es für dich tue.«

»Du sagtest, es gebe keinen Grund.«

»Es gibt immer einen Grund.« Ich blieb stehen und sah ihm in die Augen. Sie waren dunkelbraun und erinnerten mich an den Wald und die Bäume aus meiner Kindheit. An Wärme und Sicherheit.

»Das musst du nicht tun.«

»Du würdest dich also auch in mich verlieben, wenn ich alles esse, was du verabscheust?«

»Ich verabscheue nichts.«

»Du weißt, was ich meine.«

Ich überlegte, was ich ihm antworten sollte. Es ging nicht darum, was er aß. Es ging um das, was er sagte. Dieses eine Wort. Mein Herz pochte wie verrückt, seit ich es gehört hatte. Ich hoffte, dass seines ebenso schlug und beschloss, mutig zu sein.

»Eigentlich bin ich schon verliebt.« Ich kam mir unglaublich dumm vor, es so zu formulieren. Ich blickte unauffällig an ihm vorbei, schaffte es nicht, ihm in die Augen zu sehen. Plötzlich und mit einem erfreuten Lachen, das wie ein Glucksen klang, schlang er beide Arme um meine Taille und zog mich näher. Jetzt sah ich ihn an. Er lächelte. Dann beugte er sich langsam zu mir. Ich wusste, er würde mich jetzt küssen. Wie in Zeitlupe senkte er den Kopf. Ich sah nur seine Lippen. Sie waren hellrot. Rundherum wuchs ein kurz gehaltener Vollbart. Ich drückte mich an ihn und hob meinen Kopf. Erwartungsvoll schloss ich die Augen. Dann spürte ich endlich seine Lippen auf meinen. Der Bart kitzelte. Auf Zehenspitzen stand ich da und erinnerte mich, dass wir uns mitten in einer Fußgängerzone befanden. Jo zog mich noch näher und löste eine Hand von meiner Taille, um sie in meinen Nacken zu legen. Oh, wie sich das anfühlte. Sein Mund war warm und weich und sein Griff um mich stark und bestimmt. Und ich spürte nur dieses Kribbeln überall und eine Leichtigkeit. Traumhaft. Dennoch musste ich mich lösen. Meine Füße begannen zu zittern und ich senkte meine Fersen langsam zurück auf den Boden. Dabei verloren meine Lippen den Kontakt zu seinen. Ich öffnete die Augen und sah ihn lächeln. Ich lächelte zurück.

»Dann sind wir also beide verliebt«, sagte er leise und seine Stimme klang belegt. Ich kicherte. Wieder fühlte ich mich wie im Pausenhof. Wenn er mir als Nächstes einen Papierzettel zustecken würde und fragen, ob ich seine Freundin sein wolle, dann wäre wirklich alles wie damals. Er nahm meine Hand und wir setzten unseren Weg fort.

Das neue vegane Restaurant, das er gewählt hatte, war winzig. Eine Mischung aus Shop und Imbiss. An der Theke konnte man Gebäck und Kuchen kaufen und mitnehmen. Im hinteren Teil des Ladens gab es zusammengewürfelte Sitzgelegenheiten. Manches sah aus, als käme es direkt vom Sperrmüll. Anderes wirkte neu und schenkte dem Restaurant einen hippen Charakter. Jo führte mich zu einem der hintersten Tische.

»Warst du schon mal hier?«, fragte ich ihn.

»Einmal. Um es für uns zu testen.« Er lächelte. Nachdem wir uns gesetzt hatten, griff er über den Tisch hinweg nach meinen Händen und strich mit seinen Daumen über meine Handrücken. Mein Blick fiel wieder auf seine Uhr. Sie sah alt aus. Nicht schäbig, sondern eher antik und vielleicht sogar wertvoll. Die Bedienung trat an unseren Tisch und reichte uns die Speisekarte.

»Was wollt ihr denn trinken?«, fragte die junge Frau.

»Kannst du etwas Spezielles empfehlen?«, wollte ich wissen.

»Vielleicht unsere hausgemachten aromatisierten Wasser oder Limonaden? Ansonsten haben wir diverse Tees und weitere Getränke, jedoch alles bio und ohne zugesetzten Zucker.«

»Dann nehme ich ein aromatisiertes Wasser.«

»Holunder-Zitrone, Gurke-Apfel, Granatapfel-Himbeere. Was darf es sein?«

»Gurke-Apfel klingt spannend. Das probiere ich.«

»Ich nehme dasselbe«, sagte Jo.

»Gerne.« Die Kellnerin entfernte sich und ließ uns alleine.

»Kannst du etwas zu essen empfehlen?«, fragte ich Jo und öffnete die Karte.

»Ich habe mir vor ein paar Tagen an der Theke nur ein Sandwich geholt.« Er zuckte verlegen mit den Schultern.

»Sehr gut recherchiert. Wenn das mit der Schriftstellerkarriere klappen soll, dann musst du genauer arbeiten.« Ich zwinkerte ihm zu. Für einen kurzen Moment wurde er ernst.

»Wenn du wüsstest, wie ungenau ich manchmal arbeiten muss. Aber hin und wieder sitzt einem der Boss im Nacken. Wenn du verstehst.« Er wich meinem Blick aus, als er das sagte. Aber ich verstand auch so. Ich dachte an Karsten. Ich dachte an den Zeitungsartikel.

»Ich weiß genau, was du meinst.« Ich griff in meine Handtasche, die auf dem Stuhl neben mir lag und zog das Magazin heraus. Ich hatte es so gefaltet, dass man den Artikel gleich sah. Ich knallte das Ding auf den Tisch und drehte es zu ihm, damit er lesen konnte. »Da!«

Er starrte den Artikel an, dann mich, dann wieder den Artikel.

»Es tut mir leid«, sagte er und blickte auf den Text.

»Es ist eine Frechheit, was da steht.« Er nickte, ohne aufzusehen.

»Und ab Montag gibt es mehr. Eine Fortsetzung sozusagen.« Ich riss die Zeitung wieder an mich und steckte sie ein. »Ich freu mich schon, Neues über mich aus erster Hand zu erfahren.«

»Es tut mir leid. Es war Zufall, dass …« Er hielt inne.

»Dass es so klingt, als wäre ich gemeint?«, ergänzte ich. Er dachte also dasselbe wie Ben? »Ich weiß, ich bin nicht der größte Fisch im Becken. Wahrscheinlich sollte ich mich nicht so wichtig nehmen und nur an mich denken.« Ich schüttelte den Kopf. »Ich sollte die Zeitung einfach zum Altpapier werfen. Was interessiert es mich, wer das schreibt und was diese Person über mich denkt, wenn denn überhaupt von mir die Rede ist.«

»Du meinst … ähm … das bist also nicht du?« Jo war sichtlich verwirrt.

»Keine Ahnung. Es sind ja alles vage Andeutungen. Was aber stimmt, ist, dass am Montag ein neuer Artikel erscheint. Dann weiß ich mehr. Also drück mir die Daumen, dass ich mich irre.«

»Mach ich«, sagte er und griff nach der Speisekarte. Er war dahinter kaum mehr zu sehen.

»Hungrig?«, fragte ich und kicherte.

»Ja. Ja. Wir sollten etwas bestellen.« Ich entschied mich für einen Süßkartoffel-Kichererbseneintopf und Jo für gegrillte Tofu-Spieße an Erdnusssauce und Zucchininudeln.

»Manchmal sind die Dinge nicht so, wie sie scheinen«, sagte er mit einem Mal.

»Stimmt«, bestätigte ich. Genau darüber hatten wir an unserem ersten Abend gesprochen. »Ich denke wieder mehr über den Bauernhof nach. Abschied nehmen von der Öffentlichkeit. Bisher machte ich mir immer nur Sorgen um die Geldgeber. Das hat mich schon immer genervt. Aber jetzt? Mit der Presse hatte ich noch nie zu tun. Verstehst du? Das ist eine ganz andere Sache. Ich werde öffentlich an den Pranger gestellt und angeklagt und gleichzeitig kann ich mich nicht zu Wort melden und wehren.«

»Schrecklich«, murmelte Jo und blickte sich um. »Ich muss dir etwas sagen.« Aber ich wusste schon Bescheid. »Ich weiß.«

»Du weißt es?«, fragte er ungläubig.

»Ich bin ja nicht dumm. Auf der Party müssen Presseleute gewesen sein. Getarnt natürlich. Und entweder wusstest du das von Anfang an, weil du die Veranstaltung als Berater unterstützt hast, oder es ist dir auch eben erst klar geworden und du musst deinen Bericht korrigieren und herausfinden, wie sie reinkommen konnten.«

»Ah«, machte er und starrte vor sich hin.

»Ich dachte an Walter. Meinen Sitznachbarn«, fuhr ich fort. Jo schaute mich verdutzt an. »Du weißt schon. Der Typ aus der Tiefgarage. Ich habe ihm einiges über mich erzählt. Er weiß auch, dass ich an dem Abend nicht vegan gegessen habe. Das deckt sich mit dem Artikel.«

»Ja. Jemand war da.«

»Unfassbar. In einem meiner schwächsten Momente einfach so hintergangen zu werden. Der Feind sozusagen direkt neben mir.«

»Du weißt es nicht«, murmelte er. Ich nickte. Dann stellte die Kellnerin unsere Essen hin. Ehrlich gesagt, war ich froh darüber. So konnten wir das Thema wechseln. Die Stimmung hatte nichts Romantisches mehr. Außerdem wollte ich nicht jammern.

»Und jetzt denken wir nicht mehr dran. Wir können es ja sowieso nicht ändern.«

»Theoretisch schon«, meinte Jo nachdenklich. »Nur praktisch nicht.« Irgendwie schien er abwesend. Ich musste schnell ein anderes Thema auf den Tisch bringen, sonst würde das Date in seinen Augen sicher floppen.

»Du sprichst vom Bauernhof«, begann ich und lachte, um die Stimmung aufzulockern. »Stell dir vor, die Zucchini auf deinem Teller wären tatsächlich in deinem Garten gewachsen.«

»Das wäre eine schöne Welt. Da wären wir alle Probleme los.«

»Und hätten sicher neue. Keine Ahnung. Würmer oder Ameisen. Die können einem das Leben sicher zur Hölle machen.« Jetzt lachte er auch. Das gefiel mir. Sein Lachen klang schön, fast wie Gesang. »Weißt du was? Das nächste Video, das ich mache, ist nur für dich. Wie findest du das? Du darfst dir ein Essen aussuchen und ich koche es für dich.« Ich dachte an Ben und unsere regelmäßigen Kochabende. Vielleicht würde Jo daran auch Spaß haben.

»Mmh«, raunte er mit vollem Mund. »Da muss ich überlegen. Es müsste etwas sein, das in unserem Garten auf dem Bauernhof wachsen würde, wenn wir einen besitzen würden. Es müsste regional sein und auch saisonal.«

»Klingt gut. Aber was konkret?«

»Ich muss gestehen, ich habe keine Ahnung, was um diese Zeit in den Gärten wächst.« Er sah mich entschuldigend an. »Ich habe wirklich null Ahnung vom Kochen.«

»Kein Problem. Das übernehme ja ich. Mir fällt schon was ein.« Ich überlegte. Vielleicht Grillen. Etwas in der Richtung.

»Wollen wir nachher noch ein Eis essen?«, schlug Jo vor. Sein Teller war schon leer. Ich hatte noch ein bisschen übrig.

»Ich bin total satt. Aber wenn wir davor noch kurz spazieren, dann sollte ein Eis noch Platz haben.«

»Ich habe eine bessere Idee. Komm, iss auf und wir gehen.«

»Wir können gleich los. Den Rest schaffe ich nicht mehr.«

Jo stand auf und ging zur Theke. Er bezahlte für uns beide.

»Danke. Das ist nicht nötig.«

»Mein Vater hat mir das so beigebracht und das lasse ich mir nicht nehmen.«

»Was hat er dir sonst noch beigebracht?«

»Autofahren. Und die Liebe für gute Bücher. Wie man ein Feuer macht. Und noch andere Sachen.«

»Andere Sachen«, wiederholte ich und lächelte ihn an. »Klingt lustig, wie du das sagst.«

»Was hat dir dein Vater beigebracht?«

»Keine Ahnung. Wirtschaftlich-ökonomisches Denken vielleicht? Skifahren und Schwimmen. Mehr fällt mir nicht ein.«

»Das ist doch was.« Er lächelte und legte seinen Arm wieder um meine Taille. Ich schlang auch meinen Arm um ihn. Wir schlenderten die Häuserzeile entlang und liefen Richtung Park. Unsere Hüften waren eng aneinandergepresst und unsere Beine bewegten sich synchron. Als ob wir ein einziger Mensch wären. Beide gemeinsam den inneren Fuß, als wären die zwei zusammengewachsen. Dann den äußeren Fuß.

»Sieht lustig aus«, sagte ich und nickte Richtung Boden.

»Ist mir auch schon aufgefallen. Als ob wir ein Riese wären.«

Ich kicherte und drehte mich zu ihm. Ich legte meine Hände in seinen Nacken und zog ihn zu mir. Es war das erste Mal, dass ich ihn küsste. Er fühlte sich warm an und weich und so, als ob ich ihn schon ewig kennen würde.

»Siehst du das dort vorne?« Er hatte sich gelöst und zeigte mit ausgestrecktem Zeigefinger zum Park.

»Den Park?«

»Genauer«, forderte er.

»Mmh. Den Minigolfplatz?«

»Hast du Lust?«

»Klar!«, rief ich. Das war eines der Dinge, die mir mein Vater beigebracht hatte. Wobei, so richtig gelungen war es ihm nicht. Es blieb nur ein Versuch seinerseits, denn treffen konnte ich nie.

Fünf Minuten später standen wir an der ersten Bahn. Und natürlich bestand Jo darauf, dass ich beginnen sollte. Ladies first, waren seine Worte, als ich protestierte. Ich legte den Ball also auf die kleine Markierung und verschaffte mir einen Überblick, wo das Loch war. Aber ich wusste schon jetzt, dass es peinlich für mich enden würde. Die Bahn war denkbar simpel. Das Loch lag meinem Startpunkt exakt gegenüber. Die Bahn war gerade und ohne Hindernisse. Ich musste nur schießen. Die Kunst lag darin, es weder zu stark noch zu schwach zu tun. Ich gab mir Mühe und traf den Ball mit exakt dem richtigen Maß an Kraft. Er landete tatsächlich im Loch.

»Heute ist mein Glückstag.« Dabei strahlte ich über das ganze Gesicht. »Jetzt du.« Jo stellte sich an die Bahn und legte den Ball hin. Er tänzelte etwas hin und her bevor er den Schläger leicht anhob, um ihn kurz darauf wieder fallen und gegen den Ball prellen zu lassen. Er schlug zu fest. Die Kugel rollte knapp neben dem Loch vorbei, prallte an der Metallumrandung der Bahn ab und blieb kurz vor dem Loch liegen. Ich lächelte schweigend.

»Das freut dich«, kommentierte Jo und lochte mit dem zweiten Schlag ein.

»Ich genieße die Führung, solange sie anhält. Aber das wird sich bald ändern. Normalerweise treffe ich nicht.« Ich lachte. Er griff nach meiner Hand und wir gingen zur zweiten Bahn. Im Grunde sah sie genauso aus wie die erste. Allerdings waren zwei Mauern eingebaut, durch die jeweils nur ein schmaler Durchgang führte. Durch diese beiden Durchgänge musste der Ball, um am Ende im Loch zu landen. Wenn ich den Schlag wieder so gerade hinkriegte wie beim ersten Mal, sollte alles glattgehen. Aber manchmal spielt der Kopf einem Streiche. »Du zuerst«, sagte ich.

»Okay.« Jo legte den Ball ab und schwang den Schläger in einer fließenden Bewegung. Er kam beim ersten Versuch durch beide Durchgänge und der Ball blieb kurz vor dem Loch liegen. Mit dem zweiten Schlag lochte er ein. »Jetzt stehst du unter Druck.« Er holte den Ball aus dem Loch und kam auf mich zu. »Und um dich so richtig nervös zu machen, bekommst du noch etwas.« Es fühlte sich so natürlich und so leicht an, wie er mich an sich drückte und seine Lippen auf meine legte.

»Ich glaube, deine Küsse bringen mir Glück. Ich bin nicht nervös.« Ich legte die kleine Kugel auf die Markierung und schwang den Schläger ein paar Mal hin und her, bis ich wirklich schlug. Ich hörte einen kleinen Knall, gefolgt von Jos herzlichem Lachen. Der Ball rollte langsam von der ersten Wand Richtung Ausgangsposition zurück. »Also doch kein Glück«, murmelte ich.

Jo trat erneut auf mich zu. »Ich mache dich also nervös. Das gefällt mir.«

»Warum? Weil du dadurch gewinnst?«

»Ja. Aber ich spreche nicht vom Spiel, sondern von dir.« Er machte eine Pause und sah mich intensiv an. »Wenn ich dich nervös mache, bedeutet das, dass ich dich für mich gewinne.« Er wirkte wie ein kleiner Junge und gleichzeitig wie ein triumphierender Held, während er das sagte. Ich lachte, so sehr freute ich mich. Ich fühlte wie er. Es war, als ob wir zusammengehörten. Ich konnte es nicht erklären, aber wir gehörten definitiv zusammen.

»So werde ich nie treffen. Ist dir das klar?« Er kam näher und nahm mir den kleinen Schreibblock aus der

Hand, den die Dame uns beim Eintritt gegeben hatte, um die Ergebnisse zu notieren.

»Ich schätze, wenn es so um uns steht, haben wir beide gewonnen.« Dann lief er zum Mülleimer und warf den Block und die Stifte weg.

»Das hätten wir doch wieder abgeben müssen«, protestierte ich. Aber er sagte nichts weiter und küsste mich erneut. Dann nahm er mich an der Hand und zog mich zur nächsten Bahn.

So ein richtiges Spiel wurde das nicht mehr. Die meiste Zeit saßen wir auf den sporadisch aufgestellten Parkbänken unter den schattenspendenden Bäumen und knutschten. Manchmal lehnte ich mich auch nur an ihn und wir schauten hinauf in die Baumkronen und sahen zu, wie sie sich leise im schwachen Wind bewegten. Manchmal sagten wir etwas oder lachten. Dann schlenderten wir zur nächsten Bahn und spielten. Gemeinsam. Wir schlugen abwechselnd, bis der Ball im Loch war. Es gab keinen Konkurrenzkampf zwischen uns. Manchmal stellte Jo sich hinter mich und führte meinen Schlag. Beim ersten Mal, als er das tat, lachte ich. Es war ein Klischee. Danach genoss ich es nur noch. Seine Wärme in meinem Rücken fühlte sich gut an. Und erst seine Hände auf meinen. All das versprach so viel mehr, manchmal hielt ich es kaum aus und drehte mich einfach zu ihm und küsste ihn.

Der Tag verging wie im Flug. Und später verabschiedeten wir uns am Marktplatz, wo wir uns auch getroffen hatten. In dem Moment wünschte ich, ich hätte ihn zu mir eingeladen oder er mich zu sich. Aber so war es nicht.

Kapitel 7

Am Montag in der Früh wartete ich am Bahnhof auf meinen Zug. Ich hatte mir ein Erste-Klasse-Ticket gebucht, das ich Karsten in ein paar Stunden unter die Nase halten würde. Einerseits war es spannend, endlich das Unternehmen zu sehen, das irgendwo in der Pampa produzierte und in Sachen Nachhaltigkeit neue Maßstäbe setzte, andererseits fand ich es unhöflich, dass er mich einen so langen Weg anreisen ließ.

Als ich an meinem Platz saß, holte ich meinen Laptop heraus, stöpselte Musik ein und arbeitete an meiner Homepage. Das Abteil war etwa zur Hälfte gefüllt. Die meisten arbeiteten oder lasen. Irgendwann ließ ich mir einen Kaffee bringen und sah von da an nach draußen. Überall große Wiesen- und Weideflächen und weit dahinter rahmten die hohen Berge alles ein. Es war fast so, als wären wir in einer Art Schale gefangen. Hier unten am Boden das grüne Gras und oben der blaue Himmel. Aber rechts und links hielten uns die grauen und schroffen Gesteinsmassive fest und ließen uns niemals entkommen. Auf den Wiesen, die ich sah, die so vereinsamt wirkten, stand manchmal ein Hof. Darauf befanden sich große, aus dunklem Holz errichtete Gebäude, andere waren im unteren Drittel gemauert, andere komplett. Aber sie standen da, einfach so, sie wirkten verwahrlost. Und ich erinnerte mich an Jos Worte, ob ich an etwas glaubte. An Zeichen oder Schicksal. Ich wusste nicht mehr genau, wie er es formuliert hatte. Aber mit einem Mal spürte ich, was er meinte. Ich hatte tatsächlich das Gefühl, jeder einzelne Hof würde mich rufen, mir zuwinken, mich auffordern, zu ihm zu kommen.

Ich gab im Suchfeld meines Laptops ein: *Gutshof kaufen Österreich*

Rasch landete ich auf einer Immobilienseite und scrollte mich durch. Aber keiner der Höfe sah so aus wie die, die vor dem Zugfenster vorbeigerauscht waren. Ich klappte den Laptop wieder zu und knipste mit meinem Smartphone ein Foto vom nächsten Bauernhaus, das mir gefiel. Ich schickte es an Ben:

Hi Ben,
bin wieder im Bauernhof-Fieber. Was sagst du?

Und Jo schrieb ich:

Hallo Jo,
wie findest du das? Hast du es dir so vorgestellt? Etwas verwahrlost. Steckt Arbeit drin. Aber würde dir das gefallen? In der Nähe ist ein kleiner Bach. Ich bin im Zug. Was machst du?
Küsschen, Ella

Bens Antwort kam prompt und inhaltlich wenig überraschend:

Zum Glück riechen Fotos nicht. Es sieht nach Mist aus, Kühen und Dreck. Das willst du nicht. Du kannst auch anders aussteigen. Kommst du heute Abend vorbei? Bye

Hi Ben,
ich bin wahrscheinlich den ganzen Tag unterwegs. Ich komme morgen.

Bis ich aus dem Zug stieg und mir ein Taxi rief, hatte ich jedoch noch keine Antwort von Jo. Die Fahrt führte über schmale Landstraßen mit Schlaglöchern, vorbei an Feldern, auf denen Dinge angebaut wurden, von denen ich keine Ahnung hatte. Ich müsste dringend ein paar Kurse in Gartenbau besuchen, wenn es mich wirklich aufs Land zog.

»Kommen Sie von hier?«, fragte ich den Fahrer.

»Klar«, antwortete er.

»Gefällt es Ihnen? Ich meine, sind Sie gerne hier oder würden Sie lieber woanders leben?«

»Darüber habe ich noch nie nachgedacht.«

»Würden Sie mir empfehlen, in diese Gegend zu ziehen?«

»Suchen Sie einen Bauern?«

»Nein. Aber ich hätte gerne einen Hof.«

»Ah. Aussteiger aus der Stadt. Die kommen und gehen wieder. Zu viel Arbeit auf dem Land und zu wenig Geld. Schuster, bleib bei deinen Leisten, hat man früher gesagt. Woher kommen Sie denn?«

»Gut geraten. Aus der Stadt. Das ist also nichts für mich, meinen Sie.«

»Wenn Sie nicht wissen, wie die Mistgabel in die Hand gehört und wo der Kuhdreck hinsoll, dann wird das nichts auf einem Hof. Anpacken muss man halt wollen. Reparieren, nicht kaufen. Selber machen, keinen holen.«

»Ja, genau. So stelle ich mir das vor«, pflichtete ich ihm bei.

»Aber können Sie das auch? Sie sehen mager aus.«

Mir dämmerte, dass unser gängiges Schönheitsideal damit einherging, dass wir nicht körperlich arbeiteten und unsere Kalorienzufuhr reduzierten. Und obwohl ich regelmäßig joggte, wusste ich, dass mir die Kraft fehlen würde für echte körperliche Arbeit.

»Ich bin Köchin«, erwiderte ich und es fühlte sich gut an, mich so zu bezeichnen und nicht Foodbloggerin. »Ich kann so kochen, dass ich Kraft bekomme. Alles eine Frage der Übung. Mit der Zeit lernt man dazu, oder?«

»Die Weiber aus der Stadt, die eingeheiratet haben. Die Ehen halten nicht lang. Die gehen wieder. Zu rau hier.«

»Man kann es sich ja gemütlich machen.«

»Überlegen Sie es sich gut. Da, dort vorn, da wollen Sie hin. Ist ein guter Arbeitsplatz. Da braucht man keinen Hof haben. Da kann man ein normales Haus kaufen und da arbeiten.«

»Stört Sie die Fabrik mitten in der Natur nicht?«

»Freude hatten wir keine, als der Bau begann. Aber jetzt, so viele Arbeitsplätze. Da sind wir froh drum. Wo sollten die jungen Leute sonst hin?«

»Vielen Dank fürs Fahren und die nette Unterhaltung. Haben Sie eine Karte? Ich muss später wieder zum Bahnhof zurück. Können Sie mich fahren?«

»Klar«, sagte er und drückte mir seine Visitenkarte in die Hand. Seine Hände waren rau und schmutzig.

»Haben Sie selbst einen Hof?«, fragte ich. Er nickte.

»Seit Generationen im Familienbesitz. Das gibt man nicht auf, auch wenn's zum Leben nicht reicht.«

»Versteh ich. Danke nochmals. Bis später.« Ich winkte zum Abschied, als er wegfuhr. Direkt eingeladen aufs Land hatte er mich also nicht. Ich überlegte, ob Karsten hier in der Gegend wohnte. Wahrscheinlich schon. Das könnte ich ihn ja fragen.

Ich betrat das Verwaltungsgebäude, das nur ein paar Meter neben der großen Fabrik stand. Es war ein weißes, eckiges Gebäude. Vor der Tür war ein Blumenstock platziert. Die Tür selbst war aus Glas und ich sah bereits von hier in den Empfangsraum. Der Boden war mit dunklen Steinplatten ausgelegt und als ich eintrat, klingelte eine Glocke. Das erinnerte mich an den Dorfladen, in den ich als Kind manchmal einkaufen gegangen war.

»Hallo«, grüßte ich und trat zum Schreibtisch der Rezeptionistin. »Ich bin Ella. Der Vierzehn-Uhr-Termin für Karsten.«

»Ja«, sagte die Empfangsdame. »Nehmen Sie Platz.« Ich hörte, wie sie bei ihm anrief und mitteilte, dass ich da war. Es dauerte nicht lange, dann trat er aus dem Aufzug an der gegenüberliegenden Wand.

»Ella«, rief er schon von Weitem und öffnete die Arme. Ich stand auf und ging ihm entgegen. Ich wunderte mich über die Herzlichkeit, nahm die kurze Umarmung jedoch entgegen.

»Hallo Karsten. Heute haben Sie mich ja von weit her bestellt.« Ich wollte ihm signalisieren, dass ich nicht ganz einverstanden damit war, dass ich so viel Mühe für einen Termin mit ihm auf mich nehmen musste.

»Wir sollten das *Sie* endlich lassen. Wollen wir uns duzen?«, bot er an und wies mir den Weg zum Aufzug.

»Gerne.«

»Mir ist aufgefallen, dass du noch nie hier warst. Für eine so lange Partnerschaft, wie wir sie haben, ist es längst überfällig, dass wir dich als unseren Gast in der Firmenzentrale begrüßen.«

»Das ist nett«, sagte ich höflich, obwohl mir lieber gewesen wäre, wir hätten das Geschäftliche am Telefon geklärt.

»Komm. Ich habe uns in meinem Büro eine kleine Jause richten lassen. Dann erzählst du mir, was dich eigentlich an dem Abend verhindert hat. Ich muss mich wirklich entschuldigen. Ich habe nur an mich gedacht. Ich hoffe, das nimmst du mir nicht übel.«

»Mach dir keine Gedanken. Das kann jedem mal passieren.« Wir stiegen aus dem Aufzug und er führte mich einen langen Flur entlang, der mit grauem Spannteppich belegt war. Die Wände waren kahl und weiß. Ich wusste nicht, ob ich es als lieblos oder modern empfinden sollte. Es war wohl etwas von beidem.

»Hier, bitte«, sagte er und öffnete eine Tür. Auf dem Schild an der Wand las ich seinen Namen. Es war ein großes und helles Büro. Hinten stand sein Schreibtisch, er war belegt mit Unterlagen. Die Schreibtischleuchte brannte. Rechts und links an den Wänden standen Aktenschränke. Im vorderen Teil des Raums befand sich ein runder Tisch mit vier Stühlen. Ein Tablett mit Süßgebäck stand darauf. Eine Karaffe Wasser und eine Auswahl an Säften. »Kaffee?«, fragte er.

»Gern.«

»Setz dich. Ich bin gleich wieder da.« Ich lächelte in mich hinein. Die Welt würde sich nie ändern. Er wusste, dass ich vegan war und stellte klassisches Gebäck auf den Tisch, das ich nicht essen würde. Wenn er jetzt noch, ohne zu fragen, Milch in meinen Kaffee kippte, dann wäre der Tag gerettet.

Er kam zurück und stellte ein Tablett mit zwei Kaffeetassen auf dem Tisch ab. »Einmal für dich. Einmal für mich.« Zwischen den Tassen platzierte er die Zuckerdose und zwei Kännchen Milch. »Hafermilch. Für dich.« Er schob mir das kleine Kännchen aus weißem Porzellan entgegen. Normalerweise trank ich meinen Kaffee schwarz. Aber weil noch nie jemand extra für mich Getreidemilch gekauft hatte, griff ich nach dem Kännchen und goss die wässrige Flüssigkeit in den Kaffee.

»Danke. Das ist sehr aufmerksam.«

»Ich habe ja auch etwas gut zu machen.«

»Nein. Bitte. Wir haben das ausgesprochen und jetzt ist es gut.«

»Vielen Dank. Aber es interessiert mich wirklich, was an dem Abend mit dir los war. Ich hätte gleich fragen sollen«, sagte er und rührte mit seinem Löffel im Kaffee.

»Es ging mir an dem Abend einfach nicht gut. Und als ich am nächsten Tag deine Mail las, fühlte ich mich immer noch nicht wohl und deshalb war meine Antwort so emotional. Von meiner Seite ist alles bestens.«

»Das freut mich, zu hören. Greif zu.« Er hielt mir das Tablett entgegen und ich wusste nicht, ob ich ablehnen sollte oder aus Höflichkeit zugreifen.

»Alles vegan«, beteuerte er.

»Jetzt hast du mich beim Zögern erwischt.«

»Glaubst du denn, ich würde dir hier was anderes auftischen?« Als ich in das Topfentascherl biss, war ich mir jedoch nahezu sicher, dass es ein herkömmliches war. »Ich habe dich hergebeten, weil ich die Wogen zwischen uns glätten möchte und meinen Wunsch nach einer weiteren Zusammenarbeit bekräftigen will. Nun hast du bereits gesagt, dass für dich wieder alles in Ordnung ist. Das freut mich sehr. Somit steht einer weiteren Zusammenarbeit wohl nichts mehr im Wege«, sagte er und biss in seine Nussschnecke. Ich hatte keine Ahnung, was ich antworten sollte. Mir kam es so vor, als öffnete das Schicksal mir gerade eine Tür. Ich könnte jetzt aussteigen. War es nicht die Lüge über die Topfentascherl, die unterstrich, dass sein Auftritt und seine Freundlichkeit nur gespielt waren. Dass alles, mein ganzes Leben, wenn es sich um meinen Blog drehte, irgendwie nur Show war. Ich konnte ihm ja nicht einmal ins Gesicht sagen, dass ich das Topfentascherl für echt hielt, dass ich ihn durchschaute und die Spielchen satthatte. In Wahrheit spielte ich mit. Ich war kein armes Opfer. Ich war zu gleichen Teilen an der ganzen Misere beteiligt. Vielleicht hatte der Reporter recht. Vielleicht war ich die größte Lügnerin von allen, und am meisten belog ich mich wohl selbst.

»Ja«, begann ich. »Andererseits überlege ich, mich in eine andere Richtung zu entwickeln. Mitunter ist es sinnvoll, sich Alternativen zu überlegen.« Meine Hände kribbelten. Das hatte ich so nicht geplant. Ich wusste auch gar nicht, warum ich es gesagt hatte. Er schien ebenso aus der Bahn geworfen. Er legte seine Nussschnecke auf den Teller und wischte sich die Finger an einer Serviette ab, mit der er sich dann auch über den Mund fuhr.

»Was schwebt dir vor?«, fragte er. Er war noch immer freundlich.

»Back to the roots. Ein Hof im Grünen. Selbstversorgung.« Er nickte, trank einen Schluck Kaffee.

»Das passt in unser Konzept. Da kann ich unsere Marketingabteilung dransetzen. Wir haben nämlich eine Überraschung für dich. Eigentlich können wir auch gleich hochgehen. Was meinst du?« Ich war etwas verdattert. Er würde weiterhin mit mir arbeiten wollen?

»Wohin denn?«

»Marketing. Wir hätten dich gerne für unsere Werbung. Du bist eine unserer ersten Influencerinnen gewesen. Wir würden das gerne honorieren und dich auch für unsere Printkampagne und für unsere Radio- und Fernsehspots einsetzen wollen. Was sagst du?«

»Ich weiß nicht. Das überrumpelt mich jetzt. Ich habe noch nie Werbung gemacht. Ich war immer nur ich.«

»Und genau das ist dein Erfolgsgeheimnis. Dich an unserer Seite zu haben, wäre eine Bereicherung für uns«, sagte er, während er mich aus dem Büro führte. Wir gingen den Flur entlang zum Aufzug und fuhren nach oben.

»Ich will mit offenen Karten spielen«, warf ich ein. »Der Bauernhof, das wäre ein Ausstieg aus dem Online-Geschäft für mich. Ich denke ernsthaft darüber nach.«

»Lass uns das mit dem Marketing besprechen.« Mir kam es so vor, als wollte er mich nicht vom Haken lassen und ich schwankte noch, ob mir das schmeichelte oder ob ich mich bedrängt fühlte. Die Leute im Marketing hatten uns jedenfalls erwartet und saßen bereits in einem Konferenzraum. Karsten sprach ein paar Worte zur Eröffnung und stellte dem Team auch meine neueste Idee vor, wie er es nannte, und bat nun um die Überlegung, ob sich auch unter diesen Umständen eine Kampagne mit mir durchführen ließ. Innerhalb von wenigen Minuten war klar, dass es für das Unternehmen keine Rolle spielte. Sie fanden, ein Gutshof und Gartenanbau passe ebenso gut zu natürlich hergestellten Putzmitteln, wie ein veganer Foodblog. Es dauerte nicht lange und sie legten mir einen Vertragsentwurf vor.

»Lies dir alles in Ruhe durch und entscheide dann. Wir freuen uns, wenn wir dich an Bord haben. Wenn du noch etwas nachbessern willst, sag Bescheid«, sagte Karsten.

»Ich melde mich in den nächsten Tagen«, versprach ich und schob den Vertrag in meine Handtasche. »Darf ich dich etwas fragen?«, wagte ich mich vor.

»Natürlich.«

»Lebst du hier?«

»In dem Kaff?« Er schien nahezu entsetzt, dass ich mir das vorstellen konnte. »Nein. Ich lebe ein paar Kilometer entfernt in einer der größten Gemeinden in der Gegend. Schön dort. Sehr schön.«

»Ich frage wegen des Landlebens.«

»Ah. Nein, empfehlen kann ich es nicht. Viel Arbeit so ein Hof. Alle wollen in die Stadt. Mehr Möglichkeiten.«

»Stimmt.«

»Du meldest dich?« Das war dann wohl mein Rauswurf und ich reichte ihm die Hand.

»Ja. Ich melde mich.« Dann ging ich zum Aufzug.

An diesem Abend kam ich erst spät nach Hause und fiel direkt ins Bett. Am nächsten Morgen zog ich als Erstes den Vertragsentwurf aus meiner Handtasche und las alles in Ruhe durch. Eigentlich war das mein Freibrief. Ich könnte aufs Land ziehen und würde immer noch Geld verdienen. Es war definitiv so, wie Jo angedeutet hatte. Das Universum drängte mich in eine neue Richtung. Das gefiel mir. Ich rief ihn an. Er hatte gestern nicht auf meine WhatsApp geantwortet. Ich war gespannt, was er zu den Neuigkeiten sagen würde. Aber er ging nicht ran. Ich versuchte es bei Ben und er hob beim zweiten Klingeln ab.

»Ich kann es nicht bis heute Abend aushalten. Ich muss es dir gleich sagen. Karsten will mich für eine Marketingkampagne und unterstützt mich auch, wenn ich aufs Land ziehe und meinen Kanal schließe«, platzte ich heraus.

»Sind jetzt alle verrückt? Du musst diese Idee endlich loslassen. Das geht doch nicht.«

»Du siehst doch, dass es geht«, konterte ich.

»Lass uns heute Abend reden, okay. Oder kommst du gleich?«

»Nein. Heute Abend passt gut. Ich habe noch zu tun.«

»Bis dann«, sagte er und legte auf. Es nervte, dass er sich nicht mit mir freute. Und es nervte, dass ich vor lauter Arbeit in den letzten Jahren den Kontakt zu meinen Freundinnen verloren hatte. Außer Ben hatte ich niemanden, den ich anrufen oder treffen konnte. Ich versuchte es nochmal bei Jo, aber wieder vergeblich. Also schnappte ich mir den Vertrag und eine kleine Flasche Sekt und ging hinüber zu meiner Nachbarin und klingelte. So viele Freiberufler, die tagsüber Zeit hatten, gab es gar nicht. Da war es angenehm, mit einer Seniorin befreundet zu sein.

»Hallo«, begrüßte sie mich.

»Hallo Rosa«, sagte ich und winkte mit der Sektflasche.

»Hast du was zu feiern?«

»Ja. Willst du mit mir anstoßen?«

»Dann komm rein und erzähl mir, was los ist.« Ihre Wohnung war größer als meine und hatte vier Zimmer. Sie lotste mich in den großen Wohnraum, der aus Küchennische, Essplatz und Wohnzimmer bestand. Ich war schon oft hier gewesen und staunte immer wieder, wie modern alles wirkte.

»Du hast einen neuen Teppich?«, fragte ich.

»Das fällt dir auf? Du bist ein Goldstück. Gefällt er dir?«

»Ja, er ist schön.«

»Dann vererbe ich ihn dir. Er war teuer.«

»Sag so was nicht.« Ich mochte nicht, wenn sie so sprach. Aber in Wahrheit wusste ich gar nicht, wie alt sie war.

»Was feiern wir denn nun?«, hakte sie nach und stellte zwei Sektflöten auf den Tisch. Ich legte den Vertrag neben die Gläser und begann, den Sekt zu öffnen.

»Ich überlege, mich vom Online-Geschäft zu verabschieden und aufs Land zu ziehen. Und dieser Werbevertrag ermöglicht mir das.«

»Du willst wegziehen?«

»Darauf läuft es hinaus, ja. Ich freu mich so.« Die Sektflasche gab ein dumpfes Geräusch von sich, als ich den Korken entfernte. Ich goss uns ein.

»Das will ich aber nicht mit dir feiern«, sagte Rosa. Daran hätte ich früher denken können, dass die Veränderung für sie vielleicht nicht mit Freude verbunden war. »Ist es deshalb?«, fragte sie, stellte ihr Glas ab und ging ins Wohnzimmer. Sie kam mit einem Magazin in der Hand zurück. »Da ist ein Artikel über Leute wie dich drin. Habe ich dir die Zeitung letzte Woche gegeben? Ich weiß, das wollte ich.«

»Ja. Du hast mir das Magazin gegeben.« Sie reichte mir die aktuelle Ausgabe und ich blätterte, bis ich den Artikel entdeckte.

Deutschsprachige Influencer auf dem Prüfstand

Kürzlich trafen sich etwa 400 geladene Gäste der deutschsprachigen Influencer-Szene in noblem Ambiente. In unserer letzten Ausgabe haben wir darüber berichtet, wie sehr der Schein trügt. Heute wollen wir ins Detail gehen und aufklären, wie verlogen und abgebrüht die Szene wirklich ist.

Aus erster Hand erfahren wir, dass hinter jahrelang aufgebauten Marken und Fassaden nichts anderes als Lügengebilde stecken, die mit aller Macht vorm Einsturz bewahrt werden müssen. Um ein Beispiel zu nennen: Die junge Frau hinter »Ella isst vegan« soll sich gar nicht vegan ernähren, verrät ein Insider. Zudem prangert die selbsternannte Köchin, die keine Ausbildung in Ernährungswissenschaften vorweisen kann, an, dass Menschen nur anhand ihrer Qualifikationen bewertet werden, und nicht, wie sie wünschen würde, anhand ihrer Leidenschaften und Vorlieben. So blieb es ihr verwehrt, das Catering für eine Großveranstaltung durchzuführen und eine Unsumme an Geld für sich einzustreichen.

Sie schütteln jetzt schon den Kopf? Warten Sie ab, bis Sie erfahren, was wir kürzlich herausgefunden haben. In der kommenden Ausgabe lesen Sie mehr über die Geldgeber, die das ganze System finanzieren und Algorithmen, die alles am Leben erhalten.

DOK

Unfassbar! Mein Herz pochte.

»Ich verstehe das nicht«, sagte ich. »Warum werde ich angegriffen und als Lügnerin hingestellt.«

»Geht es um dich?«, fragte Rosa. Ich nickte. Mir war schlecht, mein Mund war trocken.

»Was mache ich jetzt?« Ich merkte, wie mein Blick sich verschleierte. »Ich lüge doch nicht. Ich tue niemandem was. Ich verstehe überhaupt nicht, was los ist.« Meine Stimme brach.

»Hier trink etwas.« Rosa schob mir die Sektflöte hin.

»Das Feiern ist mir vergangen.«

»Papperlapapp! Es gibt immer etwas Gutes und immer etwas Schlechtes. Die Frage ist, worauf du dich konzentrierst.«

»Das schaffe ich heute nicht.«

»Das Glas heben, mit mir anstoßen und trinken, das schaffst du doch.« Sie stieß ihr Glas an meines und trank. »Jetzt du.«

Ich lachte. Ihr Gesicht war faltig und ihre Haare grau, und trotzdem führte sie sich auf, als wäre sie jung und das Leben ein Fest. Ich mochte ihre Weisheit. Ich nahm mein Glas und trank.

»Siehst du. Geht doch«, sagte Rosa.

Ich schüttelte den Kopf. »Eigentlich weiß ich gar nichts über dich. Erzähl von dir. Wie bist du so zuversichtlich geworden?«

»Ach, zuversichtlich, was heißt das schon. Aber nach so vielen Jahren erkennst du ein Muster im Leben. In jedem Leben. Es gibt Gutes und Schlechtes. Es gibt

Freude und Trauer. Und du kannst nichts dagegen tun. Die Kunst ist es, sich an dem Guten zu erfreuen und das andere hinzunehmen, ohne sich zu lange davon aufhalten zu lassen.« Sie griff nach der Sektflasche und schenkte uns den Rest ein. »Weißt du, niemand hat ewig. Je schneller man das begreift und den wahren Wert der Zeit erkennt, desto eher beginnt man, sich auf das zu konzentrieren, was Bedeutung hat.«

»Und was hat Bedeutung?« Ich dachte an Liebe und Frieden, Erfolg und Karriere.

»Das ist für jeden anders. Und es verändert sich mit der Zeit. Das ist in Ordnung. Es geht nur darum, zu wissen, was man will und sich danach auszurichten. Die Energie nicht in Dinge zu stecken, die dich in Wahrheit nur von dem, was du wirklich möchtest, abhalten.«

»Und was hat für dich Bedeutung?«

»Im Moment? Im Moment ist es mir wichtig, abzuschließen. Jede Nacht kann meine letzte sein, denke ich. Mir ist es in der aktuellen Phase meines Lebens wichtig, die Wohnung ordentlich zu haben, schön gekleidet zu sein. Ich überlege jeden Abend, was sich der Notarzt denken würde, oder wer auch immer mich finden würde, wenn ich nicht mehr aufwache.«

»Sag das nicht. Du stirbst doch nicht.«

»Wir sterben alle. Das ist in Ordnung. Ich versuche, mich vorzubereiten. Meinen Frieden damit zu finden, dass ich Ort, Zeit und Umstände nicht kontrollieren kann. Aber wenn ich den Tod jeden Abend erwarte und das Gefühl habe, alles gesagt zu haben und alles erledigt zu haben, dann geht es mir gut mit der Tatsache, dass alles irgendwann ein Ende nehmen wird.«

»Und als du in meinem Alter warst?«

»Oh, da habe ich nicht darüber nachgedacht. Mir war nicht klar, dass mein Leben eine Bedeutung hat. Zumindest für mich. Aber wenn du verstehst, dass alles nur auf deiner Entscheidung beruht, egal, was, dann wird es einfach.«

»Soll ich also einfach so tun, als gäbe es den Artikel nicht?«

»Nein. Den Artikel gibt es. Und er darf dich verärgern oder kränken. Erkenne deine Gefühle und frage dich, warum du so fühlst. Und dann frage dich, wie du dich denn lieber fühlen würdest. Und dann fühle dich so. Es ist nur eine Entscheidung. Alles.«

»Ich will glücklich sein und zufrieden«, sagte ich.

»Also. Dann sei es. Du hast doch Grund dazu. Nicht wahr?«

»Ja. Aber die andere Sache kann ich doch nicht verdrängen.«

»Du hast eine Münze in deiner Hand. Du wählst, welche Seite sie dir zeigt.«

»So einfach also?«

»Ein bisschen Übung braucht es schon. Aber im Grunde ist es leicht.«

»Na dann.« Ich nahm mein Glas und trank es in einem Zug leer. Dann bedankte ich mich, stellte das Glas auf den Tisch und griff nach der leeren Sektflasche. Das Magazin hatte ich noch immer in der Hand.

»Du gehst schon?«

»Ich muss. Du kennst mich, nie Zeit.«

»Versprich mir, dass du nicht länger darüber nachdenkst. Lass die Zeitung hier.«

»Kann ich sie behalten? Ich muss mir das in Ruhe durchlesen.«

»Das tut dir nicht gut.«

»Wahrscheinlich. Aber sonst fahre ich los und kaufe mir das Magazin.«

»Also gut«, sagte Rosa.

Ich war mit wenigen Schritten wieder bei mir in der Wohnung. Dort warf ich die Zeitung auf den Tisch, die Sektflasche in den Müll und machte mir einen Kaffee. Dann setzte ich mich und schlug den Artikel auf.

Es half nichts. Ich war verzweifelt. Ich rief Jo an. Er ging noch immer nicht ans Telefon. Seit Samstag herrschte Funkstille zwischen uns. Ich verstand das nicht. Unser Date war toll gewesen. Er sagte, dass er in mich verliebt sei und ich habe zugegeben, dass es mir auch so geht. Und jetzt keine Antwort auf meine WhatsApp und meine Anrufe? Ich fuhr zu Ben.

»Hi«, sagte ich, als er die Tür öffnete. »Ich bin zu früh, ich weiß.«

»Komm rein.« Er umarmte mich und küsste mich auf die Wange, wie er es immer tat. Ich zog meine Schuhe aus und schob sie unter den Garderobenständer. Dann griff ich wortlos in meine Handtasche und zog das Magazin heraus.

»Ich habe es mir auch besorgt«, sagte er, ging ins Wohnzimmer und zeigte auf den Couchtisch.

»Schon gelesen?«

»Warum sollte ich es sonst kaufen? Natürlich habe ich den Bericht gelesen. Es geht um dich. Seit du letzte Woche hier warst, hat mir die Sache keine Ruhe mehr gelassen.«

»Aber du sagtest, es ist nicht schlimm.«

»Ist es auch nicht. Aber für dich war es das. Und alles, was mit dir zu tun hat, ist wichtig für mich. Ich wollte wissen, wie sich die Sache entwickelt, um dir helfen zu können.«

»Und wie entwickelt sich die Sache?« Ich warf mein Magazin zu seinem auf den Tisch und ließ mich auf die Couch fallen. Sie war nicht so weich, wie sie aussah.

»Von meiner Warte aus super. Dein Name ist gefallen, mehr hättest du dir nicht erhoffen können.« Er machte eine Pause und setzte sich neben mich. »Von deiner Warte aus ist es wahrscheinlich eine tiefe Verletzung deiner Gefühle und deiner Privatsphäre«, räumte er ein. Ich warf den Kopf in den Nacken und legte die Hände auf mein Gesicht.

»Ich halte das nicht aus«, stöhnte ich.

»Ich weiß, du nimmst das persönlich. Aber das geht nicht gegen dich, sondern nur gegen dein Unternehmen. Das bist nicht du. Das ist beruflich. Und da ist Werbung immer gut. Das habe ich dir schon gesagt. Wenn ich könnte, würde ich mit dir tauschen.« Während er sprach, fuhr er mit seiner Hand langsam über meinen Kopf und meine Haare. Das erinnerte mich an meine Kindheit.

Meine Mutter hatte das immer getan, wenn sie mich trösten wollte. Es war eine schöne Berührung. »Außerdem habe ich mir die perfekte Lösung für dich ausgedacht. Es ist also alles halb so wild. Genau genommen ist es sogar ein wahnsinniger Triumph für dich.« Ich spürte, wie er sich über mich beugte, dann verteilte er kleine Küsschen über meine Handrücken und Kopfhaut. »Und jetzt lass dich endlich wieder blicken«, verlangte er und ich nahm tatsächlich die Hände von meinem Gesicht.

»Was ist das für eine Lösung?«

»Du rufst in der Redaktion an und bietest dich als Exklusivinterview an. Dann rückst du dich ins rechte Licht und bietest auf deinem Blog irgendwelche Gutscheine an, die du unter Neu-Abonnenten verlost. Und so hast du alles in eine schillernde Werbekampagne verwandelt.«

»Apropos Werbekampagne: Karsten bietet mir an, das neue Gesicht ihrer Fernsehspots zu werden, auch Radio und Print.«

»Echt?«

»Warum sollte ich lügen?«

»Nein. Ich meine: Warum tut er das?«

»Wahrscheinlich, weil ich abspringen wollte, und jetzt denkt er, er muss mich verwöhnen, um mich zu halten. Ich bin also vielleicht tatsächlich mehr wert, als ich dachte.«

»Das ist genau, was ich sage. Dir ist nicht bewusst, welche Karten du in der Hand hältst.«

»Jedenfalls bietet er mir den Deal auch an, wenn ich aufs Land ziehe.« Ben starrte mich an, als habe er noch nie von dieser Überlegung gehört.

»Der Bauernhof. Ich habe dir davon erzählt.«

»Aber ich habe dir abgeraten.«

»Ich weiß. Und du hast ja recht. Irgendwie ist es karrieretechnisch ein Rückschritt. Aber was, wenn es dennoch die richtige Entscheidung ist? Als ich damals den gut bezahlten Job bei der Bank an den Nagel hängte, konnte ich gerade mal von meinem Blog leben. Das hat mir genügt. Damals wusste ich noch nicht, dass es so einschlagen würde.« Ich sah ihn an. Irgendwie wirkte er verzweifelt. »Was, wenn es jetzt auch so ist?«

»Du meinst, wenn du aufs Land ziehst und wie durch ein Wunder die Leute auf deinen Hof kommen, mitten im Nirgendwo, um einen Kochkurs bei dir zu besuchen?« Er stand auf und drehte sich von mir weg. »Selbst, wenn …«, fuhr er fort und sah mich jetzt an. »Selbst, wenn sie den Kochkurs bei dir besuchen und Fahrzeit auf sich nehmen, anstatt einen Kochkurs in der Stadt zu belegen. Was denkst du, wie oft sie kommen? Einmal im Jahr? Einmal in fünf Jahren?«

»Wenn es nicht klappt, kann ich einen anderen Weg einschlagen.«

»So einfach, also? Aber wenn jemand einen Zeitungsartikel schreibt, wie jetzt, dann drehst du durch.«

»Was …«

»Die schreiben weiter, auch wenn du gehst. Speziell, wenn du jetzt gehst. Das wirkt wie ein Schuldeingeständnis. Und die kleinen Zeitungen im Dorf werden sich auf dich stürzen wie ein gefundenes Fressen. Du wirst einen Stempel haben, noch bevor du den letzten

Koffer ausgepackt hast«, warnte er. Das saß. Und wahrscheinlich hatte er recht. Wie immer.

»Und trotzdem werde ich es tun.« Okay, ganz sicher war ich mir noch nicht. Aber die Idee nahm Gestalt an.

»Ich mache dir ein Angebot«, sagte Ben und trat auf mich zu. »Du willst aussteigen. Ich helfe dir. Ich habe mir überlegt, dass wir endlich zusammenarbeiten. Ich stelle dich in meinem Kanal vor, du mich in deinem. Nach ein paar Episoden lenkst du die Aufmerksamkeit deiner User auf meinen Kanal und sagst, dass du nur noch dort auftreten wirst. Wir nehmen dann hin und wieder gemeinsam Kochvideos auf. Die ganze Arbeit mit Plot und Schnitt und Beleuchtung und so würde ich übernehmen. Auch die Events und die Interviews und Verhandlungen. Du wärst also frei. Aber du würdest deine Community und vor allem deine Werbepartner bei der Stange halten.«

»Das ist dein Plan?«

»Das ist doch, was du willst!«

»Nicht ganz ... Was tue ich denn in der neu gewonnenen Freizeit? Irgendeinen Job brauche ich ja.«

»Ich beteilige dich natürlich. Sagen wir ein Viertel der Werbeeinnahmen bei den Koch-Videos?«

»So habe ich es nicht gemeint. Soll ich den ganzen Tag Daumen drehen?«

»Ich wüsste da was ...«

»Was?«

»Du kannst hier einziehen. Das Angebot gilt noch. Du kannst deine Wohnung aufgeben, Kosten sparen.

Und dann …« Er zeigte mit einer ausladenden Handbewegung nach draußen. »Du kannst meine Terrasse begrünen. Hier einen Garten anlegen. Sie ist groß genug. Du kannst sogar Bienen züchten, wenn du willst.« Er kam näher. »Das ist doch, was du willst? Aufhören mit den Videos und einen Garten anlegen?«, flüsterte er und musterte mich.

»Ja. Aber nicht so.«

»Was stört dich daran?«

»Ich bin immer noch in der Stadt. Bin noch immer irgendwie online. Ich will das alles hinter mir lassen.«

»Mich auch?«

»Natürlich nicht.«

»So kommt es mir aber vor. Du denkst, es ist ein Scherz, wenn ich dir meinen Wohnungsschlüssel anbiete. Aber in Wahrheit könnte ich nichts auf der Welt ernster meinen.« Er hielt inne und zog mich an sich. »Ich habe immer auf den richtigen Moment gewartet. Ich will unsere Freundschaft nicht gefährden. Bei anderen Frauen fällt es mir so leicht, aber bei dir … Du bist mir wichtig. Ich will nichts falsch machen. Ich will dich nicht verlieren.«

Ich war verdattert und rätselte, worum es ging. Doch natürlich wusste ich es. Es ging um dieselben Gefühle, die ich auch hegte, bei denen ich aber nicht sicher war, ob sie reichten.

»Du kannst nicht aufs Land ziehen. Du kannst mich nicht alleine lassen. Ich liebe dich. Ich brauche dich hier.«

Mir war klar, ich sollte etwas sagen, irgendwie reagieren, aber in mir war ein riesiges Chaos ausgebrochen.

Ich freute mich über das Kompliment und wusste nicht, ob ich auch so empfand. Ich fand sein Angebot großzügig und wusste gleichzeitig nicht, ob ich meine Eigenständigkeit und Unabhängigkeit so schnell verschenken wollte. Und als ich so dastand und auf ihn wahrscheinlich absolut ruhig wirkte, während in mir ein Sturm tobte, küsste er mich. Es war ein starker Kuss, ein packender und mächtiger Kuss. Er überrumpelte mich und das machte ihn so gut und so magisch. In meinem Kopf drehte sich alles. Es fühlte sich an, als schwebte ich. Ein unglaubliches Gefühl. Dann flaute es ab und wir lösten uns voneinander. Er lächelte. Ich auch.

»Ich weiß nicht«, sprach ich endlich die Wahrheit aus.

»Ich doch auch nicht«, gab er zu. »Aber was ist das höhere Risiko? Ein Bauernhof im Nirgendwo oder der Umzug zu mir und eine …« Er zögerte.

»Beziehung«, ergänzte ich. Er nickte. »Komm, du hältst es doch mit keiner länger als eine Nacht aus. Was willst du jetzt mit mir?«

»In Wahrheit lebe ich mit dir schon seit Jahren in einer Beziehung. Das mit den Mädels war nur Sex. Mein Leben und alles, was mir wichtig ist, habe ich immer mit dir geteilt.« Als er es so formulierte, musste ich ihm fast zustimmen. »Und du hattest ja auch nicht gerade Langzeitbeziehungen. Insgeheim glaube ich, empfindest du auch schon länger etwas für mich.« Ich sah ihm an, dass er sich nicht so sicher fühlte, wie er sich gab.

»Ich habe erst vor Kurzem entdeckt, dass da mehr zwischen uns sein könnte, wenn du das meinst.«

Jetzt lächelte er.

»Dann sind wir uns also einig. Es ist mehr. Das ist gut.«

»Ja«, sagte ich und spürte die Schmetterlinge. Gleichzeitig spürte ich das schlechte Gewissen. Was war mit Jo? In Wahrheit schlug mein Herz für Jo. Das wusste ich genau. Aber wir standen erst am Anfang. Vielleicht kippte das Gefühl schon bald und ich würde bereuen, Ben jetzt vergrault zu haben. Aber wenn ich mich am Ende für Jo entscheiden würde und Ben dann einen Korb geben müsste, wäre die Freundschaft dahin. Ich musste ihm reinen Wein einschenken, zumindest ein bisschen. »Hör zu«, begann ich. »Ich weiß, da ist etwas zwischen uns. Und ich will der Sache eine Chance geben. Andererseits konnte ich nicht damit rechnen, daher …« Ich hielt inne und wusste nicht, ob das so eine gute Idee war. Jo antwortete seit Tagen nicht auf meine Anrufe. Wahrscheinlich war das eine der kindischen Arten mit jemandem zu brechen, ohne Worte dafür finden zu müssen. Und dabei wollte er Schriftsteller werden. Ich musste es Ben trotzdem sagen. »Jedenfalls gibt es da jemanden, oder gab es. In Wahrheit ist es nichts. Ich habe ihn an dem einen Abend auf dem Event kennengelernt, als du mich im Stich gelassen hast.«

»Da lasse ich dich einmal alleine und schon kommen sie und wollen dich für sich haben? Hätte ich mir denken können.« Er schnaubte. »Und jetzt? Seid ihr zusammen? Willst du mir das sagen?«

»Nicht ganz. Wir haben uns zweimal getroffen. Wir sind nicht zusammen.«

»Ich habe kein Problem mit Konkurrenz«, sagte Ben.

»Dann ist das okay für dich?«

»Okay?« Er zog mich wieder näher und küsste mich. »Wenn wir zwei endlich gemeinsame Sache machen, dann ist alles okay für mich.«

»Ich überlege noch«, bremste ich ihn.

Wir bestellten Pizza und sahen einen Film an. Und obwohl Ben mich zum Bleiben überreden wollte, ging ich nach Hause. Ich wollte beim ersten Mal mit Ben nicht an Jo denken müssen. Ich musste die Sache schleunigst klären. Deshalb rief ich ihn gleich an, als ich zu Hause war. Es war schon spät, aber das war mir egal. Er ging wieder nicht ran und ich sprach ihm auf die Sprachbox:

Hey Jo, ich hoffe, es geht dir gut. Du reagierst ja nicht auf meine Anrufe. Ich will keinen Stress machen, aber ich habe gerne klare Sachlagen. Ich gehe davon aus, dass deine plötzliche Zurückhaltung mit unserem letzten Date zu tun hat. Offenbar hast du kein Interesse mehr an unserer Freundschaft. Das ist okay. Ich muss es nur wissen. Ich mag kein offenes Ende. Bringen wir es hinter uns und dann können wir beide unseren Weg gehen. Also, wenn ich im Laufe des morgigen Tages nichts von dir höre, dann hat sich die Sache zwischen uns erledigt. Sollte ich etwas missverstehen, dann melde dich bitte. Ich würde mich freuen. Aber das weißt du.

Dann legte ich auf. Ich dachte darüber nach, was ich wirklich wollte. Jo oder Ben? Einen Bauernhof oder eine Stadtwohnung? Ich ging ins Badezimmer, zog mich aus und stellte mich unter die Dusche. Ich blickte mich in meinem kleinen Badezimmer um und dachte über Bens gläserne Riesendusche nach. So schön sie auch anzusehen war, im Grunde sehnte ich mich in ein heruntergekommenes Badezimmer mit braunen Fliesen, in dem der Wasserhahn verkalkt war und es modrig roch. So in etwa stellte ich mir meinen Bauernhof vor. Natürlich würde ich ihn renovieren. Und am Ende wäre er eine Oase der Ruhe. Für mich und vielleicht für meine Gäste. Als ich im Bett lag, googelte ich auf dem Handy diverse Immobilienmakler und ihre Angebote. Dabei fiel mir ein Hof ins Auge. Er stand auf einem Hügel. Im Hintergrund erstreckte sich eine große Bergkette, die Gipfel waren Schnee bedeckt. Auf der Wiese vor dem Hof blühten Blumen und dahinter sah man einen Wald angrenzen. Das Bauernhaus war ein gemauerter Bau und grau verputzt. An den vier Hausecken waren die großen, gehauenen Ecksteine zu erkennen. Das große Gebäude hatte einen rechteckigen Grundriss. Ich zählte unten neben dem Tor jeweils drei Fenster. Die Haustür war eine Flügeltür aus massivem Holz mit Messingbeschlag. Im Obergeschoss gab es sieben Fenster. Das Haus hatte ein Walmdach, das mit dunklen Ziegeln gedeckt war. Zwei Kamine ragten heraus. Ich tippte auf das Foto, um mehr zu erfahren. Das Haus aus dem Baujahr 1814 hatte dreihundert Quadratmeter Wohnfläche und eine Grundstücksfläche von sechstausendfünfhundert Quadratmetern. Ich hielt inne und scrollte wieder zum Bild. So alt sah es gar nicht aus. Ich überlegte, was dieses Haus wohl schon alles erlebt haben musste, öffnete eine neue Internetseite und gab ein: *Österreich 1814*.

Als Erstes kam ein Wikipedia-Eintrag zum Wiener Kongress, der von 1814 bis 1815 stattgefunden hatte und Europa nach der Niederlage Napoleons neu ordnete. Dies geschah unter der Leitung des damaligen österreichischen Außenministers Fürst von Metternich. Der zweite Eintrag hatte die Überschrift *Kaisertum Österreich*. Ich sah Flagge und Wappen. Damals regierte der Kaiser als Staatsoberhaupt in einer absoluten Monarchie.

Ich schloss die Seite wieder und schaute mir das Foto nochmals an. Ein grauer Klotz mitten in der grünen Landschaft, im Hintergrund weiß glänzend die schneebedeckten Berggipfel. Ich las weiter. Das Haus war denkmalgeschützt und noch im Originalzustand. Kaufpreis 298.000 Euro. Das klang erstmal nicht so viel. Das würde sich mit einem Kredit finanzieren lassen. Eigenkapital hatte ich. Mit laufenden Einnahmen konnte ich durch Karsten rechnen. Die Seite ließ ich offen und legte das Handy weg. Ich war müde. Ich dachte an den Hof und den Garten, den ich auf so viel Land anlegen könnte. Vielleicht würde ich Hühner halten oder Schafe. Keine Ahnung, aber es fühlte sich gut an, einfach zu träumen.

Kapitel 8

Am nächsten Morgen wurde ich von meinem Handy geweckt. Ich nahm ab.

»Hallo«, raunte ich und räusperte mich. Ich rappelte mich umständlich hoch und sah auf dem Wecker, dass es sieben Uhr in der Früh war.

»Habe ich dich geweckt?« Es war Jo.

»Ja. Aber ich wollte gerade aufstehen.« Das stimmte zwar nicht, ich hatte heute aus lauter Frust ausschlafen wollen. Aber er sollte nicht denken, dass ich nichts zu tun hatte und bis in den Vormittag hinein im Bett liegen würde.

»Okay. Ähm. Ich rufe wegen deiner Sprachnachricht an.« Ich blieb still. Er sollte weitersprechen und sagen, was Sache war. »Wegen des neuen Artikels. Hast du ihn schon gelesen?«

»Natürlich«, antwortete ich. Glaubte er, ich lebte auf einer Insel und das gehe mich plötzlich nichts mehr an? »Was hat das damit zu tun?«

»Viel.«

Und da fiel bei mir der Groschen.

»Du willst nichts mehr mit mir zu tun haben, weil jemand Lügen über mich verbreitet? Ist das dein Ernst?« Wow, Ben hatte also danebengelegen mit der positiven Wirkung einer solchen Publicity. Ich sollte den Vertrag mit Karsten schnell unterschreiben, bevor er auch noch einen Rückzieher machte.

»Nein. Ich bin doch der, der …«, er stockte. »Ich mache mir Sorgen um dich. Wie geht es dir? Natürlich will ich mit dir befreundet sein, wie du es nanntest. Ich dachte, es wäre mehr als das.«

»Es ist mehr als das. Wir haben uns geküsst und Händchen gehalten. Aber es eine Beziehung zu nennen, wäre etwas früh. Vor allem, weil du dich nicht mehr gemeldet hast.«

»Ja, das tut mir leid. Ich weiß einfach nicht …« Er stockte wieder, aber ich ließ ihm Zeit. »Ich hatte gerade einen Projekt-Abschluss. Ich dachte, das hätte ich dir gesagt. Entschuldige bitte.«

»Ein Projekt-Abschluss? Das klingt spannend. Was hast du denn an Land gezogen?«

»Ach so. Nein. Kein neues Projekt. Ich habe mich getrennt. Ich habe meinen Job gekündigt. So habe ich es gemeint. Abschluss, verstehst du?«

»Und was machst du jetzt? Versuchst du es als Schriftsteller?«

»Ja. Und weißt du, wer mir dafür Mut gemacht hat?«

»Mhm … Wir haben nie übers Schreiben gesprochen. Ich habe noch nie etwas von dir gelesen. Sag nicht, ich habe dich ermutigt!«

»Jetzt machst du keinen Rückzieher. Du weißt genau, dass du mit deiner Bauernhof-Idee bei mir ins Schwarze getroffen hast. Und auch deine Überlegungen, den Job zu wechseln.«

»Du hast wegen mir gekündigt? Und ich frage mich, ob zwischen uns was läuft.« Jetzt kicherte ich.

»Ich kann es wohl nicht länger verbergen, was du in meinem Leben bewirkst.«

»Das ist doch Irrsinn.«

»Wir ziehen das durch. Du und ich. Ein Bauernhof auf dem Land. Ich fand das Foto übrigens schön. Gleich nachdem ich es gesehen hatte, habe ich gekündigt.«

»Keine Ahnung, was ich davon halten soll«, sagte ich. Mir stellten sich die kleinen Härchen an den Armen auf und es schauderte mich. Ein gutes Gefühl allerdings. Euphorisch, ohne dass ich es verstand.

»Wir machen das. Ich habe einen Hof im Auge. Sollen wir uns zusammensetzen und es besprechen?«, schlug er vor.

»Ich habe ehrlich gesagt auch einen im Auge. Und einen Werbepartner, der mir den Rücken stärkt. Ich denke, es könnte wirklich funktionieren.«

»Das klingt doch gut. Lass uns ein Konzept ausarbeiten. Bei mir oder bei dir?«

»Ich komme zu dir und bringe Brötchen mit. Okay?«

»Mehr als das.«

»Schick mir deine Adresse. Ich mache mich in einer halben Stunde auf den Weg«, sagte ich. Ich hörte ihn lachen. Ein Geräusch, das mich warm einhüllte und in dem ich versinken könnte, weil es so friedlich und gemütlich klang.

»Bis dann. Ich freu mich«, verabschiedete er sich und legte auf. Ich freute mich auch. Gestern glaubte ich noch, ich würde ihn nie wiedersehen und was wir angefangen hatten, wäre bereits vorbei. Jetzt kribbelte vor

Aufregung alles in mir. Ich wusste, dass wir zusammengehörten, keine Ahnung warum, aber so empfand ich es. Und das nach drei Treffen. Das war doch verrückt! Und jetzt Zukunftspläne schmieden? Noch verrückter! Und was war mit Ben? Gestern hatte er mir seine Liebe gestanden und wir hatten uns zum ersten Mal geküsst. Was tat ich denn nur? Was tat ich den beiden nur an? Ich musste mich entscheiden.

Wenn ich ehrlich war, dann war die Entscheidung schon zu Gunsten von Jo gefallen. Ben hatte mich gestern in einem schwachen Moment erwischt. Zum Glück hatte ich ihm von Jo erzählt. Nun musste ich nur noch klarstellen, dass doch mehr zwischen uns war, als ich gestern zugegeben hatte.

Mit diesen Gedanken stand ich unter der Dusche und brachte mich in Rekordzeit in Schuss. Ich wollte mich Jo von meiner besten Seite zeigen und zog ein weichfallendes weißes Sommerkleid an. Meine Haare ließ ich offen. Ich sah aus, als wollte ich zum Strand. Stattdessen klemmte ich mir meinen Laptop unter den Arm, schwang mir meine Handtasche über die Schulter und verließ die Wohnung. Im Bio-Laden auf dem Weg besorgte ich uns Brötchen und süße Teile, etwas Hummus, Oliven, getrocknete Tomaten und vegane Butter und Marmelade. Nach einer gefühlten Ewigkeit stand ich vor seiner Tür und klingelte.

Jo machte auf und begrüßte mich. Er trug eine Bluejeans und ein weißes T-Shirt. Wieder passten wir zusammen.

»Was willst du mit einem Bauernhof, du lebst ja schon fast auf dem Land«, sagte ich. Ich hatte eine gute Stunde zu ihm gebraucht, so ganz außerhalb. »Wohnst du hier mit deinen Eltern?«, fragte ich, nachdem ich bei diesem Einfamilienhaus gelandet war.

»Nein. Ich habe das Dachgeschoss gemietet.«

»Wie landet man bei Fremden im Obergeschoss, wenn man eine Wohnung in der Innenstadt nehmen könnte?«

»Ich will Job und Privatleben trennen. Ich möchte in meiner Freizeit nicht dieselbe Aussicht haben, wie wenn ich aus meinem Bürofenster schaue.«

»Aha«, bemerkte ich lakonisch. Das Haus sah alt aus. Der Verputz gelblich-braun, die obere Hälfte des Hauses mit dunklem Holz verkleidet, das da und dort schief hing oder morsche Stellen aufwies.

»Komm rein«, sagte er. Ich trat durch die Holztür in eine Art Vorraum. Es war dunkel. Das Fenster neben der Haustür war die einzige Lichtquelle. Links führte eine Holztreppe nach oben. Hier unten gab es sonst nur noch zwei Türen, von der eine vielleicht in den Keller und die andere in die Erdgeschosswohnung führte. Jo wies mit seiner Hand zur Treppe und bedeutete mir, nach oben zu gehen. Die Stufen gaben bei jedem Schritt ein leises Knarren von sich und als Jo hinter mir auf die Treppe trat, klang es so, als würden wir eine kleine Melodie mit unseren Füßen komponieren. »Noch weiter nach oben«, sagte Jo, als wir im ersten Stock ankamen. Auch dort gab es eine Tür, die vom Stiegenhaus wegführte.

Ich betrat die nächste Treppe, die sich in einem Halbkreis an der Wand entlang nach oben wand, und konnte bereits einen ersten Blick durch die offenstehende Tür in Jos Wohnung erhaschen. Im Flur befand sich eine Kommode, darauf stapelten sich wild durcheinander Zeitungen. Vor der Kommode standen ein paar Schuhe.

»Altpapier oder Sammlung?«, fragte ich und wartete vor der Tür. Ich wollte nicht vor ihm in seine Wohnung eintreten.

»Eine gewisse Mischung«, antwortete er, während er an mir vorbeiging und ich ihm folgte.

»Muss ich das verstehen?« Ich zog meine Schuhe aus und stellte sie zu seinen.

»Es ist keine Sammlung, weil die Zeitungen und Magazine querbeet gekauft sind. Andererseits ist es kein Altpapier, da ich hin und wieder einen Artikel nachschlage, wenn er mir in Erinnerung geblieben ist.« Er zuckte mit den Schultern und zog das oberste Magazin vom Stapel. Ich erkannte das Cover sofort. Es war das Magazin, in dem ich durch den Dreck gezogen wurde. Er legte es wieder zurück und ging in die Küche. Ich kam ihm nach. »Lass uns frühstücken.« Er nahm mir die Tasche ab.

»Gern. Ich habe uns allerhand Leckeres besorgt.«

»Eigentlich würde ich dich einfach nur gerne in den Arm nehmen«, entgegnete Jo. Er stellte die Tasche auf die Küchenzeile und drehte sich zu mir um. Ich war bereits nähergetreten und schmiegte mich an ihn. Dann küsste er mich. Sein Bart kitzelte. Seine Hände waren warm und weich in meinem Rücken und hielten mich so fest, dass ich glaubte, mit ihm verschmolzen zu sein. Als wir uns lösten, lächelte er. Sein Gesicht war wunderschön.

»Kaffee?«, fragte er. Ich nickte. Er öffnete die Schranktür oberhalb der Spüle und nahm zwei Tassen heraus. Ich sah mich um. Sein Einrichtungsstil passte zu dem Eindruck, den ich von ihm bekam, als ich seine erste Mail gelesen hatte. Einerseits war er jung wie ich. Andererseits haftete etwas Altmodisches oder Konservatives an ihm. Wobei ich mir nicht sicher war, ob das schlecht war oder ob es ihn einzigartig und vielleicht sogar zu einem Trendsetter machte. Gerade waren Retro und Vintage ja modern.

Wir standen in seiner winzigen Küche, einem langen schmalen Raum. Die Küchenzeile nahm eine komplette Wand ein. Ein Holzunterbau mit aufgelegter Steinplatte. Links war das Kochfeld eingesetzt, rechts die Spüle. Dazwischen befanden sich die Arbeitsplatte und ein Fenster. Auf dem Fenstersims wuchsen in zwei Töpfen Petersilie und Basilikum. Die gegenüberliegende Wand war von der Tür unterbrochen, durch die wir vorhin die Küche betreten hatten. Vor dieser Wand war rechts ein mintgrüner, freistehender Kühlschrank platziert. An seiner Front klebten Fotos und Zettel. Daneben stapelten sich Getränkekisten. Sprudelwasser und Bier. Ich entdeckte auch ein paar Weinflaschen. Links von der Tür stand ein Regal mit diversen Küchenzutaten wie Müsli und Nudelverpackungen, Gläser mit Fertigsaucen und allerlei Anderes.

»Du weißt, dass das nicht gesund ist«, sagte ich augenzwinkernd und nickte zum Regal.

»Ich sagte doch, ich kann nicht kochen und lebe daher von einfacher Kost«, sagte er und beugte sich zu mir, um mich zu küssen.

»Zum Glück habe ich für uns eingekauft.« Ich räumte die Lebensmittel aus dem Beutel.

Jo drückte mir zwei Kaffeetassen in die Hand. »Stell sie schon auf den Tisch und warte auf mich. Ich kümmere mich um den Rest.«

Ich verließ die winzige Küche und betrat wieder den Wohnraum, den ich vorhin schon durchquert hatte. Jetzt hatte ich Zeit, mich umzusehen. Ich stellte die Kaffeetassen auf den quadratischen Holztisch, der etwa ein mal ein Meter groß war und Platz für vier Personen bot. Jeder Stuhl hatte eine andere Farbe und Form. Das gefiel mir. Ich setzte mich auf den hellgrünen Stuhl. Von hier hatte ich eine gute Sicht auf die geöffnete Balkontür und den blauen Himmel draußen.

Der Rest des Raums war sehr einfach gestaltet. Ganz vorne war die Wohnungstür, ihr gegenüber der Wandvorsprung, an den Jo die Kommode gestellt hatte. Wenn man an ihr vorbeiging, stand man im Wohnraum. Von hier zweigte links der Durchgang zur Küche ab. Direkt vor der Küche befanden sich ein kleiner Essplatz und das Balkonfenster. Ich stand auf und ging auf den Balkon hinaus. Er war komplett aus dunkelbraunen Holzbrettern, auch der Boden. Die Bretter knarrten, als ich darauf trat, und ich befürchtete, die Konstruktion würde mich nicht tragen. Ich ging wieder zum Tisch. Aus dieser Perspektive betrachtete ich das Wohnzimmer. Es erstreckte sich hinter der Wand, die den Wohnraum von der Kommode und dem Flur trennte. Die Einrichtung umfasste zwei weiße Sofas und einen kleinen Holztisch. Alles mit Blick auf die Wand ausgerichtet, an der ein großer Flatscreen hing. Darunter befand sich eine langgezogene Kommode, an deren Ende ein Plattenspieler stand.

»Du hast einen Plattenspieler?«, rief ich in die Küche.

»Magst du Musik?«, fragte er.

»Wer nicht?«

»Es gibt Menschen ...« Seine Stimme war jetzt lauter. Er kam aus der Küche, beugte sich zur Kommode und zog die unterste Schublade auf. »Es gibt nur zwei Dinge, die mir wirklich etwas bedeuten. Und das sind Bücher und Musik.« Er flog mit den Fingern über die Plattensammlung.

»Sind die alt oder neu?«, wollte ich wissen. Man konnte anhand der schmalen Rücken nichts erkennen.

»Beides.« Er lachte. »Manche habe ich, seit ich sie mir in meinen Jugendjahren gekauft habe. Andere habe ich irgendwann von meinem Vater oder Onkel bekommen. Entweder als Geschenk oder weil sie die Platten nicht mehr wollten. Manche stammen aus ihrer eigenen Jugendzeit. Da sind Exemplare darunter, für die ein Sammler viel Geld zahlen würde. Auch ich habe manche Platte auf dem Flohmarkt oder im Internet für viel Geld gekauft, nur weil sie mir wichtig war.« Er zog auch die anderen Schubladen auf. Sie waren alle voll mit Platten.

»Wahnsinn«, sagte ich. »Und was legst du uns jetzt auf?« Ich griff wahllos nach einer Platte. Sie war von Bruce Springsteen. »Kenn ich den?«

»Eher nicht.« Jo steckte sie wieder zurück. »Aber den!« Er zog eine Platte hervor und zeigte mir das Cover, während er die schwarze Scheibe vorsichtig auf den Teller legte.

»Ja, den kenn ich«, bestätigte ich und staunte über meinen Gastgeber, der es schaffte, so viele Dinge in sich zu vereinen. Bei ihm gab es kein alt oder neu, kein früher oder jetzt. Irgendwie fand alles bei ihm Platz. Und dann lauschte ich der Musik. Leises Getrommel und Pianotöne erfüllten den Raum. *Fly me to the moon* von Frank Sinatra drang aus den Lautsprechern der Anlage. Mehr als der Gesang Sinatras überraschte mich die Stimme von Jo und wie er mit Frank mühelos mithielt.

»Darf ich bitten?«, sagte er und reichte mir seine Hand. Es war dieselbe Geste wie damals in der Tiefgarage, schon dort kam es mir so vor, als wollte er mich aufs Parkett führen und nun tat er es tatsächlich. Ich nickte und reichte ihm meine Hand.

»Ich weiß nicht, ob ich das kann«, flüsterte ich. Aber er nahm mich einfach in den Arm und ich gab mich seinem Rhythmus hin, in dem er sich in wippenden Schritten zu der Musik bewegte und mich einhüllte in seine Welt.

Als das Lied vorbei war und wir stehenblieben, kam es mir vor, als würde ich von etwas Abschied nehmen, das mir ans Herz gewachsen war. Jo führte mich zum Tisch, noch immer so, als wären wir in einem Ballsaal und er ein Gentleman. Er schob mir den Stuhl zurecht und ich setzte mich.

»Ich komme gleich.« Er huschte in die Küche. Die Brötchen fehlten noch und der Kaffee wurde langsam kalt. »Das sieht gut aus, was du uns mitgebracht hast«, sagte er, als er mit einem großen Tablett an den Tisch trat.

»Alles gekauft, nichts davon ist selbstgemacht. Aber solange wir das dem Schreiberling, der es auf mich abgesehen hat, nicht erzählen, sollte sich die Welt auch morgen noch drehen.« Beschwingt nahm ich mir ein Brötchen.

»Das geht dir nahe, oder?« Jo sah mich eine Weile an. Er sah ernst aus und blass und ich rief mir ins Gedächtnis, dass es nicht zu einem Date passte, Probleme zu wälzen.

»Ich denke, ich stelle mich der Situation. Ich werde die Zeitung kontaktieren und ein Exklusivinterview anbieten.« Jetzt war er noch blasser als vorhin. Dabei wollte ich die Situation mit meiner Aussage entschärfen, zeigen, dass er sich keine Sorgen um mich machen musste.

»Und was versprichst du dir davon?«

»Erstens lerne ich diesen Affen mal kennen, der offenbar keine Ahnung von seinem oder meinem Job hat. Zweitens kann ich die Darstellung meiner Person geraderücken.« Das klang gut. Sehr positiv. Ich hatte alles im Griff.

»Nein«, widersprach er. Inzwischen hatte sich seine Gesichtsfarbe wieder normalisiert. Er strich Hummus auf sein Brötchen und biss hinein. An seinem Bart blieben ein paar Krümel hängen. »Der würde dich zerlegen und am Ende würdest du schlechter dastehen als vorher.«

»Traust du mir das nicht zu?«

»Das hat nichts damit zu tun. Der Typ hat doch einen Fahrplan. Der muss dieses Thema jetzt komplett ausschlachten. Anweisung von ganz oben. Er kann keine Kehrtwende machen, selbst, wenn er will. Selbst, wenn du ein Interview anbietest. Es wird immer im Interesse des Magazins dargestellt. Und welches Interesse die Herausgeber haben, ist klar.« Jo steigerte sich sichtlich hinein. So blass seine Wangen vorhin waren, so rot waren sie jetzt.

»Wir müssen das nicht besprechen«, lenkte ich ein.

»Doch, natürlich. Und wenn wir durch sind mit dem Thema, können wir es endlich hinter uns lassen. Ich kann dir gar nicht sagen, wie sehr ich mich darauf freue, wenn es endlich vorbei ist.«

»Stört es dich so sehr, wenn ich von meinem Leben erzähle? Ich meine, wenn wir einen Bauernhof gemeinsam planen, dann solltest du dich schon für meine Weltsicht interessieren. Sonst können wir es gleich vergessen.«

»So habe ich es nicht gemeint. Ich meine … Ich hätte schon früher … Ich habe es irgendwie verpasst, und jetzt …« Er sah zum Fenster hinaus und mir fiel auf, wie schön sein Gesicht im Profil aussah. »Ich höre dir gerne zu. Ich meine nur, wenn die Sache endlich ausgestanden ist, fühlst du dich wohler. Und wenn du dich wohl fühlst, dann fühle ich mich wohl.« Er griff nach meiner Hand.

Sein Daumen streichelte sanft über meinen Handrücken und ich beugte mich zu ihm und küsste ihn.

»Mach dir keinen Kopf«, versicherte ich.

»Lass uns den Bauernhof planen und keine Energie in Dinge stecken, die uns nicht guttun.« Seine Worte erinnerten mich an das, was Rosa gesagt hatte. Auch sie wollte mich davon überzeugen, mir keine Gedanken über den Artikel zu machen, sondern mich auf das zu konzentrieren, was mir wichtig war.

»Okay, dann legen wir los. Ich habe weiterhin Werbeeinnahmen, das habe ich bereits klären können. Ich stehe also nicht komplett ohne Einkommen da. Gleichzeitig würde ich meinen Online-Auftritt erst dann aufgeben, wenn der Hof und der Hofladen, in dem ich Kräuter und Gemüse verkaufen will, steht. Natürlich muss ich erst ein paar Kurse in Gartenbau besuchen, aber wenn ich Bescheid weiß, kann ich vielleicht auch selbst Kurse geben. Gemüseanbau, Kräuterkunde und natürlich Kochkurse. Ich rechne damit, dass wir eine gewisse Zeit brauchen, um alles auf die Beine zu stellen. Viel hängt davon ab, in welchem Zustand der Bauernhof ist und wie lange es dauert, ihn zu renovieren.«

»Gut. Du hast also noch deinen Job und somit ein Einkommen, während ich sozusagen blank dastehe. Wenn wir uns zum Beispiel darauf einigen, dass du mich finanziell über Wasser hältst, kann ich den Hof renovieren. So etwas wollte ich schon immer machen. Und dann werde ich vielleicht genau über so ein Projekt ein Buch schreiben. Wir würden uns einiges an Handwerkerkosten sparen.«

»Kannst du das denn?«

»Warum sollte ich nicht hämmern und malern können? Du hast auch einen wirtschaftlichen Beruf erlernt und kochst jetzt.«

»Stimmt«, gab ich zu. »Ich habe einen Hof im Auge. Mit knapp 300.000 Euro ist er meiner Ansicht nach finanzierbar. Er ist riesig. Wir könnten auch Gästezimmer ausbauen.«

»Du vergisst die Kosten, die wir reinstecken müssen. Der Kaufpreis ist okay, aber wir kaufen eine Ruine.«

»Das hast du am Foto erkannt?«

»Wir brauchen Dämmung, eine Zentralheizung, wahrscheinlich ein neues Dach und neue Fenster. Wände sind zu streichen, Böden zu richten, Türen zu erneuern. Und dann kommt erst der echte Umbau. Ein Arbeitszimmer für mich mit viel Glas. Eine Industrieküche für dich. Ein Speisesaal mit ausgewählten Möbeln, Gästezimmer, somit auch Badezimmer, Toiletten und tausend andere Sachen, an die wir jetzt noch gar nicht denken.«

»Okay, du scheinst dich wirklich ein bisschen in diesen Handwerksdingen auszukennen«, räumte ich ein. »Wie wollen wir es konkret angehen?«

»Als Erstes räumen wir den Tisch ab, dann lege ich eine neue Platte auf und hole den Laptop. Dann erstellen wir einen Businessplan. Wir müssen zur Bank. Daran führt kein Weg vorbei.«

»Spätestens bei der Vertragsunterzeichnung erfahre ich deinen echten Namen«, sagte ich und lachte. Er sah mich ernst an. Was hatte er nur für ein Problem mit seinem

Namen? Ich schüttelte den Kopf und trug unsere Tassen in die Küche. Jo folgte mir mit den restlichen Sachen auf dem Tablett.

»Du könntest bei mir einziehen«, schlug er plötzlich vor. »Dann würdest du Geld für den Hof sparen.« Er drängte mich an die Arbeitsplatte und küsste mich. Zum ersten Mal konnte ich den Kuss nicht genießen, denn ich dachte an Ben. Er hatte mir dasselbe Angebot gemacht. Beide Männer boten mir ihre Wohnung an und zudem ihr Herz.

»Du könntest ja auch bei mir einziehen«, konterte ich. »Ich möchte meine Unabhängigkeit nicht aufgeben. Warum sollte ich hier einziehen? Weil ich die Frau bin?« Jo trat einen Schritt zurück und sah mich an.

»Feministin?«

»Ja. Ich weiß, was ich will und was ich nicht will.« Dabei wusste ich in Wahrheit überhaupt nicht, was ich wollte. Bei ihm einzuziehen, hätte schon seinen Reiz. Die Wohnung war gemütlich. Und Jo war großartig. Sexy und unglaublich nett und schön anzusehen, und es wäre genial, mit ihm mehr Zeit zu verbringen.

»Ich habe kein Problem damit, eingefahrene Rollenbilder auf den Kopf zu stellen. Erinnerst du dich? Ich habe vorgeschlagen, dass du finanziell für mich sorgen könntest. Also, in Wahrheit liefere ich mich dir aus.« Er trat wieder näher und lächelte mich an. Er lachte sein gurrendes Lachen und ich konnte nicht anders, als mit einzustimmen.

»Du willst also nicht hier einziehen, verstanden. Liegt es an mir, der Wohnung, oder ist es etwas anderes?

Ich frage nur, weil wir gemeinsam ein Unternehmen planen.«

»Weißt du was, lass uns die Karten auf den Tisch legen. Planen wir hier nur ein Unternehmen oder planen wir auch unsere Zukunft? Irgendwie hängt das in der Schwebe. Versteh mich nicht falsch. Nach ein paar Dates schmiede ich normalerweise noch keine Zukunftspläne, aber bei uns scheint alles anders zu sein …«

»Ich habe am Telefon doch erwähnt, dass ich einen Bauernhof im Auge habe«, sagte Jo und zog eine Augenbraue hoch.

»Was hat das damit zu tun? Ich meine …« Er legte mir seinen Zeigefinger auf die Lippen und hielt mich zurück.

»Warte.« Er verließ die Küche. Ich hörte, wie er die Wohnungstür öffnete und wie die Treppenstufen unter seinen Schritten knarrten. Eine weitere Tür wurde geöffnet, dann war es länger still. Nach einer Weile abermals eine Tür und seine Schritte auf der Treppe. Jo trat in die Küche und hatte ein altes Fotoalbum in der Hand. Der Lederumschlag war rot und abgegriffen. Er war ein wenig außer Atem. »Komm«, forderte er mich auf und setzte sich wieder an den Tisch. »Das ist unser Familienfotoalbum.« Er öffnete den Lederumschlag und begann, vorsichtig Seite für Seite umzublättern. Ich erhaschte einen Blick auf fremde Gesichter und Häuser und Gegenden, aber nie lange genug, um wirklich etwas erkennen zu können. Dann hielt er inne. »Da ist es.«

»Was?«, fragte ich. Auf der Seite waren vier Fotos eingeklebt. Er zeigte auf das zweite in der oberen Reihe.

Ich sah eine Familie, die schön aufgereiht vor einem Haus stand. Sie trugen vornehme Kleidung und standen ganz stramm da. Es war eine Schwarz-Weiß-Aufnahme. Ich kannte das von uns zu Hause. Allerdings bewahrten wir die alten Bilder in einem Karton auf.

»Der Hof meines Urgroßvaters«, erklärte er. »Natürlich lebt er nicht mehr, aber der Hof existiert noch. Ich wusste das gar nicht. Erst nachdem du davon angefangen hast, hat bei mir etwas geklingelt und ich habe begonnen, in der Verwandtschaft herumzufragen.«

»Okay …« Ich wusste nicht genau, worauf er hinauswollte.

»Ich habe das Fotoalbum von meinem Onkel bekommen. Er suchte es extra für mich auf dem Dachboden, damit er mir dieses Foto zeigen konnte.« Jetzt klappte er das Album wieder zu und lehnte sich im Stuhl zurück. »Was sagst du? Wollen wir uns ihn aus der Nähe ansehen?«

»Den Hof?«

»Ja. Von hier etwa vier Stunden. Komplett abgelegen. Wir könnten fast so etwas wie ein Detox-Ressort daraus machen. Keine Menschenseele weit und breit. Kein Lärm. Nichts.«

»Das klingt traumhaft. Aber verstehe ich das richtig, wir könnten den Hof haben?«

»Ja. Er steht seit Jahrzehnten leer. Das Land ist an einen angrenzenden Bauern verpachtet, aber das Haus wurde seit zig Jahren nicht mehr genutzt. Es gehört meiner Familie väterlicherseits. Wir könnten den

Pachtvertrag übernehmen und das Haus mieten. Oder ich kaufe Hof und Land und zahle meine Familie aus.«

»Wenn wir Geld für die Renovierung reinstecken müssen, dann ist ein Kauf wohl am sinnvollsten.«

»Das habe ich auch gedacht. Meine Familie ist damit einverstanden. Sie finden es sogar toll, wenn das alte Anwesen wieder aufgebaut wird. Mein Vater hat mir Geschichten erzählt, wie er als Kind dort zur Sommerfrische war. Ich könnte einen Gutachter mit der Schätzung beauftragen. Dann wissen wir, was uns die Übernahme kosten soll.«

»Und wer tritt dann als Käufer auf? Ich weiß nicht, ob ich mich in deine familiären Agenden einmischen möchte. Was, wenn das Unternehmen floppt?«

»Ohne laufendes Einkommen gibt mir keine Bank einen Kredit. Vor allem, weil ich auch für die Zukunft kein regelmäßiges Einkommen vorweisen kann. Die Idee mit dem Hof hängt ganz von deiner Unternehmensidee und Finanzierungsgrundlage ab.«

»Und das stört deine Familie nicht?«

»Wie gesagt, der Hof verrottet. Der Grund da draußen ist nicht viel wert und das Gebäude auch nicht mehr. Es jetzt wieder aufzupolieren, weckt alte Erinnerungen. Sie freuen sich, wenn ich in Urgroßvaters Fußstapfen trete und wieder einen Bauernhof gründe. Und ich habe ihnen erzählt, dass wir es so wie ganz früher machen wollen. Klein und einfach. Im Einklang mit der Natur. Sie können sich nichts Besseres vorstellen. Und ich mir ehrlich gesagt auch nicht.«

»Wir gründen also ein Unternehmen, das was macht?«, hakte ich nach, denn mir war ganz und gar nicht klar, wie wir beide unsere Vorhaben unter einen Hut bringen wollten.

»Das erkläre ich dir gleich. Dafür müssen wir ein Stockwerk höher gehen.« Er stand auf und nahm mich an die Hand. Wir verließen die Wohnung und gingen die Treppe weiter nach oben. Das Knarren kam mir bekannt vor. Er musste vorher, als er das Fotoalbum geholt hatte, bereits diese Treppe nach oben gestiegen sein. Sie war etwas schmaler als die, die von der Eingangstür zur Wohnung führte. Ganz oben war eine weitere Tür. Jo steckte den Wohnungsschlüssel ins Schloss und öffnete.

»Wow.« Staunend betrat ich den riesigen Raum im Dachgeschoss. An der Decke waren die freiliegenden Dachbalken zu sehen und zwei Holzsäulen hielten das Dach. Die Wände rechts und links waren voll mit Büchern. Und vor mir war die Wand ersetzt worden durch eine Glasfront. Ich sah hinaus ins Grüne. »Was ist das für ein Baum?«, wollte ich wissen. Er war riesig und reichte über den Giebel hinweg.

»Das ist ein alter Walnussbaum.« Ich trat näher ans Fenster und kam neben Jos Schreibtisch zum Stehen.

»Arbeitest du hier?« Verschiedene Zeitungen und Bücher stapelten sich auf seinem Tisch. Mittendrin stand eine gebrauchte Kaffeetasse.

»Manchmal. Meistens bin ich im Büro. Ich versuche mich hier an Essays oder an Gedichten und seit Kurzem an einem Roman.«

»Wirklich?« Das klang toll. »Um was geht es denn?«

»Ich weiß noch nicht genau. Du hast mich auf eine Idee gebracht.«

»Du willst es also nicht verraten?« Ich schlich an ihn heran und zog ihn in meine Arme.

»Stimmt.«

»Du hast also Geheimnisse vor mir?«, scherzte ich und begann, ihn sachte in seine Seiten zu kneifen. Ich wollte ihn kitzeln, aber das hatte ich offenbar zuletzt im Kindergarten mit jemandem gemacht. Es fühlte sich so an, als wüsste ich nicht mehr, wie es ging. Dennoch begann er sich zu winden und zu kichern.

»Nein!«, rief er und lachte. Dabei lief er einen Schritt zurück und noch einen. Ich lachte mit und führte mein Verhör fort.

»Bist du dir sicher? Ich sehe es dir doch an, dass du mir etwas sagen willst.«

»Stimmt«, sagte er mit ernster Stimme. Ich hörte auf, ihn zu kitzeln. Er ließ sich auf das Bett plumpsen, das hinten in einem dunklen Winkel stand. Von der Tür aus hatte ich es nicht gesehen. Er winkte mich zu sich. Seine Fußsohlen berührten noch den Boden, sein restlicher Körper lag rücklings auf dem Bett. Nur den Kopf hielt er aufrecht und sah zu mir. »Komm«, sagte er und ließ seinen Kopf aufs Bett fallen. Ich setzte mich zu ihm und blickte mich wieder im Raum um. Es war ein magischer Ort. Von draußen hörte ich die Vögel singen und hier drinnen war es ganz leise. Jo griff nach meiner Hand und ich drehte mich zu ihm.

»Es war nur ein Scherz«, sagte ich. Keine Ahnung, warum sich die Stimmung plötzlich verändert hatte.

»Du wolltest vorhin, dass wir die Karten auf den Tisch legen. Das will ich auch.« Er richtete sich auf und wir sahen uns an. »Es gibt etwas, das sollte ich dir unbedingt sagen, aber ich fürchte, es macht alles nur kompliziert und am Ende hätten wir beide nichts davon. Deshalb lasse ich es und komme auf etwas Wichtigeres zu sprechen.« Jetzt machte er eine Pause und sah zum Fenster. »Ich weiß schon, wie das läuft. Dates, beim anderen übernachten, der erste gemeinsame Urlaub, irgendwann zusammenziehen. Es ist nicht so, dass ich das nicht weiß. Aber ganz ehrlich? Für uns hat sich etwas ganz anderes ergeben. Nicht wahr? Aus irgendeinem Grund haben wir denselben Traum. Und jetzt können wir uns für verrückt erklären, aber ich will das wirklich mit dir durchziehen. Viele lernen sich jahrelang kennen, ziehen dann erst zusammen und nach weiteren Jahren heiraten sie. Und dann? Irgendwann folgt doch die Scheidung. Es ist ein Trugschluss zu glauben, dass Zeit Sicherheit bedeutet. Wir können uns getrost gemeinsam in dieses Abenteuer stürzen, finde ich. Wenn es nicht klappt, egal, ob wirtschaftlich oder persönlich, dann finden wir eine Lösung.«

»Du glaubst, wir könnten so professionell sein?«

»Professionell meint, du gehst davon aus, dass wir privat scheitern und ob wir dann das Unternehmen trotzdem gemeinsam führen könnten?«

»Eine Trennung läuft nicht immer freundschaftlich ab«, wandte ich ein.

»Was, wenn es wirtschaftlich nicht klappt, wenn wir uns verkalkulieren. Haben wir dann privat ein Problem?«

»Ich denke nicht, dass wir beide privat ein Problem bekommen. Ich bin ehrlich gesagt total verliebt«, sagte ich und schmiegte mich an ihn. »Lass uns keine Probleme wälzen, die es noch gar nicht gibt.«

»Wir machen es also einfach und verhalten uns wie zwei durchgeknallte Teenager, die kein Gespür für Risiko haben?«

»So in etwa. Nur mit Businessplan im Gepäck und ganz vielen Träumen«, ergänzte ich. Jo beugte sich zu mir und küsste mich.

»Genau so habe ich es mir vorgestellt«, raunte er, aber ich verstand fast nichts, denn sein Kuss war weich und zart und ließ keinen Platz für Worte.

Wir ließen uns zurück aufs Bett fallen, und ich schmiegte mich noch enger an ihn. Ich spürte Jos Körper dicht an meinem und legte mein Bein über seine, um ihm näher zu sein. Seine Hände lagen in meinem Rücken, auf meinen Armen oder fuhren die Silhouette meines Körpers nach. Es war sinnlich und romantisch und betörend und trotzdem wusste ich schon lange, was ich wirklich wollte. Ich brannte von Kopf bis Fuß für diesen Mann. Er sollte mir die Klamotten vom Leib reißen und die wildesten Dinge mit mir anstellen. Aber seine Hände blieben oberhalb meiner Kleidung, was ich einerseits als Höflichkeit oder Respekt verbuchte und schätzte. Andererseits wollte ich mehr. Ich schob meine Hände unter sein weißes Shirt. Jos Haut war warm und weich wie seine Küsse und wie sein Lachen. Er hielt inne und musterte mich. Dann drehte er mich ganz aufs Bett und legte sich auf mich. Ich spürte sein Gewicht. Das fühlte sich gut an. Sein Bauch drückte gegen meinen. Es nahm mir fast den Atem, so gut fühlte es sich an. Wieder küsste er mich. Anders jetzt, kräftiger, hungriger. Meine Beine rutschten wie von selbst auseinander, mir wurde es erst bewusst, als er sich stärker gegen mich drückte und mir ein Stöhnen entwischte. Wieder hörte er auf, mich zu küssen und sah mich an. Ich langte nach dem Saum seines T-Shirts und schob es über seinen Kopf.

Der Anblick seiner starken Männerbrust war anregend. Ich kam hoch und drückte ihn aufs Bett und sah ihn eine Weile einfach nur an. Das schien ihn nicht zu beunruhigen. Lange konnte ich jedoch nicht widerstehen. Ich musste ihn anfassen. Und ich musste ihn küssen. Ich liebkoste die Stelle, an der sein Bart langsam aufhörte und in seinen Hals überging. Ich küsste seine Schulterbeugen und er erschauderte kurz. Meine Hände lagen auf seiner Brust, sie war breit und fühlte sich kräftig an. Ich fuhr mit meinen Fingern die kleine Linie entlang, die zu seinem Bauchnabel führte, und folgte diesem Weg, während ich Küsse auf seine Haut hauchte. Manchmal hörte ich ihn atmen, dann sah ich zu ihm auf. Aber er hatte die Augen geschlossen. Vom Bauchnabel führte die Linie weiter nach unten, bis sie sich in seinem Hosenbund verlor. Sachte ließ ich meine Finger dort anstoßen und auf beiden Seiten den Bund entlang hin und her wandern. Dabei beobachtete ich sein Gesicht. Aber nichts deutete darauf hin, dass ich zu schnell wäre. Ich öffnete den obersten Knopf seiner Hose. Gleichzeitig beugte ich mich über ihn und küsste seine Lippen. Dieses Mal war er es, der ein Geräusch machte und mich an sich drückte. Meine Hände fummelten noch immer an den kleinen Knöpfen, um seine Hose zu öffnen. Er kicherte, dann trafen sich unsere Hände zwischen unseren Körpern und er übernahm. Jo drückte sein Becken hoch, was mich fast von ihm herunter katapultierte und zum Lachen brachte, und schob seine Jeans hinunter. Seine Beine waren muskulöser, als ich es vermutet hatte.

»Lachst du mich aus?« Seine Lippen waren zu einem Lächeln verzogen.

»Du hast mich von dir runtergeworfen«, kicherte ich.

»Ein Versehen. Aber ich musste die Hose loswerden. Und jetzt liege ich hier fast nackt vor dir und stelle fest, dass du eindeutig zu viel anhast.«

»Stimmt.« Ich kniete auf dem Bett neben ihm, zog mir das Sommerkleid über den Kopf und ließ es zu Boden fallen. Unter dem weißen Kleid trug ich dunkelblaue Unterwäsche. Ich fand, das hatte etwas Französisches. Jo rollte näher zu mir und küsste mein Knie. Ich legte meine Hand auf seinen Kopf und kraulte seine Haare, während er seine Lippen über meine Schenkel wandern ließ. Und je näher er dabei meiner Mitte kam, umso kitzliger wurde ich. Ich begann, zu lachen und mich zu winden. Jo setzte sich auf und sah mich an.

»Interessant«, sagte er.

»Was?«

»Ich bringe dich zum Lachen, aber eigentlich will ich ganz etwas anderes.«

»Ich auch.« Aber ich riss mich zusammen, gab ihm einen kurzen Kuss und legte mich dann ganz ruhig aufs Bett. Er sah mich eine Weile an und wir sagten beide nichts. Wir brauchten die Zeit. Die Stimmung war locker und leicht zwischen uns und das war toll. Aber wir wollten beide etwas anderes. Wir wollten ein Gefühl, das sich überwältigend anfühlte und sinnlich war und sich dieses einmaligen Moments würdig erweisen würde.

Ganz langsam beugte er sich zu mir und küsste mich. Er küsste mich lange, bevor er sich von meinem Mund löste und sich einen Weg dem Hals entlang zu meiner Schulterbeuge bahnte. Ich spürte seine zarten weichen Küsse und sein flauschiges Haar, das mich ebenso zu liebkosen schien wie sein Mund. Irgendwann spürte ich seine Hände in meiner Taille, dann im Rücken und nahm wahr, wie er meinen Büstenhalter öffnete und meine Brüste küsste. Ich fühlte mich so frei und so leicht. Und als wir unsere Unterwäsche ganz abstreiften, gab es keine Distanz mehr zwischen uns. Seine Wärme ging fließend in meine über und wir bewegten uns im selben Rhythmus, bis ich irgendwann die Kontrolle verlor und mich nur noch treiben ließ. Es war, als fegten Wellen über mich hinweg und rissen mich mit, mal in diese, mal in jene Richtung. Mal war ich ganz erfüllt von seinen Küssen, dann ganz von seinen Berührungen. Meistens jedoch war es sein starker Körper, der mich immer weiter und weiter dem Höhepunkt entgegentrieb, sodass ich bald an nichts anderes mehr denken konnte.

»Ich hatte noch nie in einem Raum mit so vielen Büchern Sex«, bemerkte ich irgendwann, nur um etwas zu sagen.

»Warte auf den Herbst, da sind es nicht mehr die Bücher, die dich beeindrucken, sondern der Kamin«, gab er zurück.

»Du hast hier oben einen Kamin?« Jo nickte und zeigte auf die andere Seite des Raums. Ich war zu müde, um meinen Kopf zu drehen. »Weißt du, wovon ich wirklich beeindruckt bin?«

»Nein«, antwortete er.

»Von dir.« Ich küsste ihn.

»Von mir?« Nachdenklich blickte er zu den Holzbalken, die über uns freilagen und eine Art Zelt über uns bildeten. »Weil ich mich vegan ernähre?«

»Es dreht sich nicht alles darum. Eher weil du es bist, der mich ermuntert, meine Träume zu verwirklichen, und das tust du, indem du deine verwirklichst. Oder anders gesagt, du begleitest mich und lässt mich nicht alleine.«

»Ich denke, wir beide haben uns einfach zur richtigen Zeit kennengelernt. Wir sind gerade beide bereit, etwas Neues zu beginnen und irgendwie hängt mein Beginn von deinem ab und umgekehrt.«

»Du hast meine Träumerei ernst genommen, ernster als ich selbst. Und nur weil du es vorantreibst, habe ich den Mut dazu.«

»Wo glaubst du, stehen wir in einem Jahr?«, fragte Jo und drehte sich zu mir. Sein Körper klebte, als er meinen berührte. Wir waren noch immer nackt. Ich fühlte mich ungeheuer sexy und küsste ihn.

»Vielleicht in einem ähnlichen Raum. Ich würde das Dachgeschoss gerne so ausbauen und dann in die Mitte des Raumes ein Bett stellen. Und deine Bücher an den Wänden, so wie hier. Und irgendwo im Regal, da steht dein Debütroman.«

»Das klingt gut«, sagte er und küsste mich. An diesem Tag küssten wir uns noch oft. Irgendwann standen wir auf und ich stöberte in seinen Bücherregalen, während er am Laptop saß und begann, unsere Ideen in Worte zu fassen.

Kapitel 9

Noch am selben Abend stand Ben vor meiner Tür. Kaum hatte ich geöffnet, küsste er mich und drückte mir einen Strauß Rosen in die Hand.

»Wow. Wofür sind die denn?« Ich versuchte, mein schlechtes Gewissen zu verbergen, während ich die Blumen entgegennahm, um sie in eine Vase zu stellen. »Komm rein«, rief ich und hörte, wie Ben die Tür schloss. Wie sollte ich es ihm nur erklären? Man wurde auf so vieles im Leben vorbereitet, aber nicht auf solche Situationen.

»Hast du nichts gekocht?«, fragte er und blickte sich in der leeren Küche um.

»Nein, ich bin selbst erst vor Kurzem gekommen. Magst du einen Kaffee?«

»Gern. Oder sollen wir uns was kommen lassen? Ich habe Hunger.«

Ich überlegte, ob das gut wäre, und kam zu dem Schluss, besser abzulehnen. Wenn ich ihm reinen Wein einschenkte, würde er sicher bald gehen wollen, anstatt noch mit mir zu essen.

»Lieber nicht. Ich weiß nicht, wie ich es sagen soll. Ich hab dir doch erzählt, dass ich jemanden kennengelernt habe. Erst dachte ich, da wäre nichts. Aber wir haben uns wiedergesehen. Ehrlich gesagt, es tut mir leid, wir haben einfach ein schlechtes Timing. Ich will dich nicht verletzen und dich nicht verlieren, verstehst du?«

»Was heißt das?«

Ich zuckte mit den Schultern. Ben sah ganz verdutzt aus. »Habe ich was falsch gemacht?«, fragte er.

»Nein. Nein. Auf keinen Fall.« Ich griff nach seinen Händen.

»Wir verstehen uns einfach super, der Typ und ich. Das ist alles. Und ich will es versuchen.«

»Und wenn ich es dir ein paar Wochen früher gesagt hätte? Dass ich verliebt bin. Dann wären wir jetzt zusammen?«

»Wahrscheinlich …«

»Scheiße, ist das dein Ernst? Du kannst das einfach austauschen? Den einen gegen den anderen?«

»Eben nicht! Ich kenne dich schon ewig. Das zwischen uns ist eine Freundschaft. Ich habe lange gebraucht, um zu bemerken, dass sich da auch andere Gefühle eingeschlichen haben. Tu nicht so, als ob du das selbst nicht weißt. Außerdem bin ich seit Monaten solo, du hättest früher auf mich zukommen können, also gib nicht mir die Schuld, dass ich mich genau jetzt in einen anderen verliebt habe!«

»Verliebt also?«

»Ja.«

»Kommt dir das nicht kindisch vor? Verliebt? Wie ein Teenager? Ist das zwischen uns nicht mehr? Wir kennen uns ewig. Diese Gefühle, die da über die Jahre gewachsen sind, glaubst du nicht, dass das Liebe sein könnte?« Er konnte mich nicht ansehen, als er das sagte. Und ich verstand warum. Es fühlte sich an, als wären wir plötzlich nackt und würden unser Innerstes auf den Tisch packen. Trotzdem änderte es nichts.

»Ich weiß es nicht, Ben. Ich weiß es einfach nicht.« Ich löste meine Hände von seinen und stütze mich auf die Küchentheke. »Aber auf keinen Fall möchte ich das zwischen uns kaputt machen«, beteuerte ich.

»Das tust du nicht«, sagte Ben nach einer Weile. »Ich habe so lange gewartet, ich kann weiter warten. Ich weiß, wir gehören zusammen. Du und dieser Kerl, auch wenn du es jetzt nicht hören willst, aber das ist nur eine Affäre. Wenn es vorbei ist, bin ich für dich da.«

»Versprochen?«, hakte ich nach und versuchte, dem Gespräch einen lustigen Anstrich zu verpassen. Mir war es lieber, wenn er es auf die leichte Schulter nahm. Er sollte ruhig glauben, es wäre nichts Ernstes.

»Klar. Aber wir bleiben Geschäftspartner, okay? Mein Angebot steht, ich will dir wirklich helfen.« Musste er das jetzt auch noch ansprechen? Ich war versucht, eine Zustimmung zu murmeln, aber auf lange Sicht würde er sowieso herausfinden, was ich wirklich plante.

»Nein. Ich meine, es steht für mich fest, dass ich aufs Land gehe. Ich habe einen Bauernhof und arbeite gerade einen Businessplan aus.« Auf einen Schlag wurde Ben kreidebleich.

»Wie? Weg?«

»Das erkläre ich dir jetzt seit Wochen. Du willst es nur nicht wahrhaben, Ben.«

»Du ziehst also ganz alleine aufs Land und bewirtschaftest einen Hof? Eine Tätigkeit, die früher von ganzen Familien bewältigt wurde, willst du alleine auf die Reihe kriegen?«

»Nein. Ich bin nicht alleine«, gab ich zu. Dieses Mal war ich es, die ihn nicht ansehen konnte. Jetzt kam alles raus.

»Wie, nicht alleine? Jetzt verstehe ich gar nichts mehr. Gehst du in eine Kommune? Ist das überhaupt legal?«

»Stell dich nicht so an. Natürlich keine Kommune. Mein eigener Hof oder zumindest einer, den wir zu zweit bewirtschaften.«

»Und wer ist verrückt genug, das mit dir durchzuziehen?«

»Du kennst ihn nicht. Jo. Mein Freund.« Sofort kam ich mir blöd vor, ihn als meinen Freund zu bezeichnen. Wäre er nur ein Freund oder eine Affäre, würde ich niemals so etwas Großes planen. Ich hätte ihn gerne als meinen Lebensgefährten bezeichnet. Aber nach ein paar Wochen traf das wohl auch noch nicht auf uns zu. Vielleicht Seelenverwandter, aber damit könnte Ben schon gar nichts anfangen.

»Dein Freund? Du meinst den anderen Kerl. Der, wegen dem du mit mir Schluss machst?« Ich nickte. Ben tigerte in der kleinen Küche auf und ab. »Du verlässt dich lieber auf einen Fremden als auf mich?« Seine Stimme klang jetzt rauer und brüchiger. Wieder nickte ich.

»Es tut mir leid. Aber es hat sich halt so ergeben. Und es fühlt sich richtig an.«

»Ich muss gehen. Ich halte das nicht mehr aus, was du da alles von dir gibst.«

»He, Ben, es tut mir leid. Ich wollte nicht, dass es so kommt.«

»Ich verstehe schon. Die große Liebe? Wahrscheinlich betrügt er dich nach Strich und Faden. Pass nur auf!«

»Das tut er nicht. Er stellt den Hof zur Verfügung. Ein Familienerbe. Er geht ein genauso hohes Risiko ein wie ich.«

»Wie heißt er denn, dein Schwarm?«

»Jo.«

»Das ist kein Name.«

»Stimmt, das habe ich ihm auch gesagt, als ich ihn kennenlernte.« Bei der Erinnerung an den Abend im Kaminzimmer musste ich schmunzeln.

»Also. Wie heißt er?«

»Keine Ahnung.« Langsam wurde mir bewusst, für wie naiv er mich halten musste. Ich kannte Jos kompletten Namen tatsächlich nicht. Dennoch vertraute ich ihm ganz und gar.

»Ist das gerade dein Ernst oder hältst du mich hin?«

»Nein. Ich weiß, das klingt schrecklich. Er wollte mir seinen Namen nicht verraten. Aber das ist okay. Ich vertraue ihm.«

»Hörst du dir selbst zu? Ein Mann ohne Namen und du wirst nicht misstrauisch?«

»Lass gut sein Ben«, sagte ich und begleitete ihn zur Tür. Er nahm mich in den Arm.

»Mache ich. Wir finden zueinander. Da bin ich sicher.«

Ich fühlte mich geschmeichelt, dass er noch immer zu mir stand, obwohl ich ihn gerade zurückgewiesen hatte.

Während er an Rosas Fenster vorüber und dann die Treppe nach unten ging, sah ich ihm hinterher. Dann verlor ich ihn aus dem Blick und schloss die Tür.

Kapitel 10

Er ließ die nächsten Tage nichts von sich hören und auch mir fehlte der Mut, mich bei ihm zu melden. Außerdem hatte ich den Kopf mit ganz anderen Dingen voll. Endlich unterzeichnete ich den Vertrag mit Karsten und gab so den Startschuss für mein neues Leben. Gleich danach rief ich Jo an.

»Hallo«, begann ich. »Weißt du schon das Neueste?«

»Nein«, antwortete er.

»Ich habe den Vertrag unterzeichnet. Ich bin bald in der Zeitung und im Fernsehen zu sehen.«

»Oh, ich bin also mit einem Star liiert.« Er lachte.

»Eher mit einer künftigen Bäuerin. Aktuell noch Köchin. Hast du Lust, mit mir zu essen? Wir wollten doch mal vegan grillen und schauen, was ein Garten um diese Jahreszeit so hergibt.«

»Ja, klar. Wann?«

»Morgen? Du kannst mir beim Gemüseschnippeln helfen.«

»Lieber erst am Sonntag. Ich muss noch etwas erledigen.«

»Aber nur wenn du dann ein fertiges Konzept an der Hand hast. Was machst du denn so Wichtiges?«

»Letzter Auftrag. Bald habe ich das alles hinter mir.«

»Belastet dich das so?«

»Wenn du endlich weißt, was du willst, ist es schrecklich, weiter an den falschen Dingen zu arbeiten«, erwiderte er und ich dachte an Ben und mich. Ja, wenn man einmal wusste, wie es sich anfühlen muss, gibt man sich nicht gerne mit etwas anderem zufrieden.

»Ich weiß, was du meinst. Dann sehen wir uns am Sonntag und du bringst Hunger und ein Konzept mit.«

»Zu Befehl.« Mit einem Lachen legte er auf und ich blieb einsam zurück.

Ich zwang mich, darüber nachzudenken, wie ich unser veganes Sommergrillen aufwerten und wie ich es als Vlog aufbereiten könnte. Seit zwei Wochen hatte ich nichts mehr gepostet. Ich musste mich bei meinen Abonnenten und Abonnentinnen entschuldigen und erklären, was ich für die Zukunft plante.

Für das Essen am Sonntag beschloss ich, dass es zur Vorspeise Salat geben wird, mit Gurken und Tomaten verfeinert. Als Beilage bot sich Stockbrot an. Den Teig einfach auf einen sauberen Stock wickeln und über die Hitze des Grills halten und dabei drehen. Das hatte etwas Rustikales, die Idee gefiel mir. So etwas könnte ich auf dem Bauernhof über einem echten Lagerfeuer machen. Für die Hauptspeise könnte ich ein Blumenkohl-Steak marinieren und auf den Grill legen. Dazu Zucchini- und Paprikastücke auf Spieße gesteckt und ebenso gegrillt. Ofenkartoffeln durften natürlich nicht fehlen und ein paar leckere Dips mit frischen Kräutern wie Petersilie, Schnittlauch und Knoblauch. Alles in heimischen Gärten zu ernten. Für das Dessert würde ich Marillenhälften grillen und mit veganer Sahne servieren. Mit etwas Zucker karamellisiert, ein Traum. Als mein Menü endlich stand, war ich richtig happy. In den nächsten Tagen musste ich nur noch dafür einkaufen und dann konnte ich schon kochen, filmen und posten.

Nun kam der schwierige Teil. Ich musste meiner Community demnächst mitteilen, dass ich mich neu orientieren und aufs Land ziehen würde und ein nachhaltiges, naturverbundenes Leben führen wollte. Aber ich war noch nicht bereit, mir darüber im Detail Gedanken zu machen. Ich schob es hinaus und blieb gedanklich lieber beim Grillabend und wie ich alles bildlich in Szene setzen würde.

Die Zeit verging wie im Flug, wie immer, wenn ich mich mit einem Plot beschäftigte und Daten rund um die Lebensmittel sammelte, die ich verwenden würde. Ich wollte den Usern nicht nur ein schmackhaftes Menü servieren, sie sollten auch etwas über Vitamine und Mineralstoffe lernen und was jedes einzelne Gemüse in unserem Körper bewirkte und wofür es gut war.

Als am Sonntag Jo dann endlich klingelte, hatte ich unser Grillmenü bereits zweimal gekocht. Er stand an diesem Abend mit einer Flasche Wein vor der Tür und hätte nicht attraktiver aussehen können.

»Du hast gesagt, du arbeitest, dabei bist du braun gebrannt«, begrüßte ich ihn und gab ihm einen Kuss.

»Wenigstens dafür taugt der winzige Balkon in meiner Wohnung.«

»Komm rein«, sagte ich und nahm ihm die Flasche ab.

»Du magst also Wein?«

»Wer nicht?«

»Geschmackssache.« Ich drehte mich um und stellte die Flasche auf die Küchentheke. »Wohnungsführung?«

»Unbedingt«, sagte er und zog mich an sich und küsste mich. »Zuerst das Schlafzimmer.«

»Viel mehr gibt meine Wohnung sowieso nicht her«, murmelte ich und schob ihm sein T-Shirt über den Kopf und ließ es achtlos auf den Flurboden gleiten.

»Es geht auch ohne, gleich hier auf dem Boden«, raunte er mir ins Ohr und ich erschauerte unter seinem Atem, der sachte an meinem Hals kitzelte.

»Wenn du willst.« Ich nahm ihn beim Wort und knöpfte seine Hose auf. Er blieb allerdings nicht stehen, sondern lief weiter und schob dabei mein Top nach oben.

»Mega.« Mit großen Augen kommentierte er mein Bikini-Oberteil, das ich mir extra für diesen Sommer gekauft hatte. Neonpink. Lange betrachtete er es jedoch nicht, sondern fummelte am Verschluss, bis er auf war. Endlich hatte auch ich seine Hose geöffnet und wartete, bis er mir meine auszog. Aber das war gar nicht so leicht. Am Ende standen wir uns beide kichernd gegenüber und zogen uns unsere Hosen selbst aus und warfen sie achtlos auf den Boden.

Jo drängte mich zum Bett und ich ließ mich fallen. Wir nestelten beide an des anderen Unterwäsche, bis wir frei waren, und verloren keine weitere Zeit mehr mit Liebkosungen. Ich wollte ihn einfach nur spüren, ganz nahe, ganz eng und ich schlang meine Beine um ihn und er seine

Arme um mich und es war, als würden wir zusammenwachsen und eins werden und keinen Anfang und kein Ende haben. Wir drängten uns aneinander, spürten uns und gaben uns mit allem, was wir hatten, hin. Und als es vorbei war, fühlte es sich so weich an, als besäße ich keinen Körper, als wäre ich nur die reinste Essenz meines Selbst. Körperlos, zeitlos. Einfach nur Gefühl.

»Ich werde diesen Abend wohl nie vergessen«, sagte Jo.

»Warum? Weil ich dich von der Tür weg verführt und flachgelegt habe?« Ich legte meine Hand auf seinen Hals und strich mit meinem Daumen über seine Kinnlinie, die sich markant unter seinem Bart abzeichnete.

»Nein, weil ich noch nie etwas Intensiveres erlebt habe.« Er drehte sich zu mir, um mich zu küssen.

»So gut?«

»Wenn du jetzt sagst, es war nicht gut, dann kenne ich mich nicht mehr aus.«

»Nein. Es war mehr als das. Ich habe mich noch nie so gefühlt«, gab ich zu und legte meinen Zeigefinger auf seine Lippen.

»Du also auch. Dann muss es wahr sein.« Er lächelte.

»Was ist wahr?«

»Dass wir uns lieben und zusammengehören«, sagte er und blickte mir dabei in die Augen. Dann küsste er mich. Mein Magen knurrte und wir lachten beide.

»Luft und Liebe genügen mir nicht. Lass uns in die Küche gehen.« Ich stand auf und sammelte beim Hinausgehen meine Kleidung zusammen und zog mich langsam, Stück für Stück, wieder an.

»Das sieht gut aus«, rief er mir hinterher. Er lag noch im Bett, aber ich hörte an den Geräuschen, dass er sich bewegte, und wusste, dass er mir folgte.

Es war so leicht mit ihm, so unkompliziert. In der Küche trat er hinter mich, küsste meinen Nacken und umfasste meine Taille. Alles war so sinnlich zwischen uns. Ich fühlte mich wie neugeboren.

»Glaubst du, das ist echt?«, fragte ich, löste mich aus seiner Umarmung und holte den vorbereiteten Salat aus dem Kühlschrank.

»Was?«

»Das zwischen uns? So schnell, so intensiv? Ist das echt oder ist es nur die rosarote Brille, wie man so schön sagt.«

»Das können wir nicht wissen. Aber ich glaube, es ist echt. Ich weiß, was ich will«, erwiderte er und hob mich auf die Arbeitsplatte. Ich schrie kurz vor Überraschung auf. »Das nächste Mal machen wir es hier.«

»Du weißt schon, dass das die einzige Küche ist, in der ich koche und mich dabei filme.« Ich küsste seinen Nacken und fuhr mit den Fingern durch seine Haare, die hinten am Hals schon etwas zu lange waren.

»Skrupel?«

»Sobald ich eine neue Küche auf dem Land habe, kannst du dort mit mir treiben, was du willst. Bis dahin nicht.« Ich sprang auf den Boden.

»Spielverderberin«, murmelte er.

»Du hast ja auch eine Küche.« Ich hätte ihm gerne zugezwinkert, aber mir fehlte die Kontrolle über die nötige

Feinmotorik, die dafür nötig gewesen wäre. Das gehörte zu den Dingen, die ich schlichtweg nicht konnte, egal, wie sehr ich mich auch bemühte. Nicht, dass es wichtig gewesen wäre, aber ab und zu, wie eben in diesem Moment, überkam mich der Impuls und ich hätte es gerne gekonnt. Es hätte besser als meine Worte ausdrücken können, was ich wirklich sagen wollte.

»Das ist zumindest ein Trost«, gab er zurück und lächelte. »Und jetzt sag mir, was ich tun soll.«

»Du kannst den Tisch decken. Sonst ist alles erledigt. Wir müssen nur noch die Spieße und die Gemüsesteaks auf den Grill legen.« Ich öffnete die Schranktür mit dem Geschirr, damit er loslegen konnte. Dann zog ich den kleinen, schwarzen Kontaktgrill hervor, steckte das Kabel in die Steckdose, klappte ihn auf und fettete ihn ein.

»Was ist das?«, fragte Jo.

»Mein Grill. Was erwartest du? Ich habe keine Terrasse und keinen Balkon. Und mitten im Wohnzimmer werde ich kein offenes Feuer anzünden.«

»Für eine Köchin ist das ein Armutszeugnis«, tadelte er kopfschüttelnd und hielt sich die Hände vor das Gesicht. Es wirkte sehr theatralisch und brachte mich zum Lachen.

»Dafür hält sich die CO2-Emission in Grenzen«, konterte ich und holte das Essen aus dem Kühlschrank. »Außerdem schmeckt es trotzdem lecker und bekommt die schönen knusprigen Streifen vom Grill.«

»Und dennoch ist und bleibt es ein Fake.«

»Gut, dann lass uns mit dem Businessplan Nägel mit

Köpfen machen und lieber heute als morgen auf den Bauernhof ziehen. Dann bekommst du dein offenes Feuer im Garten. Besser?« Ich drückte ihm das Besteck in die Hand. Dann legte ich das Gemüse auf den Grill und es zischte laut.

»Musik in meinen Ohren«, gab er zu.

»Ich hoffe, du magst es, auch wenn es nur Gemüse ist.«

»Was heißt hier *nur?* Ich stehe inzwischen auf deiner Seite. Das kannst du mir ruhig glauben. Ich bin durch und durch vegan. Vertrau mir. Das ist kein Verzicht für mich. Das ist echt. Du hast mich überzeugt.«

»Wirklich?«

»Ja. Wirklich«, beteuerte er und zog mich an sich, um mich zu küssen.

»Ich muss den Grill im Auge behalten«, murmelte ich und wollte ihn nicht loslassen. Als ich endlich die Spieße drehte, waren sie fast schon zu dunkel. »Es geht gerade noch«, entschuldigte ich mich, legte sie auf unsere Teller und zog den Stecker.

Nach dem Essen sah ich mir an, was Jo am PC für uns zusammengestellt hatte. Das sah schon sehr gut aus. Er hatte den Bauplan des Hauses, eine Kostenschätzung für die Renovierung und eine Gliederung der unterschiedlichen Geschäftsfelder, die wir bedienen würden, aufgelistet. Das Ganze wirkte sehr professionell.

»Du willst geführte Touren mit Lamas anbieten?«, fragte ich. Am Küchentisch scrollte ich weiter durch sein

Dokument, während Jo den Abwasch machte und aufräumte.

»Die Idee ist mir kürzlich gekommen, als ich einen Bericht darüber las, dass das ein aufkommender Trend ist. Es soll unglaublich beruhigend sein, mit den Tieren spazieren zu gehen, die Stille zu genießen und sich dabei vom Lama führen zu lassen. Das ist das Spannende daran. Das Lama führt den Menschen, nicht umgekehrt.«

»Das klingt wirklich toll. Ich würde das sofort buchen.«

»Perfekt. Ich habe in zwei Wochen eine Tour für mich gebucht. Es ist zwar ein Stück weit weg, aber ich möchte es gern ausprobieren. Wenn du willst, komm doch mit.«

»Total gern! Und die Lamas würden dann bei uns auf dem Hof leben?«

»Zuerst muss ich die Tiere mal kennenlernen, feststellen, ob sie mir liegen. Wenn ja, dann leben die bei uns auf dem Hof und ich würde schreiben, mich um den Garten kümmern und auf Wunsch Schreibseminare und Lama-Führungen anbieten. Klingt verlockend, oder?«

»Dagegen wirken meine Kochkurse ja total fad und altmodisch.« Vielleicht hatte Ben doch recht und ich sollte noch schnell die Notbremse ziehen.

»Nein. Im Gegenteil. Total modern. Immer mehr Leute wollen doch detoxen, ins Grüne, ohne Internet. Clean Eating ist genau der Trend, den du ansprichst. Regional, saisonal, von der Saat über die Ernte bis auf den Teller.«

»Wir könnten Kameras im Garten anbringen und im Zeitraffer filmen, wie das Gemüse wächst.« Ich fand die

Idee gut.

»Genau! Die Leute könnten online einen Garten mieten und wir könnten für sie auf Wunsch etwas anpflanzen, die Ernte übernehmen und die Produkte per Kurier liefern.«

»Das ist sensationell!« Ich war begeistert.

»Oder du kochst mit ihrem Gemüse Saucen oder Suppen und sie können sie dann abholen kommen.«

»Du bist genial! Genau das ist es. Genau das will ich«, rief ich und sprang auf, um ihn zu umarmen. »Ich bin so froh, dass du all das in mir zum Leben erweckst.«

»Du hast keine Ahnung, wie sehr ich das für mich selbst will«, warf er ein.

»Ich war schon dabei, Inhalte für meinen Vlog aufzubereiten, um meinen Usern mitzuteilen, dass ich demnächst aus dem Online-Business aussteigen werde. Zum Glück habe ich gezögert, denn hier eröffnet sich gerade ein ganz neuer Zugang.« Ich staunte wirklich über seine Ideen. »Ich kann die Menschen an meinem neuen Leben teilhaben lassen und vielleicht folgen manche unserem Beispiel und ziehen auch aufs Land und beginnen, sich selbst zu versorgen. Nicht nur im Kopf Ideen wälzen, sondern wirklich etwas erschaffen mit den Händen, sich wieder der Natur ausliefern.« Die Vorstellung davon fühlte sich so richtig an. »So werden wir das Klima und den Klimawandel hautnah spüren. Dürre oder Dauerregen. Wie oft haben wir davon in den Nachrichten gehört. Aber es selbst erleben? Die User sehen vielleicht über Wochen dem Wachsen ihrer

Äpfel am Apfelbaum zu und dann macht ein starker Hagelschauer alles zunichte. Das würde die Menschen zum Umdenken bringen, glaube ich. Weißt du eigentlich, was wir erreichen könnten? Und du kannst über all das einen Blog anlegen und ein Buch schreiben. Ist das nicht toll?« Ich war hin und weg.

»Ich muss den Businessplan gleich aktualisieren. Da haben wir nochmals ein paar mitreißende Ideen generiert.«

»Das wird ein einzigartiges Projekt. Wir müssen alles dokumentieren und transparent zugänglich machen für jeden, der uns nacheifern will.«

»Ich kann es kaum erwarten, loszulegen«, sagte Jo.

»Und ich erst.«

Den restlichen Abend verbrachten wir am Laptop und brachten den Businessplan ein ordentliches Stück voran.

»Gut«, sagte Jo schließlich. »Dann weiß ich, was ich die nächsten Tage und Wochen zu tun habe.«

»Was denn?« Mir war nicht klar, worauf er hinauswollte.

»Ich muss bei der Arbeit noch ein paar Dinge erledigen, bis ich dann wirklich aus der Nummer raus bin. Und sobald ich frei bin, fahre ich zu meiner Familie, um den Bauernhof zu besichtigen, und schicke dir Fotos. Bis dahin kann ich vielleicht sogar schon das Vertragliche mit meiner Familie klären. Am Ende vereinbare ich uns noch einen Termin bei der Bank. Den müssen wir dann aber gemeinsam wahrnehmen. Alleine finanzieren die mich nicht. Wir brauchen unbedingt dein Eigenkapital und auch deine laufenden Einnahmen und nicht zuletzt deinen Ruf als erfolgreiche YouTuberin.«

»Jetzt übertreib nicht. Den Großteil der Ideen hast du beigesteuert.«

»Aber ohne dich wären sie mir nie in den Sinn gekommen. So, und jetzt muss ich aufbrechen«, sagte er und stand auf.

»Du kannst hier schlafen, wenn du willst.«

»Ich habe wirklich noch viel zu erledigen. Morgen ist Montag, ich muss früh raus. Aber ich komme bald auf dein Angebot zurück.«

»Okay.« Ich brachte ihn zur Tür.

»Es war ein schöner Abend«, sagte er und wir küssten uns an der offenen Tür. Der Abend war lau, viel zu schade, dass wir ihn in der Wohnung verbracht hatten. Als ich zu Rosas Küchenfenster blickte, dachte ich an Ben.

»Meinst du nicht, es ist an der Zeit, dass du mir endlich deinen Namen verrätst?«

»Wahrscheinlich. Aber versprich, dass du nicht lachst.«

»Natürlich nicht.«

»Es gibt eigenartige Namen.«

»Dass du dich dafür so schämst.« Ich fand das eher lustig.

»Jodok«, sagte er plötzlich und verdrehte die Augen.

»Ging doch.« Dabei versuchte ich, mein Gesicht unter Kontrolle zu halten.

»Du lachst«, stellte er fest.

»Ich gebe mir Mühe, es nicht zu tun. Außerdem liegt es nicht an dem Namen. Es liegt an dem ganzen Aufhebens, das du drum herum machst.«

»Na, vielen Dank auch.«

»Weißt du was? Du gehst jetzt einfach nach Hause, so wie du es geplant hast, und ich speichere dich endlich unter deinem Namen in meinem Telefon ein.«

»Das wird ja immer schöner«, schnaubte er.

»Dein Name ist wunderschön. Gute Nacht«, sagte ich und schob die Tür langsam zu. Er blieb noch draußen stehen. Als ich durch den Spion blickte, winkte er und warf mir eine Kusshand zu, dann ging er.

Kapitel 11

Am Montag in der Früh klingelte es an meiner Tür, als ich gerade dabei war, ein paar Tomaten und Avocado in meinen Hirsebrei zu schneiden. Ich blickte durch den Spion und öffnete.

»Guten Morgen«, begrüßte ich Rosa.

»Dir auch. Und er ist wirklich gut. Ich habe den Artikel schon gelesen«, sagte sie und fächerte mit dem Magazin wie wild vor ihrer Brust.

»Daran habe ich gar nicht mehr gedacht.« Die Pläne für den Bauernhof nahmen mich so sehr ein, dass ich mir darüber gar keine Sorgen mehr machte.

»Muss an deinen Männern liegen«, meinte Rosa und zwinkerte mir zu.

»Was?« Ich war bestürzt. Was glaubte sie denn? »Das war nur Ben. Ein Freund, den kennst du doch, der war schon oft hier.« Sie grinste noch immer so, als ob sie mehr wüsste.

»Gestern war Jo hier«, gab ich zu. »Den wirst du wahrscheinlich ab jetzt häufiger sehen. Er ist mein Freund. Also, nicht wie Ben, ich meine, richtiger Freund. Also, zusammen«, stotterte ich. Ach, war das kompliziert! Rosa stand immer noch in ihrem Morgenmantel da und hielt das Magazin in ihren runzligen Händen. Ihre Augen aber strahlten mich an, wie sie gestrahlt haben mussten, als sie noch jung war.

»Du musst mir doch nichts erklären. Hinter mir waren die Männer auch mal her. Aber ich habe zu lange gewartet. Ich hätte einen von ihnen heiraten sollen.« Sie wirkte nachdenklich und ihr Blick war jetzt trüber.

»Wie meinst du das? Das klingt traurig.«

»Es war eine andere Zeit damals. Das kann man sich heute nicht mehr vorstellen. Und es ist nicht schlimm, alleine zu sein, solange man so nette Nachbarn hat wie dich.« Sie klopfte mir mit dem Magazin auf den Oberarm. »Nun schlag endlich auf und lies!«

Was wirklich hinter den YouTubern, Bloggern und Influencern steckt

Wenn Sie an Menschen, Botschaften und Inhalte glauben, dann müssen wir Sie schwer enttäuschen. Denn es dreht sich nur um Zahlen. Egal, ob als Formel gerechnet oder in Cash ausbezahlt. Alles dreht sich nur darum. Lesen Sie mehr über eine korrupte Szene, die bereit ist, alles für einen Klick zu tun.

Wir haben in der letzten Ausgabe vor allem auf eine Foodbloggerin geblickt, die zwar vorgibt, vegan zu leben, dies dann aber nicht immer selbst umsetzt. Sie steht damit nicht alleine, vielmehr ist sie das perfekte Beispiel einer idealen medialen Selbstdarstellungsmaschinerie und der menschlichen Lasterhaftigkeit, die uns alle immer wieder an guten Vorsätzen scheitern lässt.

Sind Influencer nun Täter und Falschspieler in einer Welt, in der es darum geht, Perfektion als Datensatz feilzubieten, oder sind Influencer gar Opfer einer Gesellschaft, die sich nach Unterhaltung sehnt und sich für Tipps und Ratschläge lieber an Fremde und nicht an einschlägig Ausgebildete wendet?

Welches Zeugnis müssen wir, anstatt die Influencer wegen ihrer Lügen anzuprangern, den Abonnentinnen und Abonnenten ausstellen?

Lesen Sie in der kommenden Ausgabe mehr über verschiedene Internet-Provider. Wer bietet Ihnen das beste Paket, und wie sieht es eigentlich mit Ihrem Schutz vor Hackerangriffen aus? Kommende Woche erfahren Sie, mit welchen Tricks nach Ihnen geangelt wird.

DOK

So schlecht kam ich dieses Mal gar nicht weg und der Text verzichtete auch diesmal auf die namentliche Nennung von mir. Aber am besten gefiel mir der Schlusssatz. In Zukunft würde ein anderes Thema beleuchtet werden, das nichts mehr mit mir zu tun hatte. Good News. Somit war der Spuk für mich vorbei.

»Und?«, fragte Rosa.

»Alles vorbei. Zum Glück. Auf meinem YouTube-Kanal hat bisher niemand etwas zum Zeitungsbericht gesagt. Es scheint, als ob meine Online-Welt nichts von diesem Bericht mitbekommen hat. Ich bin noch mal davongekommen.« Ich klappte das Magazin zu. »Ist es okay für dich, wenn wir uns verabschieden? Ich muss Ben anrufen und habe noch nicht gefrühstückt.«

»Ich wollte dich nicht aufhalten. Ich dachte nur, es interessiert dich.«

»Klar. Immer. Vielen Dank. Willst du ein Müsli mitnehmen? Ich habe zu viel Hirsebrei gekocht«, bot ich ihr an.

»Da sage ich nicht nein. Dein Essen ist immer ein Hit.« Ich ging in die Küche, füllte schnell alles in die Schale und gab sie ihr. »Hirsebrei sagst du?«

»Ja, mit Tomaten und Avocado und verschiedenen Gewürzen. Die Schale kannst du mir bei Gelegenheit zurückbringen oder vor die Tür stellen.«

»Da hat es sich gelohnt, gleich in der Früh zu dir zu kommen.« Sie hielt ihre Nase in die Schale und roch daran. »Sehr gut. Danke.«

»Gerne. Ich wünsch dir einen schönen Tag«, verabschiedete ich mich und sie ging hinüber in ihre Wohnung. Ihr schwarzer Bademantel mit den grellen, großen Blumen darauf wirkte wie aus einer anderen Zeit. Ich wüsste nicht, wo man so etwas heute noch kaufen könnte. Die Zeitung hatte sie unter ihren Arm geklemmt, aber das war mir egal. Dieses Mal musste ich den Bericht nicht nochmals lesen. Ich war sehr zufrieden, endlich wieder frei zu sein.

In meiner Wohnung bereitete ich mir meine Portion Hirsebrei zu und überlegte, ob ich Ben anrufen sollte. Einerseits war ich nicht sicher, ob er um diese Uhrzeit schon wach war, andererseits wusste ich nicht, ob er sich überhaupt noch für meine Belange interessierte und sich mit meinen Problemen befassen wollte. Wenn nicht, konnte ich es ihm nicht verübeln. Aber ich war es ihm zumindest schuldig, dass ich ihn nicht ausschloss. Also rief ich ihn an.

»Hallo«, meldete er sich sofort nach dem ersten Klingeln. Er klang verschlafen.

»Habe ich dich geweckt?«

»Nach so vielen Tagen Funkstille rufst du genau montags in der Früh an?«

»Sorry. Aber ich habe den neuen Artikel gelesen und wollte dir sagen, dass es so aussieht, als ob jetzt alles vorbei ist.«

»Warum?«

»Der aktuelle Artikel erwähnt mich kaum und sympathisiert fast schon mit mir und der gesamten Influencer-Branche. Außerdem geht klar hervor, dass das Thema nun abgeschlossen ist. Spitze, oder?«

»Du hast also keinen Kontakt mit der Zeitung gesucht?« Das war ja seine Idee gewesen, das hatte ich ganz vergessen.

»Nein. So bin ich nicht. Das weißt du.«

»Ja. Wobei es mir im Moment so vorkommt, als ob ich überhaupt nicht mehr weiß, wer du bist.«

»Sei nicht ungerecht. Du weißt besser als jeder andere, wer ich in Wirklichkeit bin.« Er murrte etwas Unverständliches, das ich nicht verstand.

»Wie bitte?«, hakte ich nach.

»Ich muss auflegen.« Es war nicht von der Hand zu weisen, dass er sauer war. Ich hoffte, das würde sich in den nächsten Tagen und Wochen geben.

Ich aß meinen Brei auf und begann, meinen aktuellen Vlog fertigzustellen. Es machte jetzt viel mehr Spaß, weil ich meinen Nutzern nun doch nicht ganz absagen musste, sondern den Kanal offenhalten würde, um Videos aus meinem Garten und der Küche zu teilen. Es stimmte mich so richtig euphorisch, über meine Pläne zu sprechen, und ich war schon gespannt, ob diese Freude auch auf meine User überspringen würde und welche Kommentare sie mir hinterlassen würden.

Der Montag und der Dienstag vergingen mit Schneiden und Überarbeiten wie im Flug. Am Mittwoch ging das Video endlich online und wie immer, wenn ich etwas postete, rief ich Ben an. Er war von Anfang an der Erste gewesen, der meine Videos ansah und mir einen Kommentar hinterließ. Wenn er mit dieser Gewohnheit brechen würde, dann war das ein klares Signal für mich. Der Anruf bedeutete für mich also viel mehr als eine alte Gewohnheit, es schien mir fast, als wäre es ein Test für unsere Freundschaft und wie viel davon überlebt hatte.

»Hey.« Er klang wie immer.

»Hi, darf ich mich noch melden, wenn ich wieder ein Video online gestellt habe? Würdest du es dir ansehen?«

»Ich habe die Meldung schon bekommen und habe gerade begonnen, es mir anzusehen. Dein Anruf hat mich unterbrochen.« Er war ganz ernst, in seiner Stimme lag ein leichter Vorwurf. Hörbar ohne ein Lächeln oder einen Funken Spaß. Ich war mir nicht sicher, wie lange wir so weitermachen konnten.

»Vielen Dank. Dann ist zumindest das noch so wie immer, auch wenn sonst nichts wie früher ist.«

»Wir kriegen das hin. Versprochen. Ich bin da gerade etwas auf der Spur. Es ist noch zu früh, um mehr zu sagen. Aber ich bin dran.«

»Um was geht es denn?«

»Ich muss jetzt auflegen. Ich sehe mir dein Video an. Du bekommst natürlich einen Kommentar von mir.«

»Danke.«

»Tschüss«, sagte er und legte auf. Die letzten beiden Telefonate mit ihm waren ganz anders als die vor unserem klärenden Gespräch. Er schien ernst und angespannt, war kurz angebunden. Aber er hielt Wort. Etwa zehn Minuten später hatte ich einen Kommentar von ihm zu meinem Video bekommen. Er war lustig und aufmunternd wie immer. Offiziell fand er es also super, dass ich den mutigen und visionären Schritt gehen würde, einen Bauernhof zu betreiben und als Selbstversorgerin zu leben. Wenigstens hielt er den Schein nach außen aufrecht. Der Zeitungsartikel kam mir wieder in den Sinn. Es stimmte schon, was dort stand, auch wenn ich es am Anfang nicht wahrhaben wollte. Meine Welt bestand aus sehr vielem, das einen bestimmten Anschein erweckte und dann doch ganz anders war.

Mein Telefon klingelte, es war Jo.

»He«, sagte ich.

»Ich habe dein Video gesehen. Es gibt also kein Zurück mehr für dich.«

»Für uns. Du steckst mit drin.«

»Im Video hast du nur von dir gesprochen«, wandte er ein. Ich war mir nicht sicher, wie er das meinte.

»Hättest du gewollt, dass ich dich erwähne? Ich wollte deine Privatsphäre nicht verletzen.«

»Nicht namentlich, aber dass du es mit jemandem gemeinsam machst. Dass du jemanden kennengelernt hast.« Er stockte.

»Ich habe nie private Sachen kommuniziert. Es geht niemanden etwas an, was in meinem echten Leben los ist. Mein Freund Ben macht das so. Vielleicht kennst du seinen Blog. Er hat da so ein Lifestyle-Ding am Laufen. Jedenfalls berichtet er immer von den Dingen, die er gerade erlebt, also alles Private und erntet dafür manchmal heftige Kommentare. Das würde ich nicht aushalten.«

»Das will ich auch nicht. Ich dachte nur, wir gehören zusammen. Im Video sieht es so aus, als ob nur du dich veränderst. Aber ich habe mich auch verändert. Und ehrlich gesagt, bin ich sehr stolz darauf.« Er klang verärgert. Vielleicht irrte ich mich auch und es war Enttäuschung. Ich dachte zu oft nur an mich, das stimmte schon. Als Einzelkind und Einzelgängerin war ich das so gewohnt.

»Weißt du was? Du hast recht. Beim nächsten Post bringe ich das in Ordnung. Zufrieden?«

»Ja.«

»Und du hast nur deshalb angerufen? Um dich zu beschweren?«, fragte ich, aber das Lächeln in meiner Stimme stellte klar, dass ich es nicht so meinte, wie es vielleicht klang.

»Nein, nicht nur«, antwortete er, blieb dann aber still. Irgendwann lachte er. »Hat es dir jetzt die Sprache verschlagen?«

»Nein. Ich warte nur, dass du weitersprichst.« Ich war neugierig.

»Meine Pläne haben sich geändert. Ich bin hier schon fertig, bei der Arbeit ist alles klar. Ich fahre morgen aufs Land zu meinen Eltern. Und ich habe überlegt, ob du mitkommen möchtest. Den Bauernhof ansehen und meine Familie kennenlernen.«

»Wow.« Damit hatte ich nicht gerechnet.

»Es ist kein Heiratsantrag, falls du das befürchtest. Keine Sorge.«

»Ich weiß. Aber Familie ist immer so eine Sache.« Ich tat mich einfach schwer mit Leuten, die ich nicht kannte. Was sollte ich sagen? Wie mich benehmen? Normalerweise rettete mich Ben immer in solchen Situationen.

»Mach es nicht größer, als es ist. Es sind meine Eltern und sie sind nicht perfekt. Manchmal schäme ich mich sogar für sie, aber das geht wahrscheinlich jedem irgendwann so. Also, wir gründen ein Unternehmen und wir führen eine Beziehung. Beides erst in den Startlöchern. Wenn du wissen willst, mit welchen Menschen du zukünftig hin und wieder Kontakt haben wirst, dann lade ich dich gerne zu mir nach Hause ein. Und wenn du den Bauernhof sehen willst, den wir in Kürze kaufen werden, bist du herzlich willkommen. Aber wenn du keine Zeit hast und dir die kleine Reise zu kurzfristig ist, verstehe ich das auch.«

»Es ist nur, ich scheue fremde Menschen«, sagte ich

und erinnerte mich, dass ich genau diese Worte einmal zu Ben gesagt hatte. Jo lachte.

»Und dann willst du Kochkurse anbieten? Hast du dir das gut überlegt? Du kannst doch nicht sagen, du scheust fremde Menschen. Ich war doch auch mal fremd. Und wer bin ich jetzt?«

»Das ist etwas anderes.«

»Nein. Jeder Mensch auf diesem Planeten ist dir fremd, bis du ihn kennenlernst. Verstehst du. Das ist nicht schlimm. Aber du hast die Chance, jeden kennenzulernen, dann musst du auch keine Angst mehr haben und sie scheuen.«

»Das klingt sehr einfach, aber so ist es nicht.«

»Weißt du, was mich mein Job gelehrt hat. Die Dinge sind nie so, wie sie zu Beginn scheinen. Nie. Es lohnt sich immer, etwas aus der Nähe zu betrachten und Fragen zu stellen.«

»Ich verstehe dich nicht.«

»Meine Familie. Die fremden Menschen. Komm in ihre Nähe und stell ihnen Fragen. Leben Sie schon lange hier? Wie war Jo als kleiner Junge? Warum haben Sie ihm diesen hässlichen Namen gegeben? Darauf hat mir meine Mutter bis heute nicht geantwortet, aber vielleicht verrät sie es dir.« Er lachte. Dieser gurrende Laut hüllte mich ein und gab mir ein Gefühl von Sicherheit.

»Okay. Ich komme mit.«

»Sehr mutig.«

»Nein. Neugierig.«

»Das ist in Ordnung. Die großen Entdeckungen der

Welt, sind alle der Neugier geschuldet.«

»Sehr weise.« Ich lachte. »Wann? Wo?«

»Morgen. Irgendwann nach dem Frühstück. Ich komme bei dir vorbei und hol dich ab. Keinen Stress. Wir gehen das ganz gemütlich an. Mini-Urlaub auf dem Land sozusagen.«

»Klingt gut. Ich freu mich, dass du an mich gedacht hast.«

»Unser erster Urlaub. Schon romantisch. Und dann gleich gemeinsam in den Heuboden.« Wieder ertönte dieses warme Lachen und ich musste einfach einstimmen.

»Das mit dem Heuboden ist noch nicht klar. Ich bin ein Stadtkind.«

»Und du willst sicher ein Unternehmen auf dem Land gründen?« Ich lachte noch immer. Sein trockener Humor gefiel mir.

»Bis morgen«, sagte ich.

»Ich freu mich, dass du zugesagt hast.« Dann legten wir auf. Als Erstes sah ich mir den Wetterbericht für die kommenden Tage an, damit ich wusste, was ich einpacken sollte. Und dann ging der Stress erst richtig los. Ich war mir nicht sicher, was ich alles mitnehmen sollte. Abendkleidung fürs Restaurant? Oder lieber etwas Gemütliches für ein familiäres Zusammensein? Und was zog man denn für eine Bauernhofbesichtigung an? Gummistiefel? Kopftuch? Ach, Mist. Und was sollte ich in der Nacht tragen? Stand er auf sexy Unterwäsche oder eher auf einen gemütlichen Pyjama. Und um wie viele Tage ging es überhaupt? Das hatte er nicht gesagt und mir kam nicht in den

Sinn, zu fragen. Ich wollte mich nicht mit einem riesigen Koffer blamieren, wenn er womöglich nur einen Rucksack mitnehmen würde.

Kapitel 12

Am nächsten Morgen schichtete ich gerade geschmortes Gemüse auf ein Vollkornbrot, als es klingelte. Jo stand vor der Tür und ich bat ihn herein.

»Ich habe uns Brötchen mitgebracht«, sagte er und hielt mir einen Leinenbeutel vor die Nase.

»Komm rein, ich habe gerade Gemüse gemacht.« Ich ging in die Küche und warf einen Blick in den Beutel. Frisches Gebäck ist unwiderstehlich. Ich saugte den Duft auf und packte mein Brot, das ich vor ein paar Tagen gebacken hatte und portionsweise einfror, um es frisch zu halten, zurück in die Dose und stellte seine Brötchen auf den Tisch.

»Gemüse zum Frühstück? Ich finde Hummus schon hart an der Grenze, aber das?« Er hielt seine Nase über die Pfanne, die am Herd stand.

»Ballaststoffe und Vitamine und alles, was wir brauchen, sind drin. Da kann eine Semmel mit Marmelade leider nicht mithalten.«

»Kaffee?«, fragte er und ich nickte. Dann begann er, sich in meiner Küche zu schaffen zu machen.

»Du fühlst dich hier schon wie zu Hause, stimmt's?« Ich lächelte ihn an.

»Ja. Ich kann es kaum erwarten, mit dir zusammenzuziehen«, gab er zu, stellte zwei Kaffeetassen unter die Maschine und drückte den Knopf. Während die Maschine surrte und zischte, zog ich Jo näher und küsste ihn. Nie hatte mich ein Mann so sehr in seinen Bann gezogen. Nie hatte mich ein Mann so sehr bei sich gewollt und mich vereinnahmt.

»Dann lass uns keine Zeit verlieren und losfahren. Ich will den Bauernhof sehen.«

»Also dann, Wettessen!« Jo setzte sich und stellte die beiden Kaffeetassen hin. Ich schnitt die Brötchen auf und toppte sie mit dem frischen Gemüse. Dann aßen wir, wobei Jos Nahrungsaufnahme kaum mit Essen zu vergleichen war. Er schob sich das halbe Brötchen nahezu ganz in den Mund und als er zu kauen begann, stand eine riesige Beule von seiner Wange ab. Mal auf der einen, dann auf der anderen Seite.

»Ich habe nicht zugestimmt«, sagte ich und biss genüsslich in mein Brot. Es schmeckte fantastisch. Die Kruste war so kross und das Innere schön saftig. »Du verpasst die großen Geschmacksmomente, wenn du so schlingst. Am Ende musst du sowieso warten, bis ich fertig bin.«

»Du möchtest doch keine Zeit verlieren.« Er zwinkerte mir zu und stand auf. »Wo ist dein Gepäck, kann ich schon etwas einladen?«

»Danke. Im Schlafzimmer«, antwortete ich. Als er nach hinten lief und mich nicht mehr sah, drückte ich beim Essen doch auf die Tube und stopfte den Rest des Brotes schnellstmöglich in mich hinein. Ich machte die Küche noch sauber und verschwand kurz im Badezimmer.

»Können wir?«, rief er von der Tür aus und ich verließ die Wohnung.

Wir waren schon ein paar Stunden unterwegs und hatten die Stadt und später die Vororte weit hinter uns gelassen. Inzwischen fuhren wir meist durch unbebautes Land. Manchmal kamen wir durch kleine Dörfer, dann war lange wieder nur freie Natur zu sehen. Das gefiel mir. Irgendwann bog Jo von der Landstraße in einen Forstweg ab, der zu einem vor uns liegenden Wald führte.

»Sind wir bald da?«, fragte ich.

»Nein, aber es ist Zeit für eine Pause.« Das war eine gute Idee. Mein Po schmerzte und auch die Knie taten mir weh.

»Ein Spaziergang?« Er nickte. Jo stellte den Wagen am Waldrand ab. Wir stiegen aus und ich streckte mich ordentlich durch. Zwischen meinen Schulterblättern knackte es, als ich mich dehnte. Jo holte einen Rucksack aus dem Kofferraum.

»Was hältst du von einem Picknick?«

»Klingt gut.« Wir gingen den Weg entlang und kamen immer tiefer in den Wald. »Warst du schon mal hier?«, fragte ich ihn.

»Als Kind, glaube ich.«

»Wir sind also nicht mehr weit weg?«

»Nein, es ist nicht mehr weit. Aber wenn wir erst dort sind, müssen wir mit meinen Eltern Kaffee trinken und ihre Fragen beantworten. Also wieder sitzen. Ich brauche jetzt erstmal Bewegung und frische Luft.«

»Ich auch.« Den Gedanken an die Fragestunde bei den Eltern fand ich nicht so prickelnd. Aber der Wald und die Geräusche, die zu hören waren oder auch nicht, zogen mich bald so in ihren Bann, dass ich nicht länger daran dachte.

Manchmal war alles ganz still und das Einzige, das die Stille durchdrang, waren unsere Schritte, das Rascheln unserer Hosen oder unsere Atmung. Der Wald selbst rauschte, wenn eine Brise durch ihn hindurch wehte. Hin und wieder hörte ich Insekten surren oder einen Vogel pfeifen. Einmal hatte ich Wasserplätschern vernommen. Das Fehlen künstlicher Geräusche, von Menschen erzeugter Geräusche, faszinierte mich. Keine Motoren, keine Stimmen, keine Glocken.

»Gefällt es dir hier?«, fragte Jo und zeigte auf einen Fleck im Halbschatten. Wir traten soeben aus dem Wald heraus auf eine große Wiesenfläche. Der Forstweg führte weiter geradeaus und mündete weiter vorne in den nächsten Waldabschnitt. Hier zirpten die Grillen und Bienen summten. Alles steckte so voller Leben.

»Ich bin begeistert«, sagte ich und sah mich um. Weiter hinten, direkt im Schatten des Waldrandes entdeckte ich einen Jägerstand. »Weißt du, welche Tiere hier leben?« Ich nickte zum Holzverschlag.

»Die üblichen, denke ich, also, Rehe, Hirsche, Fuchs und Dachs. Vielleicht auch Wildschweine«, antwortete Jo. Er nahm den Rucksack ab und öffnete ihn. Lässig zog er eine Decke heraus und breitete sie aus. Sie war schwarz und rot kariert und unglaublich flauschig. Wir setzten uns und er kramte weiter in seinem Rucksack. Er hatte Wasser für uns dabei und mit Tofu gefüllte Bagels. »Direkt aus unserem Lieblingscafé.«

»Ich danke dir«, sagte ich und ließ mich zurückfallen. Mit geschlossenen Augen lauschte ich dem Surren und Zirpen.

Ich spürte, wie Jo sich über mich beugte und mich küsste. Es fühlte sich so gewaltig und kraftvoll an hier in der Natur. Berauscht von diesem Gefühl und trunken von Jos Küssen und Berührungen gab ich mich hin, wie ich mich noch nie hingegeben hatte. Ich spürte mich und alles, was mich umgab. Alles fühlte sich so echt an und so wahrhaftig, bis sich dieses Spüren in Nichts auflöste und ich scheinbar schwerelos schwebte, ohne zu sehen, zu hören, zu fühlen, zu denken. Reine Ekstase.

Irgendwann aßen wir die Bagels und gingen zurück zum Auto. Bevor wir einstiegen, pflückte Jo mir noch einen Blumenstrauß aus Löwenzahn und Hahnenfuß. Das erinnerte mich an meine Kindheit. Ich hatte einmal ein Kaninchen besessen. Es hatte die gezackten Blätter des Löwenzahns geliebt.

Wir fuhren noch etwa eine Stunde bis zu seinen Eltern. Sie lebten in einem schönen großen Haus. Eine Mischung aus alter Villa und modernem Bau. Ein weißes Gebäude, mit oberhalb abgerundeten Fenstern. Vor jedem Fenster Blumen und innen Gardinen. Die Auffahrt war gepflastert und von einer niedrigen Hecke gesäumt. Die Haustür stand offen und eine Frau trat heraus und winkte uns zu.

»Deine Mama?«, fragte ich. Er nickte.

»Ach, noch etwas. Nicht, dass du dich wunderst, ich habe noch nie jemanden mitgebracht.« Augenzwinkernd ließ er die Bombe platzen. Dann stieg er aus.

»Hallo Mama!«, rief er Richtung Tür. »Wir kommen gleich.«

»Kann ich helfen?«, hörte ich sie fragen und ihr Blick ruhte ganz auf mir. Ich stieg aus und winkte ihr zu.

»Hallo«, grüßte ich und trat zu Jo hinter das Auto. Er reichte mir meinen Koffer und warf sich dann seine Sporttasche über die Schulter.

»Komm, jetzt gehen wir rein.«

»Ihr könnt die Sachen gleich ins Gästehaus bringen. Ich warte in der Küche auf euch, dann begrüßen wir uns richtig«, sagte die Mutter, als wir auf sie zugingen, und zeigte mit der Hand hinters Haus.

»Danke«, sagte Jo. Als wir ums Eck waren und außer Hörweite, fragte ich nach.

»Ihr habt ein Gästehaus?«

»Ja. Meine Eltern vermieten eines der Nebengebäude als Ferienwohnung. Offenbar ist sie gerade frei und wir können hinein. Es wird dir gefallen.« Und dann sah ich dieses kleine Häuschen, das früher vielleicht ein Schuppen oder eine Werkstatt oder eine Garage gewesen sein musste, und jetzt wie ein Miniaturhaus aussah. Wie vor dem Haupthaus, waren auch hier vor den Fenstern Blumen. Der Verputz weiß und die Läden und Haustür dunkelgrün. Jo öffnete die Tür und wir traten in einen gemütlichen, im Landhausstil eingerichteten Raum. Links eine Küchenzeile mit einem klobigen, runden Holztisch und vier Stühlen. Weiter hinten der Wohnraum mit Fernseher und einem großzügigen Sofa. Rechts von mir zweigten zwei Türen ab. Wahrscheinlich das Schlafzimmer und das Bad. Jo öffnete die hintere der beiden Türen und mein Blick fiel auf ein großes Himmelbett aus dunklem Holz mit gedrechselten Säulen. Das Bett war mit weißer Bettwäsche bezogen. An der einen Wand stand ein mächtiger Kleiderschrank, an der anderen ein alter Waschtisch mit einer wundervollen Keramikschale und passendem Krug.

»Auspacken können wir später«, sagte Jo und stellte seine Tasche vor das Bett. »Welche Seite willst du?«

»Egal«, antwortete ich. »Es ist so schön hier.« Dann ließ ich mich aufs Bett plumpsen, wohl darauf bedacht, mit meinen Schuhen die weiße Wäsche nicht zu berühren.

»Gefällt es dir?«

»Sehr.«

»Das freut mich.« Er sprang zu mir aufs Bett und küsste mich. »So, und jetzt los«, flüsterte er mir ins Ohr und zog mich hoch.

Wir gingen nicht zur Vordertür zurück, sondern traten durch die offenstehende Terrassentür in den Wohnraum des Hauses und von dort aus zur Küche. Es war ein sehr gepflegt eingerichtetes, großzügig geschnittenes Haus. An den Wänden hingen Familienfotos, manche davon schienen sehr alt. Der Küchentisch war mit Gmundner

Keramik gedeckt, das erkannte ich sofort. Den Hirsch fand ich schon immer schön, schon als Kind hatte mir dieses Geschirr gefallen. Zu meinem Vlog und in eine städtische Umgebung passte das Geschirr nicht. Aber auf dem Bauernhof würde ich auch Gmundner Keramik haben, entschied ich in diesem Moment.

»Hallo, dann sind Sie Ella. Jo hat mir schon viel von Ihnen erzählt«, sagte die Mutter und streckte mir ihre Hand entgegen. »Ich bin Annegret.«

»Mama, sei nicht so förmlich. Sag *du* zu Ella«, mischte sich Jo ein und setzte sich hinter den Tisch.

»Ja, bitte, unbedingt.« Ich nickte Annegret zu und sie lächelte. Sie war schätzungsweise um die sechzig und für meinen Geschmack attraktiv, obwohl ich keine Ähnlichkeit zwischen ihr und ihrem Sohn erkennen konnte.

»Ja, dann, schön, dass du hier bist. Setz dich nur. Wollt ihr Kaffee?«

»Gern«, antwortete Jo und legte seine Hand auf meinen Schenkel, als ich mich zu ihm setzte. In der Mitte des Tisches stand eine schöne Platte. Darauf drapiert ein Apfelstrudel mit Staubzucker und daneben ein großer Krug mit Vanillesauce. Es sah sehr lecker aus. Sie konnte bestimmt gut backen. Wahrscheinlich jedoch nicht vegan.

»Greift zu«, sagte sie und stellte uns die Kaffeetassen hin. Ich überlegte, wie ich mich aus der Affäre ziehen könnte, ohne unhöflich zu sein. Jo schnitt sich ein riesiges Stück ab und schob es sich auf den Teller. So viel dazu, dass er jetzt auch vegan aß.

»Jetzt gib doch deiner Freundin zuerst«, tadelte Annegret ihren Sohn. Sie griff nach dem Messer und schnitt ein Stück ab, um es mir auf den Teller zu legen.

»Nein, vielen Dank. Ich bin noch so satt vom Mittagessen«, sagte ich und lächelte.

»Er ist frisch aus dem Ofen. So ist er am besten. Ein kleines Stück?«

»Tut mir leid.« Ich legte die Hand auf meinen Bauch.

»Probier doch zumindest ein winziges Stück«, bat Jo und hielt mir seine Gabel vor den Mund. Was sollte ich tun? Ich probierte also. Natürlich schmeckte der Strudel köstlich, daran hatte ich nicht gezweifelt.

»Mhmm. Sehr lecker. Überredet, dann nehme ich gerne eine winzige Schnitte.« Eine Ausnahme höflichkeitshalber. Jo hatte mich ja fast schon genötigt. Schrecklich, wie sich die Kühe im Stall drängten und in ihren eigenen Exkrementen standen, nur damit Vanillesauce auf den Tisch kam. Dabei konnte man die genauso gut mit Getreidemilch herstellen. Annegret gab mir ein Stück Strudel, goss, ohne zu fragen, Vanillesauce darüber und nahm sich dann selbst.

»Ich freu mich so, dass ihr hier seid. Ein schöner Zufall, dass das Gästehaus frei ist.« Sie lächelte uns beide an. »Jo hat erzählt, dass ihr beide den alten Bauernhof wiederaufbauen wollt. Ist das eine gute Idee? Ich meine, ihr habt ja beide keine Erfahrung in der Landwirtschaft, oder doch, Ella?«

»Nein. Das stimmt. Wir kennen uns beide nicht aus. Aber das heißt ja nicht, dass man nichts Neues lernen kann. Ich bin überzeugt, dass wir im Laufe der Zeit hinter alle Geheimnisse der Landwirtschaft kommen werden. Wir sind ja nicht die Ersten, die Land bewirtschaften wollen. Zum Glück haben das schon viele Generationen vor uns gemacht, deren Wissen wir uns aneignen können.«

»Ich weiß nicht, ob ich das mutig oder naiv finden soll, um ehrlich zu sein«, sagte Annegret.

»Mama!«, zischte Jo. »Ich klage dich auch nicht dafür an, dass du dein Leben lang hier im Ort geblieben bist und nie etwas anderes gesehen hast. Und auch nie etwas anderes ausprobiert hast, als hier zu Hause zu sein und dich den Gästen zu widmen.«

»Es ist nichts Falsches daran, sich um Haus und Familie zu kümmern.«

»Nein. Aber es ist auch nichts Falsches daran, neue Wege einzuschlagen«, betonte Jo. Mir war das Gespräch unangenehm. Genau solche Situationen hasste ich. Am liebsten hätte ich mich in Luft aufgelöst.

»Aber den Job bei der Zeitung zu schmeißen, bevor du etwas anderes vorweisen kannst, ist jetzt nicht gerade etwas, worauf man stolz sein kann«, sagte seine Mutter. Jo sah reflexartig zu mir und nach einer Schrecksekunde, so kam es mir vor, zurück zu seiner Mutter. Wie meinte sie das? Den Job bei der Zeitung? Er war doch Berater? Wusste seine Mutter nicht, für wen er arbeitete? Es schien fast so, zumindest musste ich seinen Blick so interpretieren. Es war eine stille Bitte, nicht korrigierend einzugreifen.

»Stimmt. Aber manchmal muss man Dinge tun, die mit einem Risiko behaftet sind, einfach, weil man weiß, dass es richtig ist. Und zwar jetzt, nicht später«, fuhr Jo fort. Ich wollte ihm helfen, sich aus der Sache zu befreien, und lenkte die Aufmerksamkeit auf mich. Auch wenn ich mir nicht sicher war, ob es der richtige Zeitpunkt war und ob ich überhaupt das Recht hatte, nachzufragen.

»Wenn wir schon beim Thema sind. Mir ist nur wichtig zu wissen, ob es für dich und die gesamte Familie in Ordnung ist, dass wir den Bauernhof übernehmen, dass er also in den Firmenbesitz übergeht, genauer gesagt also dann auch in meinen Besitz. Es ist zu bedenken, dass im schlimmsten Fall eventuell alles einmal Konkursmasse ist und zum Verkauf angeboten werden muss. Dann wäre der Hof für die Familie verloren.« Ich konnte sie nicht ansehen, während ich das sagte. Ich wusste zwar, dass der Besitz von der Seite des Vaters kam, also für sie persönlich mit keinem sentimentalen Wert verbunden, dennoch musste ich fragen.

»Natürlich ist das in Ordnung. Es ist so eine schöne Idee, den Hof wiederzuerwecken. Ich frage mich nur, ob nicht ein Hotel eine bessere Idee wäre.«

»Nur weil du dich mit Gästen auskennst. Weil es das Einzige ist, das du wirklich kannst, muss das doch nicht jeder tun«, widersprach Jo.

»Aber ich hätte euch helfen können.«

»Wir wollen kein Hotel und keine Pension. Wir bieten nur ein paar Zimmer für Seminargäste an, das ist alles, Mama. Das soll ein echter Bauernhof werden, nur dass

Leute ihn auch besuchen können und die Abläufe kennenlernen und teilhaben.«

»Ja, ja, ich habe das schon verstanden. Das ist schon okay mit dem Hof. Ich mache mir nur Sorgen um euch. Noch seid ihr jung. Aber man bleibt nicht ewig jung. Ihr müsst auch an eure Zukunft denken, euch Sicherheiten schaffen. Heiraten, Kinder kriegen, das erfordert ein finanzielles Polster und gewisse Strukturen.«

»Mama, niemand will heiraten, niemand will Kinder.« Dann nahm er sich ein weiteres Stück Strudel.

»Leider. Aber ich hoffe, das ändert sich bald. Ich werde ja auch nicht jünger.«

»Dafür immer dramatischer, Mama. Du lebst noch lange genug, um deine Enkel kennenzulernen.«

»Wollen wir es hoffen«, seufzte sie und stellte ihre Kaffeetasse in die Spülmaschine. »Ihr Lieben, ich habe noch zu tun. Greift zu, solange noch etwas da ist. Wir sehen uns am Abend.«

»Vielen Dank«, sagte ich.

»Bis nachher«, sagte Jo.

»Was war denn das?«, fragte ich, als sie draußen war.

»Ich bin ein Einzelkind. Sie wünscht sich einfach das Beste für mich, denke ich. Am liebsten wäre ihr der traditionelle Weg. Wogegen ich grundsätzlich nichts einzuwenden habe. Und sobald er sich mir eröffnet, werde ich ihn einschlagen. Aber so wie es aktuell aussieht, geht es eher darum, neue Wege zu beschreiten.«

»Stimmt. Apropos neue Wege. Ich dachte, du bist Veganer?« Ich nickte zu seinem Teller. Er lachte.

»Dir entgeht auch nichts. Nein, also ja, ich bin vegan, dazu stehe ich. Wenn ich alleine bin oder mit dir, dann bin ich vegan. Aber ich erkläre meiner Mama, wenn ich nach Monaten das erste Mal zu Besuch komme, sicher nicht, dass ich ihren Apfelstrudel nicht esse, den sie extra für mich gebacken hat.«

»Okay, das verstehe ich. Ich würde es zwar anders machen, aber ich verstehe es. Aber warum hast du mich mit reingezogen. Musste das sein?«

»Du kannst doch nicht zum ersten Mal in unser Haus kommen und dann den Strudel nicht probieren. Außerdem, wie hast du dir das für die Zukunft vorgestellt? Du hast gesagt, du bist satt. Was sagst du heute beim Abendessen? Und morgen beim Frühstück? Entweder entscheidest du dich für die Höflichkeit und isst hier mit, oder du sagst, du bist vegan und stößt alle vor den Kopf.«

»Toll. Du fällst mir also in den Rücken? Warum hast du mich dann mitgebracht?«

»Ich will dich vorstellen. Und ich will, dass auch du sie kennenlernst. Ich wollte dir mit dem Apfelstrudel auf der Gabel signalisieren, dass du doch für die kommenden paar Tage über deinen Schatten springen könntest.«

»Natürlich kann ich das. Die Frage ist, ob ich das will. Verstehst du? Vegan zu leben, ist für mich eine Lebensphilosophie, nicht nur eine Art sich zu ernähren oder Diät zu halten. Ich will keine Tiere für meine Bedürfnisse gefangen halten oder töten. Denn das muss nicht sein. Jeder Mensch kann überleben, ohne dafür tierische

Produkte zu sich nehmen zu müssen. Das hat für mich etwas mit Ethik zu tun. Jeder, der Fleisch- und Milchprodukte konsumiert, entscheidet sich freiwillig, einzig und alleine um ein gewisses Geschmackserlebnis zu haben, eine Spezies zu töten, die uns untergeordnet ist, weshalb wir uns dazu berechtigt fühlen.«

»Jetzt gräbst du aber tief in der Werbekiste für Veganismus.«

»Offenbar muss ich das.«

»An dem Abend, als wir uns kennenlernten, hast du erzählt, du hast eine Ausnahme gemacht. Und du hast erzählt, dass Menschen um dich nicht vegan sein müssen. Also, warum mir zuliebe keine Ausnahme?«

»An diesem Abend war ich gezwungen zu essen. Ich hatte Hunger. Jetzt hätte ich gut verzichten können.«

»Gezwungen? Kommst du keinen Abend ohne Essen aus? Das ist doch eine Ausrede.« Mir wurde klar, dass wir gerade unseren ersten Streit hatten. Und mir wurde bewusst, dass er eigentlich dasselbe sagte wie Walter damals, und ich wollte nicht an diesen ekelhaften Typen denken, der sich über mich hergemacht hatte, als wäre ich das Fleisch, als wäre ich das Filetstück, nach dem man einfach greifen konnte.

»Du klingst schon wie der fiese Schreiberling in seiner Klatschkolumne, weißt du das?«, sagte ich und mir traten Tränen in die Augen. »Ich bin nicht perfekt, weißt du? Aber ich lebe vegan. Und wenn ich da und dort eine Ausnahme machen muss, ist es für mich keine Lüge. Ich finde es eine Frechheit, dass du oder wer auch immer dann mit dem Finger auf mich zeigt und sagt, ich sei keine Veganerin, und gleichzeitig verlangt, dass ich noch öfter eine Ausnahme mache oder den Lifestyle komplett ablege, nur weil ich ihn nicht zu hundert Prozent einhalten kann.« Jo war inzwischen ganz blass.

»Tut mir leid. Tut mir wirklich leid. Ich will nicht wie dieser ekelhafte Typ klingen.«

»Walter«, sagte ich.

»Wer?«

»Walter. Mein Sitznachbar an dem Abend, als wir uns kennenlernten.«

»Nein. Ich meine wie der Journalist. Ich will nicht so sein. Ich habe nur an meine Mama gedacht. Es gibt heute Abend sicher Fleisch. Es gibt immer Fleisch.«

»Warum hast du ihr nicht gesagt, dass ich vegan esse?«, wollte ich wissen, aber er zuckte nur mit den Schultern. »Lass uns Einkaufen fahren. Wir haben im Gästehaus eine Küche. Ich koche gerne, das weißt du doch.«

»Ich rede mit ihr«, sagte er.

»Wie du willst, ich gehe schon mal rüber ins Gästehaus, ist das okay?«

»Ja, klar.« Wir standen auf und während ich den Weg zur Terrasse einschlug, hörte ich Jo nach seiner Mutter rufen.

Im Gästehaus packte ich als Erstes meinen Koffer aus und hängte meine Kleidung in den Schrank. Den Kosmetikbeutel brachte ich ins Badezimmer und die Schuhe stellte ich an die Garderobe. Dann zog ich meinen Laptop aus der Hülle und warf einen Blick auf meinen Account. Im Laufe des Tages waren viele neue Kommentare zu meinem Vlog eingetroffen. Auf einige davon wollte ich antworten. Zuerst zog ich aber mein Handy aus der Handtasche, ich hatte es den ganzen Nachmittag im Zimmer gelassen. Tatsächlich, drei entgangene Anrufe von Ben. Und eine WhatsApp-Nachricht.

Wo steckst du denn? Ruf mich an. Ist dringend!

Ich rief ihn natürlich sofort zurück, aber er ging nicht ans Telefon.

Ist alles in Ordnung? Ich habe dich nicht erreicht.

Ich überlegte, was los sein könnte. Hatte ich in der Wohnung alle Elektrogeräte ausgeschaltet? War ihm etwas zugestoßen? Rosa kam mir in den Sinn. Aber ich verwarf den Gedanken schnell wieder, sie war gesund und rüstig. Bei ihr war sicher alles in Ordnung.

Ich ließ mich aufs Bett fallen, zog den Laptop auf die Knie und begann zu lesen. Da waren viele Kommentare, die meisten überhäuften mich mit Glückwünschen zur Idee. Andere waren so skeptisch wie Annegret oder Ben.

»Hallo«, hörte ich Jo an der Tür.

»Ich bin hier. Im Schlafzimmer«, antwortete ich ihm und klappte das Notebook wieder zu.

»Alles geritzt. Meine Mama wollte uns Wiener Schnitzel machen. Pommes sind sowieso vegan und statt einem Schnitzel paniert sie uns Zucchini aus dem Garten. Was sagst du?«

»Klingt perfekt! Weiß sie, dass sie die Panade ohne Ei machen muss?«

»Davon gehe ich aus.«

»Manche Leute verwechseln vegan mit vegetarisch«, erklärte ich.

»Nein. Meine Mama weiß da schon Bescheid. Sie kocht ja auch für ihre Gäste und da sind ihr auch schon ein paar Veganer untergekommen, hat sie gesagt.«

»Dann freue ich mich, dass es doch nicht ein so großes Drama ist, wie du zu Beginn befürchtet hast.«

»Unser erster Streit«, meinte er nachdenklich.

»Wenn wir es schaffen wollen, sicher auch nicht der letzte.«

»Auch wieder wahr«, sagte er und legte sich zu mir aufs Bett. »Müde oder Lust auf einen Spaziergang? Oder lieber etwas streamen?«

»Ehrlich gesagt, würde ich deiner Mutter gerne beim Kochen helfen. Das macht einen guten Eindruck, denke ich, anstatt hier herumzusitzen und sich bedienen zu lassen.«

»Geh nur, sie freut sich bestimmt. Aber ich werde genau das tun. Faul rumliegen. Das ist eine unterschätzte Tätigkeit, zu der man nicht so oft kommt. Da muss man jede Gelegenheit nutzen.« Er lachte sein gurrendes Lachen und ich beugte mich zu ihm und küsste ihn. Er umfasste meine Taille und drückte mich und es dauerte nicht lange, bis mir ganz heiß wurde. Rasch löste ich mich und rappelte mich hoch.

»Ich hatte andere Pläne«, sagte ich und zog mein Top zurecht.

»Pläne kann man ändern. Komm her.« Er streckte seine Arme nach mir aus, aber ich lachte nur und ging langsam zur Tür hinaus. Unfassbar, dass ich nach wenigen Wochen so für ihn empfinden konnte. Es kam mir vor, als kannten wir uns ewig, als wäre er mein Zuhause.

Ich klopfte an die Terrassentür, ich wollte nicht einfach so eintreten.

»Hallo«, rief ich. »Annegret, bist du irgendwo?«

»Komm rein«, hörte ich sie antworten und dann stand sie im Raum und sah mich an. »Brauchst du etwas?«

»Ach, ich dachte, ich helfe dir beim Kochen. Zu zweit geht alles leichter.«

»Genieß doch den Urlaub. Wie lange bleibt ihr denn?«

»Keine Ahnung. Das haben wir noch nicht besprochen.« Ich schüttelte den Kopf. »Ich muss dir wirklich naiv vorkommen.«

»Nein. Ich verstehe schon, dass man heute sorgloser und einfacher lebt als zu meiner Zeit. Das ist schon in Ordnung. Komm rein.« Wir gingen in die Küche und sie gab mir eine Schürze. Es war so eine, wie sie meine Oma immer getragen hatte. Auf dem Stoff waren ein Rezept und ein Bild von einem Koch mit Mütze und Suppenkelle. »Lieber Kartoffeln schälen oder Fleisch klopfen?« Annegret zwinkerte mir zu und stellte eine riesige Schale mit Kartoffeln auf den Tisch. »Brett, Schäler und Messer kommen sofort.«

»Danke«, sagte ich und setzte mich. Dann gab sie mir das Schneidebrett und was ich sonst noch brauchte. Dazu noch eine leere Schüssel für die Schalen.

»Und jetzt? Was wollen wir trinken?«, fragte sie und lächelte. Langsam wurde mir klar, woher Jo seinen Charme hatte.

»Für mich gerne ein Wasser«, antwortete ich und nahm die erste Kartoffel in meine Hand.

»Nein, nein. Zum Anstoßen. Ich freu mich so, dass du hier bist.«

»Ich freu mich auch, dass wir uns kennenlernen. Was trinkst du denn gerne? Prosecco? Weißwein? An was hast du gedacht?«

»Ist Weißwein in Ordnung? Ich habe einen gekühlt.«

»Gern.« Sie holte Gläser aus dem Schrank und eine Flasche aus dem Kühlschrank und schenkte uns ein. Dann stießen wir an.

»Ich bin froh, dass Jo endlich jemanden mitbringt. Ich hatte schon Angst, dass ich ihn nicht gut genug erzogen habe. Wer weiß denn schon, wonach eine Frau von heute sucht.« Es war mir etwas unangenehm, so über ihn zu sprechen. Und ich wollte eigentlich auch gar nicht wissen, dass er vor mir noch niemanden mitgebracht hatte. Ich meine, was bedeutete das? Dass sich jede von ihm verabschiedete, weil er irgendeine Macke hatte, noch bevor es ernst wurde? Hatte ich vielleicht etwas übersehen? Oder war er so wählerisch und es machte mich zu etwas Besonderem? Jedenfalls machte es einen komischen Eindruck auf mich und ich fühlte mich unter Druck gesetzt.

»Keine Sorge. Er macht sich gut. Ich habe mich auf Anhieb verliebt.« Kichernd trank ich einen Schluck. »Schnitzel ist seine Lieblingsspeise?«

»Ja. Seit ich denken kann. Aber jetzt isst er ja lieber Zucchinischeiben mit dir. Gesünder ist das wohl.«

»Bei Schnitzel würde ich jetzt nicht von gesund sprechen wollen, egal, ob echt oder Gemüse. Schwimmt ja trotzdem in Fett, aber ich will nicht päpstlicher sein als der Papst.« Annegret schaute mich mit großen Augen an und ich überlegte, wie ich meine Aussage entschärfen konnte, aber mir fiel nichts ein.

»Dann legen wir mal los«, sagte sie und ich nickte. Nachdem wir die Kartoffeln geschält, geschnitten und die Stärke aus ihnen herausgewaschen hatten, stellten wir sie zur Seite. Annegret fing an, das Fleisch zu klopfen, zu würzen und zu panieren. Ich tat dasselbe mit den Zucchinischeiben. Die brauchte ich nur in Scheiben zu schneiden. Das Würzen unterschied sich nicht und für die Panade nahm ich anstelle von Ei gewürztes Wasser mit etwas Stärkemehl darin. Als wir fertig waren, begann Annegret die Schnitzel in getrennten Pfannen zu braten und gab auch die Pommes ins Öl. Ich deckte den Tisch. Auch für die Hauptspeise hatte sie ein Gmundner Service.

»Kann ich das nehmen?«, fragte ich sie und sie nickte. »Das hat mir schon immer gut gefallen. Gehört inzwischen ja zu den Klassikern in der Küche.«

»Das kannst du laut sagen. Das ist unser Hochzeitsgeschirr. Also, wahrscheinlich ist nicht mehr jedes Teil original, natürlich geht mit der Zeit was kaputt, und dann haben wir nachgekauft. Seit wir verheiratet sind, haben wir immer nur dieses Geschirr im Haus. Ein Geschenk seiner Eltern damals.« Ich war gespannt, wann Jos Vater nach Hause kommen würde und ob er Jo ähnlich sehen würde. »Aber das ist ja heute alles anders. Da ist man schon lange zusammengezogen und hat einen Hausstand, bevor man heiratet. Früher, bei uns, wir kamen beide aus unseren Elternhäusern und hatten vorher noch nie alleine oder zu zweit zusammengelebt. Dann haben wir geheiratet und gebaut, alles gleichzeitig. Da ist man froh über jedes Geschenk. Eine Waschmaschine, Geschirr, Bettwäsche. Was haben wir uns gefreut! Kannst du dir vorstellen, wie das alles hier noch eine Baustelle war? Das war viel Arbeit.« Sie blickte sich mit einem Lächeln im Gesicht um. Dann wendete sie die Schnitzel und es brutzelte wild.

»Nein, das kann ich mir nicht vorstellen, wie das gewesen sein muss, wenn man noch nie zuvor mit jemandem zusammengelebt hat, sich plötzlich ein Haus zu teilen. Hattet ihr keine Angst? Dass ihr euch vielleicht gar nicht mehr versteht, wenn ihr so nahe beisammen seid und plötzlich Entscheidungen für euch zu treffen waren? Was hättet ihr getan, wenn der eine ganz ein anderes Haus hätte bauen wollen als der andere?«

»Tatsache ist, dass die Scheidungsrate früher niedriger war als heute. Also nur weil man es sich heute besser und länger überlegen kann, mit wem man sich einlässt, heißt das nicht, dass es am Ende auch besser hält«, wandte sie sein.

»Aber hängt das nicht damit zusammen, dass die Frauen früher keine eigene Arbeit hatten und finanziell abhängig von ihrem Mann waren und deshalb nicht so einfach gehen konnten? Außerdem war es schlichtweg verpönt.«

»Das mag ein Grund sein. Aber es hat auch damit zu tun, dass man sich damals noch an eine Vereinbarung gehalten hat und dass man nicht davon ausging, es wäre alles nur einfach. Die jungen Leute von heute denken, sie müssen den perfekten Partner suchen und wenn sie glauben, ihn gefunden zu haben, nur dann heiraten sie. Aber oft hält das Glück nur kurz, denn, Überraschung, der andere hat Fehler.« Sie lächelte mich an.

»Ich denke nicht, dass es um Fehler geht. Ich denke, wir verändern uns. Immer. Die Kunst ist, sich gemeinsam im Laufe des Lebens zu verändern, sodass man immer wieder aufs Neue zusammenpasst.«

»Das stimmt natürlich auch. Warte kurz, ich muss die Schnitzel aus der Pfanne nehmen.« Jos Mutter langte in den Küchenschrank und holte eine große Platte heraus. Sie belegte sie mit Küchenpapier und platzierte dann die Schnitzel. Sie troffen vor Fett, aber sie sahen schön aus. »Vorhin kam mir in den Sinn, dass du und Jo es im Grunde so machen, wie auch Alfred und ich es gemacht haben. Ich finde das schön, dass ihr euch zueinander bekennt und gemeinsam etwas plant. Das ist in meinen Augen sehr wertvoll.«

»Du findest es also nicht verantwortungslos?«

»Nein, das habe ich dir schon am Nachmittag gesagt.

Ich finde, man muss schnell Nägel mit Köpfen machen, so fühlt sich echte Liebe an, wenn man gemeinsam nach vorne will, etwas aufbauen, miteinander. Andererseits gibt er halt seinen tollen Job bei der Zeitung auf. Das bereitet mir natürlich Sorge. Er hat all die Jahre so hart gearbeitet, an den Abenden, Wochenenden. Jeden Artikel hat er übernommen, damit er irgendwann vielleicht mal einen guten Redakteursposten bekommt.« Sie schüttelte nachdenklich den Kopf und seufzte. Dann goss sie neues Öl in die Pfanne und legte zwei weitere Schnitzel hinein.

»Stimmt«, murmelte ich und hoffte, dass sie weitersprach. Ich war neugierig, was ich noch erfuhr.

»Weißt du, er war immer stolz darauf, vom Schreiben leben zu können. Auch wenn er fast immer nur Artikel schrieb, die ihn überhaupt nicht interessierten. Ich musste das Magazin immer am Kiosk kaufen, er hätte mir seine Artikel nie freiwillig gezeigt.« Wie hätte er auch sollen? Schließlich schrieb er ja für keine Zeitung.

»Holst du Jo? Ich denke, wir können bald essen.«

»Mach ich«, antwortete ich und ging zurück ins Gästehaus. Jo lag auf dem Sofa und hielt ein Buch in den Händen. »Was liest du da? Ein Gedichtband?« Ich küsste ihn.

»Poesie ist nicht so leicht zu verstehen«, erwiderte er.

»Warum denkt deine Mutter, du arbeitest bei einer Zeitung?«, fragte ich ihn.

Jo setzte sich auf und seufzte. »Das ist eine lange Geschichte.«

»Dann erzähl sie mir später. Ich soll dich holen. Wir essen bald.«

»Wie war's alleine in der Höhle der Löwin?«

»Deine Mutter ist nett. Wirklich nett.«

»Du riechst nach Küche. Zum Anbeißen«, sagte er und küsste meinen Nacken.

»Ich dachte, du hast dem Fleisch abgeschworen?«

»Nicht diesem.« Er zog mich an sich und schob mir das Top über den Kopf.

»Die Tür ist nicht abgesperrt, die Fenster sind offen. Bis du sicher, dass deine Mutter oder dein Vater hier nicht hereinstolpern?«

»Und wenn. Dann erwischen sie uns wobei?« Er lachte sein gurrendes Lachen, griff nach dem Top und zog es mir wieder an.

»Ich gehe noch schnell duschen, ist das okay?«

»Klar. Handtücher sind im Bad«, sagte er und schlug sein Buch wieder auf. Ich ging ins Schlafzimmer, um mir die Kleidung für heute Abend zurechtzulegen. Mein Blick fiel auf meinen Laptop, ich hatte noch gar keine Kommentare beantwortet. Ich sah auf die Uhr. Im Schnellverfahren duschen, noch ein paar Kommentare schreiben und dann essen. Das könnte ich schaffen. Und dann musste ich eine Nachtschicht einlegen. Ich wollte meine User nicht so lange warten lassen. Mir war es wichtig, zeitnah auf ihre Postings zu antworten. Dann fiel mir Ben ein, der mich so dringend erreichen wollte. Schon wieder hatte ich das Handy hiergelassen. Schnell holte ich es aus meiner Handtasche und sah, dass er es fünf Mal versucht hatte.

Wir müssen reden. Dringend. Ruf zurück!

Ich rief ihn also an und er nahm gleich beim ersten Klingeln ab.

»He, na endlich«, sagte er.

»Hi, was ist denn los?«

»Nicht am Telefon. Kannst du zu mir kommen?«

»Im Moment nicht. Ich mache gerade einen Kurztrip mit Jo. Wir sehen uns den Bauernhof an.« Eigentlich hatte ich mir vorgenommen, mit Ben nicht über Jo zu sprechen. Das belastete unsere Freundschaft nur. Ich wollte einfach, dass alles wie vorher war.

»Wie lange bist du weg?«

»Warum fragst du?«

»Okay. Nur um das klarzustellen. Ich bin dein bester Freund. Hier geht es nur um Freundschaft. Ich tue dir einen riesigen Gefallen.«

»Ja. Und weiter. Ich verstehe nicht.«

»Du musst den Urlaub abbrechen und sofort nach Hause kommen. Dann erzähle ich dir alles.«

»Ich kann das doch nicht einfach abbrechen. Worum geht es denn?«

»Du wirst nichts unterschreiben und nichts mit ihm besichtigen. Er ist ein Betrüger, er nimmt dich aufs Korn.«

»Das stimmt doch gar nicht, Ben. Ich bin hier bei ihm zu Hause. Das sind total nette Menschen.«

»Das kann ja alles sein. Aber er verheimlicht dir etwas. Etwas Wichtiges.«

Langsam wurde ich wütend. Warum konnten wir nicht einfach wieder Freunde sein? Ich wollte nur ein normales Gespräch mit Ben führen. Eines, das nicht im Streit endete.

»Lass gut sein Ben, okay?«

»Er ist der Journalist, der die fiesen Berichte über dich verfasst hat. Verstehst du? Er ist das!«, schrie Ben ins Telefon. Bei mir drehte sich plötzlich alles. Ich verstand nicht ganz, was Ben mir sagen wollte. Außerdem glaubte ich ihm nicht. Trotzdem schlug mein Herz rasend schnell. Ein unheimliches Gefühl.

»Woher willst du das wissen?«, fragte ich. Meine Stimme klang atemlos und mein Mund war ganz trocken. Ich versuchte, mich zu beruhigen. »Bist du noch da?«

»Ja.«

»Du musst Beweise haben, wenn du so eine Bombe hochgehen lässt«, sagte ich. Jetzt war ich wieder ganz ruhig. Ben räusperte sich. »Nachdem du mir erzählt hast, dass du mit dem Typ zusammen bist, habe ich deine Wohnung beschattet, bis er kam.«

»Bist du jetzt komplett durchgeknallt?«

»Du kanntest nicht mal seinen Namen. Was blieb mir denn übrig als dein Freund?«, schrie er.

»Gut. Und weiter?« Ich wollte diese Sache einfach hinter mich bringen. Ben sollte seinen Wahnsinn auspacken, ich würde ihn widerlegen und dann wäre unsere Freundschaft Geschichte. Ich spürte, wie mir Tränen den Blick vernebelten und mein Kinn zu zittern anfing. Aber ich wollte nicht weinen.

»Ich bin ihm also von dir zu ihm nach Hause gefolgt. Mein Ziel war, seinen Nachnamen herauszufinden, um ihn googeln zu können. Aber was dann passierte, glaubst du mir nicht.« Ich wartete, aber Ben schwieg.

»Jetzt lass dir nicht alles aus der Nase ziehen«, fauchte ich. Es war nicht zu überhören, dass ich weinte.

»Ich blieb die ganze Nacht vor seinem Haus, denn dort stand nirgendwo sein Name und ich konnte im Briefkasten auch keine an ihn adressierte Post finden. Ich schlief also im Auto und folgte ihm am nächsten Morgen wieder in die Stadt. Und da passierte es. Er fuhr zu unserem Lieblingsmagazin und ging ins Gebäude. Er war nicht lange dort und kam bald wieder heraus. Dieses Mal folgte ich ihm nicht weiter, sondern ging hinein. Ich fragte am Empfang, wer dieser Mann war und die nette Dame erklärte mir, dass er ein langjähriger Mitarbeiter des Hauses sei. Auf meine Frage, was er denn mache, sagte sie, er sei Journalist.« Ich hörte den Triumph in Bens Stimme. Es kotzte mich an.

»Und das hast du jetzt gerade frisch erfunden. Oder kannst du irgendetwas davon beweisen?«

»Natürlich. Alles«, versicherte er. Mir war ganz mulmig im Magen. Vielleicht vom Apfelstrudel, vielleicht vom Hunger. Vielleicht aber auch, weil ich Ben in Wahrheit glaubte. Schließlich waren es jetzt schon zwei, die erzählten, dass Jo Journalist war.

»Kannst du es beweisen?«

»Ich habe Fotos gemacht, wie er in das Gebäude ging. Die kann ich dir senden.«

»Das beweist nichts.«

»Du kannst ihn googeln. Er wird beim Magazin als Mitarbeiter geführt. Sogar sein Kürzel, unter dem er veröffentlicht, ist angegeben. DOK. Und genau dieses Kürzel steht unter jeder Kolumne, die dich in so schlechtes Licht rückte.«

Wow, das saß. »Bist du sicher?«

»Würde ich dir sonst das Herz brechen?«

»Ich muss auflegen.« Ich tat, was Ben mir empfohlen hatte. Ich googelte das Magazin und fand alles bestätigt, was Ben mir erklärt hatte.

Ich legte das Handy weg und versuchte, mich zu beruhigen. Was sollte ich jetzt tun? Meine Hände zitterten. Ich war hier in seinem Elternhaus, ohne eigenes Auto. Ich wusste nicht mal die Adresse. Wie konnte ich so naiv sein! Ich bekam keinen Gedanken zustande und rief Ben nochmals an.

»Was soll ich jetzt tun?«

»Einfach gehen. Egal, wo du bist, setz dich in ein Taxi, in einen Bus oder Zug. Komm nach Hause. Komm zu mir. Ich kümmere mich um alles«, versprach er.

»Soll ich ihn zur Rede stellen? Was soll ich ihm sagen?«

»Keinesfalls darfst du ihn angreifen. Du weißt nicht, wozu dieser skrupellose Typ fähig ist. Sag, es sei ein familiärer Notfall. Und dann hau ab.«

»Okay. Ich komme zu dir. Ich will jetzt nicht alleine sein.«

»Ich bin für dich da.«

»Ich fürchte, es wird spät.«

»Kein Problem. Ruf mich jederzeit an. Ich bin immer bei dir.«

»Danke.« Ich legte auf und packte meine Kleidung vom Schrank zurück in den Koffer. Dann ging ich ins Badezimmer hinüber und holte meine Kosmetiktasche. Jo blickte zum Glück nicht von seinem Buch auf. Ich wusste nicht, wie ich auch nur ein einziges Wort mit ihm wechseln sollte. Aber als ich alles im Koffer verstaut hatte, blieb mir nichts anderes übrig, als vor ihn zu treten.

»He, was ist los?« Er schreckte hoch, als er mich sah.

»Nichts. Aber ich muss nach Hause. Bitte ruf mir ein Taxi.«

»Was ist passiert?«, fragte er. In meinem Kopf drehte sich alles. Ich wollte einfach nur raus aus diesem Haus.

»Ein guter Freund ist gestorben. Ich muss sofort zurück.« Mir fiel nichts Besseres ein. Aber es erklärte zumindest meine Tränen.

»Das tut mir leid. Ich bringe dich hin, kein Problem, meine Eltern verstehen das.«

»Nein, nein. Du bist heute schon so lange gefahren. Ich nehme den Zug. Bitte bleib hier. Deine Mutter freut sich so.«

»Aber ich kann dich doch jetzt nicht alleine lassen. Ich begleite dich. Das gehört dazu, dass wir uns gegenseitig unterstützen«, sagte Jo. Ich staunte, wie er so dreist lügen konnte. Er wirkte so nett und einfühlsam. Wie konnte er in Wahrheit ein ganz anderer sein?

»Wir müssen aber auch unsere Grenzen respektieren.« Meine Stimme bebte, mir war eiskalt. »Und ich will jetzt alleine sein. Nur für mich. Alles, worum ich dich bitte, ist ein Taxi.« Ich drehte mich um und ging zur Tür hinaus. Mein Rollkoffer machte ein donnerndes Geräusch, als ich ihn hinter mir herzog. Jo folgte mir auf den Fuß und ich hörte ihn telefonieren. Es hatte also funktioniert.

»In zehn Minuten ist das Taxi hier«, sagte er und zog mich in seine Arme. Unglaublich der Kerl. Mir blieb nichts anderes übrig, als mitzuspielen. Ich ließ mich also drücken und ein wenig hin- und herwiegen. So an seine Brust gelehnt kam mir unser erster Abend in den Sinn. Für einen winzigen Moment hatte ich damals befürchtet, dass er mit Walter unter einer Decke stecken könnte, dass der eine angreift, damit der andere zur Rettung eilen könnte, und dann würde ich den Helden zu meiner Wohnung lotsen. Damals hatte ich den Gedanken verworfen. Aber jetzt kamen mir wieder Zweifel. Wann hatte das alles begonnen? Hatten wir uns zufällig kennengelernt und er dachte sich, er könnte mich für eine Story benutzen, um seine Karriere zu pushen? Das wäre ein zu großer Zufall. Er musste von Anfang an mit Walter unter einer Decke gesteckt haben. Er hatte den Übergriff inszeniert, damit ich mich nachher vertrauensselig an ihn wandte. Und ich dumme Kuh fiel tatsächlich auf diesen Schwindel herein.

»Wir sollten zur Straße laufen«, sagte ich irgendwann und löste mich von ihm.

»Ja. Ich nehme das Gepäck.« Ich ging voraus und er hinter mir her. Der Koffer machte einen unglaublichen Lärm. Ich hoffte nur, dass seine Mutter nichts mitbekam und nicht aus dem Haus kommen würde. Jetzt war mir plötzlich auch klar, warum er noch nie jemanden mit nach Hause gebracht hatte. Wahrscheinlich war er ein Psychopath, der nicht in der Lage war, Gefühle aufzubauen. Wahrscheinlich machte es ihm Spaß, Intrigen zu spinnen. »Bist du sicher, dass ich dich nicht begleiten soll?«, fragte er. Ich hielt seine Gegenwart kaum aus.

»Ja. Ich will alleine sein«, betonte ich erneut und blickte auf die gepflasterte Einfahrt. Bald hörte ich einen Wagen. Zum Glück, es war das Taxi. Jo hievte den Koffer in den Kofferraum und der Fahrer öffnete mir die Tür. Ich stieg ein und schloss sie sofort, ohne mich von Jo zu verabschieden. Es war mir egal, was er davon hielt.

»Zum Bahnhof, bitte«, sagte ich zum Fahrer.

Ich hatte mehrere WhatsApp-Nachrichten von Ben erhalten. Die erste lautete:

Ich habe dir ein Zugticket gebucht. Der Zug fährt um 21.37 Uhr, den kriegst du, oder? Du hast auch eine Sitzplatzreservierung. Ich habe dir alles per Mail gesendet. Ich hole dich dann am Bahnhof ab.

Die zweite Nachricht lautete:

Ich bin immer am Handy. Ruf an oder schreib, wenn du jemanden zum Reden brauchst.

Mir liefen noch mehr Tränen über die Wangen. Ich wäre

für Jo bereit gewesen, Ben in die Wüste zu schicken. Eine Freundschaft, die schon so lange bestand, für einen Kerl, den ich erst kurz kannte, aufzugeben. Wie konnte ich nur? Ich schrieb Ben.

Ich danke dir von Herzen. Was würde ich nur ohne dich tun. Ich bereue jedes Wort, das ich gesagt habe.

Kapitel 13

Die Zugfahrt schien ewig zu dauern und trotzdem war ich um nichts ruhiger geworden, als ich ausstieg. Ich blickte mich nach Ben um und entdeckte ihn sofort. Er stand bei den Getränkeautomaten am Bahnsteig. Er winkte und kam auf mich zu. Dann lagen wir uns in den Armen.

»Komm, wir fahren nach Hause«, sagte er nach einer Weile und nahm den Koffer. Er stellte keine Fragen. Er zog auch nicht über Jo her oder konfrontierte mich mit Vorwürfen. Die meiste Zeit war er einfach still. Und dafür war ich dankbar.

»Ich lasse dir Badewasser ein. Komm mit«, bot Ben an, als wir seine Wohnung betraten. Er nahm mich an die Hand und führte mich in sein Schlafzimmer. Hinter dem Glas-Kubus drehte er den Wasserhahn auf und goss eine rote Flüssigkeit hinein, sofort duftete es. Ich wusste zwar nicht nach was, aber es roch herrlich. Schaumberge stiegen plötzlich aus der Wanne empor und ich fühlte mich so richtig umsorgt.

»Das letzte Mal, dass das jemand für mich gemacht hat, muss Jahre her sein. Meine Mutter, als ich noch ein Kind war«, sagte ich. Ben gab keine Antwort, er küsste nur meine Stirn und lächelte. Dann ging er. An der Tür drehte er sich nochmals um.

»Ich mache dir einen Kakao. Ich habe extra vegane Milch für dich gekauft. Also, bedeck dich gut mit Schaum, wenn du nicht willst, dass ich etwas sehe. Ich bin in fünf Minuten wieder hier.« So kannte ich ihn gar nicht. Ich wusste zwar schon immer, dass er ein netter Kerl war, sonst wäre ich nicht mit ihm befreundet. Aber diese fürsorgliche Seite an ihm war mir bis jetzt verborgen geblieben. Ich zog mich aus, legte meine Kleidung sorgfältig auf einen Stapel und stieg in die Wanne. Ein unglaubliches Gefühl. Alle kleinen Härchen an meinem Körper stellten sich auf und ein wohliger Schauer durchfuhr mich. Dann ließ ich mich sinken und fühlte mich von der samtartigen Oberfläche des aufgeschäumten Wassers umhüllt wie in einem Kokon. Ich schloss die Augen und atmete den satten, süßen Duft ein und wünschte wirklich, dass ich mich verwandeln könnte. Jetzt von einer Raupe zu einem Schmetterling werden. Mich befreien und eine ganz Neue sein. Die Tür ging auf. Ben kam herein und brachte mir den Kakao.

»Danke«, sagte ich.

»Schon besser?«

»Ja.« Ich nickte.

»Wasser reinigt uns nicht nur äußerlich. Es hat auch die Gabe, spirituell zu reinigen«, sagte er in einer Ernsthaftigkeit, die ich fast für echt gehalten hätte, bis er sich durch ein Schmunzeln verriet. »Siehst du, du lächelst wieder. Ich lasse dich noch eine Weile hier liegen und die Wärme genießen. Bis dahin koche ich etwas, du hast bestimmt Hunger.«

»Ehrlich gesagt, ja«, gab ich zu. »Aber warum willst du kochen, du bestellst doch lieber?«

»Wie oft hast du schon für mich gekocht? Jetzt ist der Moment, in dem ich mich revanchieren kann. Ein Telefon in die Hand nehmen und liefern lassen, kann jeder. Aber ich will nur das Beste für dich. Ich koche.« Dann stand er auf und ging.

Nach einer Weile wurde mir langweilig. Ich war schon im Zug mit mir und meinen Gedanken alleine gewesen und jetzt wieder. Langsam kehrte die Kraft zurück und auch die Neugierde. Ich stieg aus der Wanne, spülte mich ab und hüllte mich in ein Handtuch. Von der Garderobe wollte ich meinen Koffer holen, aber er stand schon hier, direkt neben der Tür. Ich öffnete ihn und holte mir frische Kleidung heraus. Eigentlich wollte ich mich am liebsten in einen gemütlichen Jogginganzug werfen, etwas Flauschiges auf der Haut spüren, aber so etwas hatte ich nicht eingepackt. Ich überlegte kurz und entschied, dass ich mich an Bens Kleiderschrank wagen könnte. Er war zwar größer als ich und muskulöser, aber er hatte bestimmt etwas Weiches, Warmes für mich. Ich stand nur in Unterwäsche da, als er das nächste Mal eintrat.

»Entschuldigung. Ich suche was Gemütliches. Ich habe nur Shorts und Kleider eingepackt.« Er warf einen flüchtigen Blick in meinen offenstehenden Koffer, dann ging er zum Schrank und zog eine graue Pyjamahose hervor und hielt sie mir hin. Ich schlüpfte hinein. Sie war viel zu groß, aber Ben zurrte die Kordel am Bund so eng um meine Taille, dass sie hielt. Dann bückte er sich und begann die Hose hochzurollen, bis sie die richtige Länge für mich hatte.

»Perfekt«, befand er und richtete sich wieder auf. Er ging zum anderen Schrank und öffnete ihn. Wieder sah er eine Weile hinein und zog dann einen weißen Pullover heraus, den er mir reichte. Er roch nach Weichspüler und umhüllte mich wie eine zweite, zu große Haut. »Du siehst lustig aus«, sagte er.

»Du auch.« Ich zeigte auf die Saucenspritzer auf seinem T-Shirt.

»Ich bin wohl aus der Übung.« Mit einem Schmunzeln führte er mich in die Küche.

»Es riecht gut. Italienisch?«

»Ehrlich gesagt, mehr als Nudeln mit Sauce ist nicht drin. Aber die Sauce ist selbstgemacht. Nur um das klarzustellen.«

»Wie hast du das denn geschafft?«

Er lachte. »Rate mal. Natürlich ein Tutorial. Aber ging wirklich gut. Und es schmeckt, ich habe schon probiert.«

»Ich freu mich. Ich habe wirklich Hunger.«

»Dann setz dich«, sagte er und begleitete mich zum Tisch, den er bereits gedeckt hatte. Und zwar schön. Nicht so, wie wenn ich manchmal vorbeikam und wir uns Essen holten. Er hatte Tisch-Sets ausgelegt und Platzteller. Das Besteck lag ordentlich daneben und er hatte sogar Stoffservietten gefaltet. Ich sah Wein- und Wassergläser und eine Kerze.

»Das musst du doch nicht für mich tun«, sagte ich.

»Ich weiß. Aber ich will.« Er stellte eine große Schale Salat auf den Tisch.

»Hast du das alles jetzt gemacht?«

»Und während du im Zug warst.«

»Du bist wirklich verrückt.« Aber ich fühlte mich behütet. Das war ein gutes Gefühl. Ich wartete, bis er mit den Nudeln kam und mit dem Wein.

»Willst du darüber reden?«, fragte er irgendwann.

»Eigentlich nicht. Ich denke, ich weiß alles. Ich vermute, er hat mich von Anfang an reingelegt. Erst hat er mich in eine verletzliche Situation gebracht, aus der er mich dann gerettet hat. Zumindest dachte ich das damals. Wahrscheinlich ist das der Grund, warum ich ihm so schnell vertraut habe. Ich habe ihm mein Herz ausgeschüttet und alles erzählt. Wie hätte ich damit rechnen sollen, dass er jedes Wort gegen mich verwendet?« Ich griff nach dem Salzstreuer und würzte die Nudeln.

»Hättest du mir nur früher von ihm erzählt.« Ben seufzte. »Aber wir haben zum Glück das Schlimmste verhindern können.«

»Das Schlimmste?«, hakte ich ein. Hatte er eine Ahnung, wie ich mich fühlte? Verraten, verlassen, dumm, klein, nackt. Was Walter damals gemacht hatte, war ein körperlicher Übergriff. Er hatte meine Grenzen nicht respektiert und ich konnte nur von Glück sprechen, dass es nicht zum Äußersten gekommen war. Ich hätte ihn anzeigen müssen. Jetzt wusste ich, dass ich ihn nicht hätte davonkommen lassen dürfen. Aber was Jo mit mir trieb, ging tiefer. Er war in meinem Kopf, in meinem Herz, ich würde sogar so weit gehen zu sagen, dass er in meiner Seele war. Was er mir mit seinen Lügen und Intrigen angetan hatte, war gar nicht in Worte zu fassen.

»Der Hof«, sagte Ben plötzlich.

»Ich verstehe nicht?« Worauf wollte er hinaus?

»Du denkst, die Abzocke war nur der Artikel? Du denkst, er wollte wirklich einen Hof mit dir?« Ich war wie vor den Kopf gestoßen.

»Ja, das wollte er. Ich verstehe es zwar nicht ganz, aber natürlich, welchen Nutzen hätte er davon gehabt, das zu machen, wenn er das nicht wollte?«

»Siehst du es nicht? Das wäre am Ende die ultimative Cover-Story geworden. Damit wäre er in den Journalisten-Olymp aufgestiegen.«

»Jetzt übertreibst du«, sagte ich und überlegte fieberhaft, woraus Jo hätte Profit schlagen können.

»Er bringt dich dazu, dein Kerngeschäft, das YouTuben, aufzugeben. Er ermutigt dich, einen Hof zu kaufen, obwohl du keine Ahnung von Landwirtschaft hast. Du möchtest Seminare für Garten- und Kräuterkunde anbieten, obwohl du dir das Wissen selbst erst kürzlich durch Bücher angeeignet hast … Klingelt da was?« Ben steigerte sich richtig hinein und auch mein Puls schlug bei diesen Ausführungen immer schneller. »Am Ende hätte er schreiben können, wie einfach manipulierbar du bist. Du hättest dich immer fürs vegane Kochen eingesetzt, es aber auf sein Anraten aufgegeben, also, wie ernst kann es dir da sein? Und er hätte sich über deinen Garten und die Qualität deiner Seminare lustig gemacht. Und am Ende, wer weiß, vielleicht hättet ihr Vieh gehalten, vielleicht hätte er dich sogar überredet, es zu schlachten und zu essen.«

»Er hätte alles gegen mich verwendet«, sagte ich und legte die Gabel weg. Mir war der Appetit vergangen. »Das habe ich nicht kommen sehen.«

»Das macht ein richtiges Monster ja aus. Seine unglaubliche Tarnung.«

»Ich schäme mich so.« Mir versagte die Stimme.

»Das musst du nicht.« Ben legte seine Hand auf meine. Ich spürte die Wärme, die von ihm ausging, und war ihm so dankbar, dass er einfach nur für mich da war.

»Ich möchte mich gerne hinlegen«, sagte ich nach einer Weile.

»Nicht lieber noch Nachtisch?«

»Das ist nett, aber nein, ich bin müde. Ich würde gerne schlafen gehen.«

»Du kennst dich aus.« Er stand auf und nahm mich in den Arm. »Schlaf gut.«

»Danke.«

Ich legte mich in sein großes Bett mit der goldenen Bettwäsche und überlegte, wo Ben heute Nacht schlafen würde. Vielleicht auf den gemütlichen Kuschelsofas im Fernsehraum, aber noch während ich darüber nachdachte, musste ich weggedämmert sein. Ich wurde erst wach, als Ben sich zu mir legte und mir einen kleinen Kuss in die Schulterbeuge hauchte. Er legte seinen Arm um mich und ich fühlte mich geborgen. Das nächste Mal wachte ich auf, als Sonnenstrahlen in den Raum schienen. Ben lag noch immer neben mir. Er trug nur Boxershorts und hatte die Decke weggestrampelt. Ich musterte seinen Körper, der von der Sommersonne gebräunt und vom Fitnesscenter trainiert war. Er sah gut aus, aber das wusste ich schon länger. Was ich noch nicht sicher wusste, war, ob ich uns beiden jetzt endlich die Chance geben sollte, die wir verdienten. Er hatte gesagt, er würde auf mich warten. Damals hatte ich ihn belächelt. Ich war mir so sicher gewesen, dass Jo der Richtige für mich war. Wie einfältig! Wieso war ich bereit gewesen, mit und für Jo jedes Risiko einzugehen, und für Ben tat ich es nicht? Das war doch schwachsinnig. Ich riss mich also zusammen und entschied, es mit ihm zu wagen. Ein Happy End, oder in Wahrheit war es ja erst der Anfang. Ich drehte mich zu ihm und küsste ihn auf die Brust. Er öffnete die Augen und lächelte mich an. Er legte seine Arme um mich und zog mich zu sich. Jedoch nicht, bevor er mir nicht lange prüfend in die Augen sah. Ich erwiderte seinen Blick, in dem er las, dass ich es wollte. Nicht, weil ich gerade schwach und verletzt war, sondern weil ich es wirklich wollte. Und dann küsste ich ihn und er zog mich noch näher zu sich und ich grub meine Hände in seinen Rücken und hielt mich an ihm fest.

»Guten Morgen«, murmelte ich irgendwann.

»Ja, das ist wirklich ein guter Morgen«, gab Ben zurück.

»Jetzt übertreib nicht gleich«, sagte ich und rollte mich von ihm herunter.

»Du liegst zum ersten Mal in meinem Bett. Hast du eine Ahnung, wie lange ich mir das schon wünsche.«

»Der Grund dafür stört dich nicht?«

»Es tut mir wahnsinnig leid, dass du das durchmachen

musstest. Aber ansonsten ist es mir eigentlich egal, was uns am Ende zusammenführt.«

»Auch dass ich frisch aus dem Bett eines anderen komme?«

»Ich hatte selbst genug Affären und One-Night-Stands. Ich bin nicht eifersüchtig. Und mir ist egal, wer und wie viele vor mir waren. Es geht nur um uns. Nur wir beide.« Er nahm meine Hand und küsste meinen Handrücken.

»Ich komme mir aber so schäbig vor. Erst kürzlich habe ich dich verlassen, um bei ihm zu sein, und jetzt bin ich hier. Du sollst nicht denken, dass du nur ein Trostpflaster bist.«

»Das denke ich nicht«, beteuerte er. »Der Mann hat dich eiskalt manipuliert. Er ist ein Meister seines Fachs. Wer weiß, wie oft er das schon gemacht hat? Du konntest gar nicht anders, als dich zu verlieben. Er hat genau gewusst, was er tat und welche Strippen er ziehen musste.« Ben atmete laut und hörbar aus. »Ich stehe da drüber. Meine Gefühle für dich sind so echt und so stark, die lasse ich mir von so einem nicht kaputt machen. Ich weiß, was du für mich empfindest und auch, dass ich keine Notlösung für dich bin.« Er lächelte, als er das sagte, und führte meine Hand wieder zu seinem Mund, um sie zu küssen.

»Du wirst dein Single-Dasein bald vermissen, wenn ich wirklich hier einziehe. Ich kann nicht mehr in meine Wohnung zurück. Nicht mehr in das Bett, in dem er gelegen hat. Ich will das alles hinter mir lassen, das ekelt mich plötzlich so an.«

»Das trifft sich bestens. Ich habe noch immer den Schlüssel da, den ich dir schon beim Einzug angeboten habe.«

»Hast du dir das auch gut überlegt? Ich wäre immer hier. Keine Gelegenheit mehr für dich, ein süßes Mäuschen irgendwo abzuschleppen und mitzubringen.«

»Ich brauche keine Ablenkungen, wenn ich dich habe. Jede von ihnen war nur ein billiger Ersatz für dich.«

»Jetzt trägst du aber dick auf.«

»Ich meine es ernst«, beteuerte er und rappelte sich hoch und blickte auf mich herab. Ich trug noch immer sein Shirt von gestern.

»Du hast keine Ahnung, wie ernst ich es meine. Warte!« Dann verließ er den Raum. Es dauerte nicht lange, bis er wieder zurückkam. Hinter seinem Rücken versteckte er etwas, denn er hielt seine Hand dahinter verborgen. »Ich habe schon so lange darüber nachgedacht und es mir ganz anders vorgestellt. Und trotzdem ist jetzt der richtige Moment, auch wenn er traditionell betrachtet, wahrscheinlich komplett falsch ist …« Er hielt inne und sah mich eine Weile an. »Du musst aufrecht sitzen«, sagte er.

»Warum?«, wollte ich wissen, tat aber wie geheißen.

»Nein. Hierher an die Kante, mit den Füßen am Boden.« Ich schlug die Decke zur Seite, schwang meine Beine aus dem Bett und setzte mich hin. Er lächelte. Und dann ging er vor mir auf die Knie. Ein Bein ließ er aufgestellt, darauf legte er seine offene Handfläche, in der eine schwarze, mit Samt bezogene Schatulle lag.

»Willst du mich heiraten?«, fragte er und blickte mir direkt in die Augen. Auch wenn er lächelte, konnte ich sehen, wie nervös er war.

»Wir haben noch nicht einmal miteinander geschlafen«, platzte es aus mir heraus. Er lachte.

»Ist es das, worum es dir in einer Ehe geht? Um guten Sex?«

»Wir ...« Mir verschlug es die Sprache. Ich verstand nicht, was gerade passierte.

»Wir kennen uns nicht lange genug?«, fragte Ben. »Wir haben keine romantische Beziehung miteinander? Ist es das? Aber wir kennen uns ewig, wir wissen, wer wir sind. Und um dir zu beweisen, dass ich dir treu sein will, mich auf keine Abenteuer mehr einlassen möchte, biete ich dir meine Hand. Und du könntest, um mir zu beweisen, dass du mich wirklich liebst, und dass ich eben kein Trostpflaster bin, *Ja* sagen.« Er öffnete die Schatulle, als ob es einen Einfluss auf meine Gefühle hätte, welcher Ring sich darin verbarg, und schaute mich erwartungsvoll an. »Darf ich ihn dir anstecken? Als Zeichen meiner vor Langem erwachten und auf ewig andauernden Liebe?«, fragte er und zog den Ring aus der Schatulle. Es war ein Rubin, umrahmt von kleineren Diamanten, die in einer Weißgold-Fassung steckten. Der Ring sah aus wie eine Blume. Er war wunderschön und hatte etwas Zauberhaftes. In der einen Hand hielt er den Ring, in der anderen meine Hand und jetzt blickte er zu mir hoch. Ich nickte.

Ben schob den Ring an meinen Finger und er passte, wie angegossen. Ich sah eine Weile auf meine Hand.

Staunte. Fühlte mich wie in einem Märchen.

»Ja«, sagte ich schließlich, zog ihn zu mir und küsste ihn. Das war der Neuanfang, den ich mir gestern in der Badewanne gewünscht hatte. Ich konnte mit ihm ganz von vorne anfangen.

»Ich kann es gar nicht glauben. Den Moment müssen wir festhalten.« Er zog sein Handy vom Nachttisch und schoss ein paar Bilder. Wir kicherten, wir alberten und immer wieder knipste er. »Unsere Enkel wollen bestimmt wissen, wie das damals war.« Ich freute mich, dass er sich so freute. »Und jetzt starten wir gemeinsam in unseren ersten Tag als Liebespaar. Wir haben viel zu tun«, sagte er.

»Was meinst du?«

»Ich kümmere mich um alles. Entspann du dich nur. Ich schreibe dir einen Plot. Du solltest die Sache mit dem Bauernhof zurücknehmen und behaupten, das sei ein Scherz gewesen. Dann solltest du mit der Wahrheit herausrücken, und zwar, dass du mich heiratest. Im Anschluss drehen wir eine Sequenz mit mir, in der ich mich vorstelle und so weiter. Ich schreibe auch einen Plot für mich, um meine Nutzer auf dem Laufenden zu halten und klarzustellen, dass ich vom Markt bin.«

»Wow, du willst so schnell mit der Info raus?«

»Natürlich. Die ganze Welt muss es wissen!«, rief er begeistert. »Ich lade nachher gleich die Bilder hoch.«

»Okay. Dann mache ich Frühstück.«

»Gerne«, antwortete er und verschwand in seinem Studio. Ich schätzte seine Fürsorge, sogar den Plot wollte er für mich übernehmen, um mich zu entlasten. Ich öffnete den Kühlschrank, um mir einen Überblick zu verschaffen. Er hatte Obst und Gemüse da, zwar nicht in rauen Mengen, aber es ließ sich zumindest damit arbeiten. Ich entschied mich für ein veganes Gemüseomelette und warf Zwiebeln und Tomaten in eine Pfanne, schmorte das Ganze etwas an und würzte mit Kurkuma und Koriander. Dann mischte ich Mehl und Hafermilch in einer Schüssel, streute noch etwas Salz dazu und rührte so lange, bis sich alles zu einem fluffigen Brei vermischt hatte. Den Teig goss ich über das Gemüse, wendete das Ding nach ein paar Minuten und hatte am Ende ein wunderschönes Omelette.

»Frühstück«, rief ich. Aber er hörte mich nicht, deshalb ging ich in sein Büro, um ihn zu holen.

»Und da ist auch schon meine Verlobte«, sprach er in die Kamera und drehte sich zu mir. »Liebes, wir sind mitten in einem Livestream, komm her und halte den Ring in die Kamera.« Völlig überrumpelt stand ich da. Ich ging bei meinem Kanal nie live. Ich wusste, dass er das oft machte, aber ich bevorzugte die Möglichkeit, einen zweiten Versuch zu haben. Ich versuchte, mich möglichst natürlich zu geben und lächelte, während ich in Wahrheit nur daran dachte, dass ich unter dem Shirt keinen Büstenhalter trug und meine Haare nicht frisiert waren. Ben griff nach meiner Hand und hielt sie in die Kamera. »Ist das nicht ein Prachtstück?«, sprach er ins Mikrofon. »Wer auch immer da draußen seiner Herzdame einen Antrag machen möchte, der sollte zum besten Juwelier der Stadt gehen. Ich verlinke euch unten die Homepage und auch die Kontaktdaten meines Beraters. Ich kann euch das nur empfehlen. Und wenn ihr sagt, dass ihr wegen meines Vlogs kommt, dann gibt es auch Prozente für euch. Aber wisst ihr was? Lange genug geredet. Das sollte nur ein kurzes Update sein. Jetzt verbringe ich erst einmal Zeit mit meiner zukünftigen Frau und dann machen wir uns an die Hochzeitsplanung.« Er lächelte in die Kamera und dann lächelte er mich an und drückte mit dem Fuß auf den Button, der die Kamera abschaltete. »Jetzt ist es offiziell, was sagst du?«, fragte er und zog mich auf seinen Schoß und küsste mich.

»Ich staune über deinen Elan. Eigentlich wollte ich dir nur sagen, dass es Frühstück gibt, und du heckst hier schon einen Masterplan für unsere Hochzeit aus.«

»So sieht es aus. Aber für Frühstück bin ich immer zu haben. Und danach gehst du online.« Ich schüttelte nur den Kopf. Ich wusste, dass Ben genau so war. Ein Macher-Typ, einer, der vorwärtskommen wollte und nicht zu viel Zeit mit Überlegen vertrödelte. Daran musste ich mich in Zukunft wohl gewöhnen.

Nach dem Frühstück ging Ben wieder in sein Studio, um den Plot für mich zu schreiben, da ich kein Fan von diesen Live-Auftritten war. Während er sich für mich Gedanken machte, was die nächsten Schritte waren, wusste ich nicht so recht etwas mit mir anzufangen. Ich hatte mich in den letzten Wochen fast nur noch mit dem Hof beschäftigt. Die Leidenschaft fürs Posten und Bloggen war dabei immer mehr in den Hintergrund gerückt und ich spürte, dass ich auch jetzt keine Lust dazu hatte, mir ein Rezept auszudenken und vorauszuplanen, wie ich es am besten präsentieren könnte. Vielleicht war für Jo wirklich alles eine Lüge. Aber nicht für mich. Ich wollte raus aus diesem Social-Media-Leben und etwas Echtes haben. Ich blickte hinaus auf Bens Balkon, oder sollte ich sagen unseren Balkon? Ich könnte wirklich einen Garten anlegen. Trotzdem ließ mich der Gedanke an Jo nicht los. Ich wusste, dass ich viele Anrufe und WhatsApp-Nachrichten von ihm finden würde, wenn ich in mein Handy schaute. Warum auch nicht? Er dachte noch immer, wir wären zusammen. Er dachte noch immer, wir würden eine Zukunft planen.

Ich fand meine Handtasche in der Garderobe und zog mein Handy heraus. Vier Anrufe. Zwei von gestern und zwei von heute. Und mehrere Nachrichten. Er wünschte mir *Gute Nacht* und *Guten Morgen,* so als ob nichts wäre und dazwischen viele Nachfragen über mein Befinden und die anstehende Trauerfeier. Ich wählte seine Nummer, ohne lange darüber nachzudenken. Ich wollte es kurz und schmerzlos machen.

»Hallo, geht es dir gut?«, fragte er, als er abnahm.

»Den Umständen entsprechend«, antwortete ich. Ich wollte keine Energie in eine Geschichte stecken, die hinten und vorne nicht stimmte. Im Gegensatz zu ihm. »Hör zu. Ich habe nicht lange Zeit. Ich denke, wir sollten das zwischen uns beenden. Ich weiß, es ist schäbig, dass ich dir das am Telefon sage und nicht persönlich.« Ich wollte auflegen.

»Moment. Das verstehe ich nicht.«

»Das musst du auch nicht. Du musst es nur wissen.« Wieder schwebte mein Finger über dem Display, um das Gespräch zu beenden.

»Was ist denn passiert?«

»Nichts.« Damit beendete ich das Gespräch. Das Handy stellte ich auf lautlos, denn er würde sicher bald wieder versuchen, mich zu erreichen.

Danach ging ich ins Bad und machte mich startklar für meinen Vlog. Weil Ben einen Großteil der Folge bereits vorbereitet hatte, ging es ganz schnell. Ich klärte den Witz mit dem Bauernhof auf und zeigte dann meinen neuen Ring. Inzwischen war ich fast geübt darin. Dann platzte Ben ins Studio und ließ es ganz natürlich und zufällig erscheinen. Ich nutzte die Gelegenheit, ihn meinen Usern vorzustellen. So weit lief alles gut. Ich verlinkte dann seinen Kanal mit meinem und auch unsere Homepages und anderen Socials. Ben hatte das Material so schnell zusammengeschnitten und mit Musik hinterlegt, dass es am Nachmittag online war. Das Ding ging ab wie eine Rakete. Seine und meine Story wurden von den Usern geliked und geklickt wie verrückt.

»Da klingelt die Kasse«, sagte Ben und ich lachte.

»Du denkst auch nur an das Eine.« Dann fiel mir Karsten ein. Ich musste ihn dringend informieren, dass das mit dem Land doch nichts werden würde. Aber das sollte für ihn keinen Unterschied machen. »Ich habe schon ein paar coole Anfragen wegen der Hochzeit reinbekommen. Angebote für Locations, Kleidung und solche Sachen.«

»Die machen auch vor nichts Halt. Das ist unsere Privatsache.«

»Das würde ich jetzt nicht so eng sehen. Ist doch super, wenn wir nicht bezahlen müssen.«

»Aber irgendeine Gegenleistung wollen sie dann ja doch. Und ich will an meinem Hochzeitstag an keine Verpflichtungen denken müssen.«

»Mach dir keine Sorgen. Ich kümmere mich um alles«, sagte Ben. »Magst du die Kommentare, die bei dir reinkommen, selbst bearbeiten oder soll ich das für dich machen?«

»Das mache ich selbst. Der Kontakt zu den Followern hat mir immer Spaß gemacht. Aber vielen Dank für den Plot und den Schnitt und das Hochladen.«

»Teamwork.« Er hob die Hand, damit ich einschlug.

Ich ließ ihn im Büro weiterarbeiten und machte es mir auf dem Sofa mit einer Tasse Kaffee gemütlich. Dann öffnete ich meinen Account, um die Kommentare zu sichten. Wir wurden mit Glückwünschen nur so überhäuft, das freute mich riesig. Und das schönste war, dass der erste Kommentar, so wie schon immer, von Ben war.

Vielen Dank für dein Ja. Du bist das Beste in meinem Leben.

Kapitel 14

Es war zum Dahinschmelzen. Ich konnte gar nicht glauben, dass das alles wahr war. Bis ich ein paar Kommentare weiter unten einen Eintrag von Jo fand.

Auch wenn dir heute alle gratulieren. Ich verstehe die Welt nicht mehr.

Selbst jetzt hielt er sein Lügengerüst aufrecht. Unglaublich. Auf meinem Handy las ich eine persönlichere Nachricht von Jo.

Liebste Ella, ich verstehe nicht, was gerade passiert. Und während ich überlege, warum du Schluss machst, obwohl wir gerade dabei sind, unsere Träume zu verwirklichen, sehe ich dein neues Posting und kann meinen Augen und Ohren nicht trauen. Bitte ruf mich an. Du willst heiraten? Bitte lass uns reden!

Ich verstand, dass er Panik hatte. Er hatte mich fast dort gehabt, wo er mich haben wollte, und im letzten Moment war ich abgesprungen. Das war scheiße für ihn. So richtig scheiße. Und ich wünschte mir, dass sein Chef ihn rauswarf, dass die ganze Branche mit Verachtung auf ihn blickte und er nie wieder einen Fuß in eine Tür kriegen würde. Je länger ich darüber nachdachte, umso klarer wurde mir, dass ich ihm das alles vor die Füße knallen wollte. Warum sollte er nicht wissen, dass er aufgeflogen war. Also rief ich ihn an und er hob sofort ab.

»Danke, dass du anrufst«, sagte er. Seine Stimme klang dünn.

»Ich will das zwischen uns jetzt beenden. Ich weiß, wer du bist und was du getan hast und tun wolltest. Lass uns die Karten einfach auf den Tisch legen und dann meldest du dich nie wieder bei mir und du hinterlässt auch keine Kommentare mehr zu meinen Videos. Haben wir uns verstanden?« Mit jedem Wort, das ich aussprach, merkte ich, wie die Wut auf ihn höher kochte. Auf der anderen Seite der Verbindung hörte ich ein tiefes Seufzen.

»Du weißt Bescheid?«, fragte er.

»Ja. Du bist der Journalist, der mich durch den Dreck gezogen hat.«

»Stimmt«, bestätigte Jo. Das wunderte mich. Ich hätte erwartet, dass er sich herausreden würde. »Und es tut mir leid. Du hast ja keine Ahnung von dem Business. Aber ich habe gekündigt, weil ich das nicht mehr länger mitmachen will.«

»Also am Ende bist du das Opfer, oder wie?«

»Nein. Ich sollte zum Event und über die Influencer-Szene schreiben und irgendeinen Skandal aufdecken. Du weißt doch, wie das ist. Die Leute lieben Skandale und wir müssen unbedingt auch junge und moderne Themen abdecken, um den Anschluss nicht zu verlieren. Als ich dich an diesem Abend traf und mich ehrlich gesagt auf Anhieb verliebte, ging mir natürlich meine Recherche verloren, da ich nicht auf der Party war, sondern bei dir …«

»Dann bin also ich schuld?«, fauchte ich.

»Nein, aber ich musste ja etwas schreiben, deshalb musste ich nehmen, was ich hatte, selbst wenn es bedeutete, dich schlecht zu machen. Was mein Auftrag war. Ich wollte das nicht tun. Aber ich musste.«

»Armer Kerl«, schnaubte ich. Was glaubte er? Dass ich jetzt Mitleid hatte.

»Nein. Ich hoffte, dass du den Artikel nicht lesen würdest und dass du ihn nie mit mir in Zusammenhang bringen würdest. Denn ich war bereits unsterblich in dich verliebt. In deinen Mut und in deine Träume. Und ich machte mir Sorgen um dich. Mich plagten die ganze Nacht Albträume, was hätte passieren können, wenn ich nicht dort gewesen wäre. Und deshalb habe ich mich bei dir gemeldet. Weil ich nicht mein Job bin, weil ich auch gar nicht hätte anders können.«

»Und glaubst du, dass du dich gemeldet hast, hat mein Leben bereichert? Was meinst du?«, fragte ich bissig.

»Ehrlich gesagt, ja, das glaube ich.« Tickte er noch richtig? »Ich glaube, wir haben uns beide in den letzten Wochen zu unserem Besseren entwickelt. Wir haben beide Mut gefunden, an uns und unsere Ideen zu glauben.«

»Du behauptest also noch immer, dass du einen Bauernhof aufbauen willst?«

»Natürlich!«, sagte er.

»Du hast Nerven! Für wie blöd hältst du mich eigentlich? Ich weiß Bescheid, schon vergessen? Das gehört doch alles zu deinem Masterplan. Deiner nächsten Story. Wie ich meinen Blog aufgebe und einen Bauernhof mit dir gründe. Und dann, Überraschung, schreibst du die große und peinliche Enthüllungsstory über mich und wie naiv ich bin. Du führst mich öffentlich vor und erklärst, wie einfach es war, mich für dich zu gewinnen und nach wenigen Wochen deines Zuredens ein Unternehmen aufzugeben, das ich seit vielen Jahren betreibe, um einen heruntergekommenen Hof zu renovieren, obwohl ich keine Ahnung von Landwirtschaft habe. Du würdest mich als dumme Romantikerin und gleichzeitig als größenwahnsinnige Unternehmerin hinstellen. Für dich wäre das wahrscheinlich der Aufstieg in höhere Journalistenkreise, aber für mich wäre es der Todesstoß. Shitstorm über Shitstorm und natürlich würde ich alle Werbepartner verlieren.«

»Was? Eine Story? Ich habe gekündigt, schon vergessen? Ich schreibe keine Story mehr, ich muss nicht mehr tun, was mein Chefredakteur will. Ich bin endlich frei. Dank dir.«

»Das sagst du, aber du hast keinen Beweis dafür. Alles an dir ist ein Fake«, warf ich ihm vor.

»Ich entschuldige mich für die Artikel. Ich musste sie schreiben. Und zu meiner Verteidigung. Ich wollte es dir immer erzählen.«

»Wann?«

»Bei jeder Gelegenheit. Aber mir fehlte jedes Mal der Mut und ich hatte den Eindruck, dass es dich nur verletzen würde, und das wollte ich nicht.«

»Hast du eine Ahnung, wie es sich jetzt anfühlt? So betrogen und hintergangen zu werden?«

»Es waren drei Artikel und jedes Wort, das ich geschrieben habe, war eine Lüge. Du bewertest das höher als all unsere Begegnungen. Du hast doch auch gespürt, wie echt das war. Diese Verbindung zwischen uns, dieses Knistern. Natürlich hast du es gespürt, sonst wärst du nicht mit zu mir gefahren, sonst hättest du nicht, genau wie ich, diesen Bauernhof haben wollen.«

»Natürlich habe ich das zwischen uns gespürt. Aber jetzt erst weiß ich, dass du alles manipuliert hast. Du hast den Typ damals auf mich angesetzt, weißt du, wie ekelhaft das ist, nur damit du mir zur Hilfe kommen kannst und ich dir vertraue …«

»Stopp! Halt! Du denkst, ich habe den Kerl geschickt, um dir aufzulauern? Nein. Wenn du so von mir denkst, dann können wir es gleich lassen. So etwas würde ich niemals tun. Niemals«, sagte er und ich glaubte ihm.

»Okay. Also, dann sag mir jetzt die Wahrheit über die Dinge, die du getan hast und die, die du nicht getan hast. Und alles, was du noch tun wolltest.«

»Das habe ich dir schon erzählt. Ich wollte mich auf der Party für die Story umhören. Als wir uns begegnet sind, fiel die Party für mich flach und ich hatte keine Story. Am nächsten Morgen kam das natürlich nicht gut in der Redaktion an, nur hatte ich da schon erwähnt, dass ich dir geholfen hatte. Da entschied mein Chefredakteur, dass du die Story bist. Für mich gab es also kein Zurück. Von diesem Moment an führte ich auf uns bezogen ein Doppelleben. Ich schrieb und hoffte, du würdest es nie lesen. Als ich dann mitbekam, dass du die Artikel kanntest, wollte ich dir die Wahrheit sagen, aber mir fehlte der Mut. Du warst bereits zu wichtig für mich. Und dann kam das eine zum anderen. Ich erkannte, dass der Job nicht mehr der richtige für mich ist. Ich sah sehr wohl, dass er mich zu einem skrupellosen Jäger gemacht hatte. Dem gegenüber stand deine Idee von ländlicher Idylle und ich merkte, dass ich genau das auch wollte. Also kündigte ich und schmiedete mit dir Zukunftspläne. Und von diesem Zeitpunkt an hatte ich die Artikel schon fast vergessen. Ich habe mich nur auf unseren Traum konzentriert. Wenn du wissen willst, was ich noch geplant hatte. Keine Coverstory, kein weiteres Ausbeuten. Ehrlich gesagt, hatte ich an einen Ring gedacht und an Treue und bis dass der Tod uns scheidet. Aber wie es scheint, ist mir da jemand zuvorgekommen.«

»Machst du mir jetzt ein schlechtes Gewissen? Du lügst und betrügst und hast jetzt noch die Nerven, mir ein schlechtes Gewissen zu machen?«

»Nein, das ist nicht meine Absicht. Aber ich frage mich, wie dein zukünftiger Ehemann nicht von mir wissen kann. Du bist die, die hinter meinem Rücken ein Doppelleben geführt haben muss.«

»Nein. Kein Doppelleben. Ben hat immer von dir gewusst. Ehrlich gesagt, ist er es, der dein Geheimnis gelüftet und mir alles erzählt hat«, fauchte ich.

»Ach, wie selbstlos von ihm. Und dann steckt er dir

keine Stunde nach unserer Trennung einen Ring an den Finger. Sehr spannend.«

»Worauf willst du hinaus?«

»Hat er dir auch das Märchen aufgetischt, dass ich dich mit dem Bauernhof bloßstellen wollte für eine weitere Story?«

»Das geht dich nichts an.«

»Oh, das geht mich sehr wohl etwas an, wenn der Mann das Glück meines Lebens zerstört.«

»Er zerstört mich ja nicht. Er heiratet mich. Was soll das?«

»Dadurch zerstört er jedoch die Möglichkeit, dass ich mit dir glücklich wäre. Dass wir beide miteinander glücklich wären. Und er zerstört auch den Traum meiner beruflichen Zukunft. Ich werde zwar versuchen, den Hof auch ohne dich aufzubauen, aber ich befürchte, dass die Bank abspringen wird. Am Freitag um fünfzehn Uhr ist der Termin. Ich habe den Businessplan bereits eingereicht. Sie finden ihn gut und können sich eine Finanzierung vorstellen. Sie erwarten uns beide zu einem Hearing.«

»Da tauche ich bestimmt auf«, sagte ich schnippisch.

»Das habe ich mir gedacht. Somit stehe ich also bald joblos und um zwei Träume leichter auf der Straße.«

»Jetzt habe ich Mitleid mit dir. Aber du wirst schon wen finden, um ihn für eine Story auszubeuten. Dein Chef nimmt dich sicher gerne zurück.«

»Das ist nicht meine Sorge. Die Türen der Redaktion stehen mir immer offen. Das ist nicht das Problem. Aber ich will ja ein anderes Leben. Und zwar eines mit dir.«

»Ja, das hat sich spätestens seit heute Früh erledigt.«

»Bist du dir sicher? Ich meine, was ich getan habe, war nicht super. Aber wenn du mich lieben würdest, glaubst du nicht, du könntest mir verzeihen? Mir eine zweite Chance geben?«

»Du unterstellst mir also, dass ich dich nicht liebe.«

»Ich weiß nicht, sag du es mir.«

»Ich liebe dich«, sagte ich und meine Stimme brach.

»Dann ist es nur der Stolz, der dich zurückhält?«

»Nein, meine verletzten Gefühle und das missbrauchte Vertrauen.«

»Aber wie kannst du zu einem anderen *Ja* sagen?«

»Wie konntest du mich so lange belügen?«

»Verstehe. Du weißt, dass du das nicht tun musst. Du weißt, dass ich für dich da bin und noch immer an uns glaube. Ich entschuldige mich für alles, was geschehen ist. Aber das zwischen uns ist echt. Die einzige Lüge waren die Artikel.«

»Nur dass die Artikel für mich auch echt waren.«

»Du weißt, wo du mich findest. Und du hast meine Nummer. Wir haben eine Verabredung. Übermorgen in der Stadtbank. Vergiss das nicht. Ich zähle auf dich.«

»Ich werde mich jetzt nicht entschuldigen. Das ist alles auf deinem Mist gewachsen.« Dann legte ich auf.

Ich hatte noch keinen einzigen Schluck Kaffee getrunken. Das Gespräch hatte mich komplett vereinnahmt. Ich ging in die Küche und goss den kalten Kaffee in den Abfluss und machte mir einen neuen. Die Aufregung von vorhin und die Wut, die ich verspürt hatte, waren mit einem Mal verflogen. Zurück blieb eine gewisse Nachdenklichkeit. Ich wusste nicht, ob ich Jo vertrauen konnte. Ich wollte es, das war nicht zu leugnen. Aber konnte ich es auch? Sagte er die Wahrheit? Was wusste ich wirklich? Fest stand, dass er für das Magazin gearbeitet hatte, das war über das Internet nachprüfbar, und er hatte es zugegeben. Sicher war auch, dass er diese Artikel geschrieben hatte, auch das hatte er zugegeben. Offen blieb, ob er Walter auf mich gehetzt hatte. Mein Bauchgefühl sagte mir, dass er so etwas nie tun würde. Ich versuchte, Hinweise zu finden, die dafür sprachen, und fand schnell heraus, dass vieles in der Planung schwierig gewesen wäre. Jo und Walter hätten Einfluss auf den Sitzplan gehabt haben müssen, wenn sie exakt mich auswählen wollten. Wären sie nach dem Zufallsprinzip vorgegangen, hätte es auch ohne Sitzplan funktionieren können. Zeitpunkt und Ort wurden von mir beeinflusst. Sie konnten definitiv nicht wissen, wann ich gehen würde und welchen Weg ich einschlagen würde. Ich hatte spontan entschieden, das Event zu verlassen, das war nicht vorhersehbar gewesen. Außer, die beiden standen sehr eng in Kontakt. Als Jo damals das Stiegenhaus betrat, wollte er an uns vorbeigehen, weil er es für eine romantische Szene gehalten hatte. Nur wegen meiner Bitte war er stehengeblieben. Das war wohl das stärkste Indiz für seine Unschuld. Wäre die Sache ausgemacht gewesen, hätte er doch schon früher gegen Walter gepoltert. Ich kam also zu dem Fazit, Jo in dieser Hinsicht zu vertrauen. Nun blieb noch das Bauernhofprojekt übrig. Ein Ereignis, das in der Zukunft lag. Ich konnte nichts beweisen. Es ging nur um die Frage, ob ich ihm vertrauen könnte oder nicht. Mein Kopf schrie, dass ich nicht schon wieder auf ihn hereinfallen sollte. Aber mein Herz sprach eine ganz andere Sprache. Ich wollte ihm glauben und ich glaubte ihm auch.

Die Frage war nur, ob der Glaube daran, dass seine Gefühle echt waren, ausreichte, um das Vertrauen, das Jo zerstört hatte, wiederherzustellen. Und ob es ausreichte, dem anderen Mann, den ich liebte, das Herz zu brechen. Schon wieder.

Ich betrachtete den Ring an meiner Hand. Er fühlte sich schwer an, fast störend. Und im Hinblick auf Themen wie Nachhaltigkeit, Bio und Fairtrade zweifelte ich, ob der Klunker an meiner Hand zu meiner Lebensphilosophie passte. Ein Gespräch mit Ben war unumgänglich. Ich ging zu seinem Studio, öffnete die Tür und hörte, wie er ein Video einsprach.

»Immer bei der Arbeit«, sagte ich, nachdem er die Aufnahme beendet hatte.

»Klar. Man muss die Welle reiten, bevor sie bricht.«

»Du hast gerade einen Lauf?«

»Wir haben einen Lauf. Mein Telefon steht kaum eine Sekunde still. Die Mailbox ist voll und die Kommentare explodieren. Aktuell spreche ich gerade ein Video über unser Kennenlernen ein. Sie wollen alles wissen. Ich habe eine Anfrage von einem Fernsehsender, die wollen eine Homestory machen und uns in die Flitterwochen begleiten. Es kommen Anfragen rein, ob du bei unserer Hochzeit kochen wirst, oder ob wir einen anderen Küchenchef einladen. Ob wir vegan essen oder nicht, und lauter solche Sachen. Es ist der Wahnsinn. Das hätten wir schon viel früher machen sollen.«

»Was?«

»Fusionieren. Unsere Fans zusammenlegen. Heiraten.« Er blickte staunend in den Monitor und bekam die Augen kaum vom Bildschirm.

»Ich wollte mit dir eigentlich über den Ring sprechen.«

»Der ist ein Vermögen wert. Du darfst ihn nicht verlieren. Ich kriege so viele Anfragen zu dem Ring und Komplimente für meinen guten Geschmack. Die Ladys lieben ihn übrigens.«

»Ich dachte eher daran, ihn umzutauschen. Ich will eigentlich nichts so Großes und Auffälliges. Ich würde das Geld lieber in ein soziales Projekt stecken, vielleicht eine Suppenküche für Obdachlose unterstützen oder so. Außerdem ist der Abbau seltener Steine oft auch mit Kinderarbeit und Kriminalität verbunden. Das passt alles nicht zu meinem Image.«

»Hast du eine Ahnung, was der Ring wert ist? Den geben wir sicher nicht zurück.«

»Aber wenn ich ihn nicht will, Ben?«

»Weißt du was, lass uns das in den nächsten Tagen besprechen. Ich muss jetzt alles in die Wege leiten. Im Moment ist so viel zu tun.«

»Wieso denn? Nichts ist zu tun. Du hast mir einen

Antrag gemacht und ich habe ihn angenommen. Das ist mit keiner besonderen Aktion verbunden«, widersprach ich.

»Natürlich. Wir wollen heiraten. Ich habe bereits Angebote für das Catering eingeholt. Erste Vorschläge für eine Gästeliste erstellt. Überlegt, wohin unsere Hochzeitsreise gehen könnte und vor allem, wie wir das alles finanziell am besten für uns platzieren können.«

»Aber ich will das klein und romantisch halten, nur für uns.«

»Ella. Wir können mit der Sache womöglich für unser ganzes Leben aussorgen. Hast du eine Ahnung, was unser Marktwert ist? Wir beide zusammen, eine exklusive Übertragung im Internet, mit Werbepausen, weißt du, was die dafür zahlen? Und dann verkaufen wir Eintrittskarten für unsere Hochzeit, damit auch Fans Zutritt haben. Wir setzen ganz neue Maßstäbe«, sagte er und mir wurde ganz mulmig.

»Aber ich will das nicht. Das ist mir zu viel. Du weißt, dass ich aus diesem ganzen Social-Media-Kram aussteigen will. Und jetzt reitest du mich noch viel tiefer rein.« Ich war verzweifelt und wütend darüber, dass er offenbar überhaupt nicht verstand, wer ich war oder wer ich sein wollte.

»Aber nur kurzfristig. Lass uns das Geld mitnehmen, wenn wir es schon hinterhergeworfen bekommen, und danach kehrt Ruhe ein. Dann gründen wir eine Familie, du kümmerst dich um die Kinder und ich mache weiter wie bisher.«

»Das geht mir jetzt ein bisschen zu schnell mit Heiraten und Kinderkriegen.«

»Vermarktet sich halt gut, das musst du immer mitdenken.«

»Und genau das will ich eben nicht mehr. Verstehst du das, Ben?«

»Ich weiß. Ich kümmere mich darum. Vertraust du mir?«

»Ja«, sagte ich, obwohl ich nicht restlos überzeugt war.

»Wir treffen uns übermorgen mit dem Hochzeitsplaner. Da besprechen wir alles. Okay?«

»Hochzeitsplaner?«

»Du hast zu viele Vorurteile. Lass die Experten machen, was sie gelernt haben. Wir müssen nur delegieren und genießen.«

»Klingt gut. Genießen. Ich glaube, ich gehe an die frische Luft und mache einen Spaziergang. Kommst du mit?«

»Zu viel zu tun.« Bedauernd zuckte er die Schultern und drehte sich wieder zum Monitor.

Kapitel 15

Beim Spazierengehen begann mein Gedankenkarussell sich zu drehen. Ben war kein Naturmensch. Er liebte dafür alles Digitale. Ob bloggen oder posten, Filme drehen oder Filme ansehen, oder Computerspiele spielen. Alles Sachen, die drinnen stattfanden. Ich hatte Ben nie wirklich draußen gesehen. Er war nicht der Typ, der schwimmen, wandern oder Radfahren ging. Ich überlegte, ob es immer so sein würde wie heute. Ob er immer vor dem PC sitzen würde, während ich kochte und im Freien unterwegs war? Unsere Freundschaft beruhte auf der Gemeinsamkeit des Bloggens. Wir telefonierten häufig, aber meistens ging es dabei ums Bloggen, um Kommentare, Werbepartner, eben Berufliches. Und wenn wir uns alle paar Tage trafen, ging es ums Essen. Ich kochte oder wir bestellten etwas und wir unterhielten uns über das Essen, was gut oder schlecht war, und dann sahen wir einen Film. Aber nach nur einem halben Tag bei ihm zu Hause musste ich erkennen, dass wir nichts mehr gemeinsam hatten, sobald ich meinen Job nicht mehr ausübte. Und viel wichtiger war die Erkenntnis, dass er, offenbar mehr denn je, an genau diesem Job interessiert war. Ich wusste schon lange, dass er Geld liebte und nicht genug Materielles um sich haben konnte. Ich fand das immer lustig zu beobachten, weil ich gar nicht so tickte, aber jetzt, mit einem Mal betraf es mich direkt. Ich wusste nicht, wie ich damit umgehen sollte.

Im Moment war ich einfach völlig verunsichert und hatte keinen Plan, was ich wirklich wollte. Oder genau genommen, hatte ich den sehr wohl. Ich konnte nur nicht mehr haben, was ich wollte. Deshalb wandte ich mich der Alternative zu. Oder besser gesagt, wandte sich die Alternative mir zu und ich habe aus Freundlichkeit und Höflichkeit so getan, als ob es das wäre, was ich wirklich wollte. Und ich wünschte mir auch, dass es Ben wäre, den ich wirklich wollte. Ihm zuliebe wünschte ich es mir. Er hätte es verdient.

Ehe ich mich versah, stand ich vor meiner Haustür. Ich schloss auf und trat ein. Mir wurde bewusst, dass ich nur eine Nacht weg gewesen war, dabei kam es mir wie ein halbes Leben vor. Als wäre ich eine ganz andere Frau, als die, die gestern hier zur Tür hinausgegangen war. Glücklich war ich gewesen und verliebt und voller Vorfreude auf die Zukunft. Jetzt fühlte ich mich traurig, wegen all der Lügen und verletzt von dem Menschen, dem ich am meisten vertraut hatte. Und ängstlich, weil ich selbst log und Ben endlich die Wahrheit sagen musste.

Ich trank ein Glas Wasser und improvisierte aus den Gemüseresten im Kühlschrank einen schnellen Snack. Dann legte ich mich hin und überlegte, wie ich aus all dem wieder herauskam.

Als es Abend wurde, warf ich einen Blick auf mein Bett. Es war nicht gemacht, ich erinnerte mich, wie ich am Tag zuvor schnell aufgestanden war, um mich für Jo fertig zu machen. Stunden später, nachdem meine Welt aus den Fugen geraten war, hatte ich Ben gesagt, dass ich nicht mehr in meine Wohnung konnte, weil mich alles an Jo erinnern würde. Aber die Nacht hatte Ruhe gebracht, auch das Gespräch mit Jo. Es war meine Wohnung, zum Glück, und ich fühlte mich wohl hier.

Hallo Ben,

ich bin bis zu mir gelaufen. Mach dir keine Sorgen, ich übernachte heute hier. Ich mag meine Wohnung. Wir sprechen uns morgen.

Gute Nacht

Ich ging ins Bad und machte mich fertig. Ich musste meine Routine etwas verändern, da ich meine Pflegeprodukte im Kosmetikbeutel bei Ben hatte. Aber das war nicht schlimm. In meinem Schrank befanden sich genug Alternativen und ich probierte auf die Schnelle eine selbstgemachte Pflegecreme mit Kokosfett.

In dieser Nacht schlief ich schlecht. Obwohl ich müde war, konnte ich nicht einschlafen. Meine Gedanken drehten sich im Kreis, sie wollten keine Ruhe finden und ich konnte die Endlosschleife nicht stoppen. Aber was mir glasklar vor Augen stand, war, dass Ben mein Freund war, nicht mein zukünftiger Mann. Und ich war mir sicher, dass ich noch immer in Jo verliebt war und die Zukunft wollte, die wir geplant hatten. Das Einzige, was ich nicht wusste, war, ob und wie ich ihm verzeihen konnte und wie ich mich von Ben trennen konnte, ohne ihn zu verletzen.

Irgendwann musste ich dann doch eingeschlafen sein, denn ich wurde vom Klingeln an meiner Tür geweckt. Es war kurz nach acht und ich ging verschlafen zur Tür und öffnete. Rosa stand draußen.

»Hast du eine Tasse Kaffee für mich?«, fragte sie.

»Komm doch rein und wir trinken zusammen eine Tasse«, bot ich ihr an.

»Habe ich dich geweckt?«

»Ja. Ich bin gestern erst spät eingeschlafen.«

»Hast du Sorgen? Mach uns einen Kaffee, dann reden wir.«

»Eigentlich gibt es nicht viel zu sagen.«

»So fängt jede gute Geschichte an. Es geht um die zwei Männer, nicht wahr? Oh, zwei Männer bedeuten immer Ärger.« In ihrem Gesicht spielte ein Lächeln, als würde sie auf einen guten Spielfilm warten oder an ein gutes Buch denken.

»So ist mein Leben. Und ja, es geht um die beiden, die du letztens gesehen hast.«

»Ich hatte auch einmal zwei Verehrer. Es ist ein schönes Gefühl, geliebt zu werden. Aber es gibt auch andere Gefühle. Neid, Eifersucht. Das ist nicht so schön. Und jetzt erzähl du.«

»Woher hast du gewusst, welchen von beiden du liebst? Für welchen du dich entscheiden sollst«, wollte ich von ihr wissen.

»Wenn du das nicht weißt, dann ist es keiner von beiden. Meine Mutter hat mir immer gesagt, wenn du ihn findest, dann weißt du es.«

»Und hast du ihn gefunden?«

»Ja, das habe ich. Aber als er mir einen Antrag machte, habe ich abgelehnt, weil ich dachte, ich wäre zu jung und würde etwas verpassen. Dann haben wir uns aus den Augen verloren.«

»Ben will mich heiraten.«

»Oh, wie schön, ich gratuliere dir.« Ich signalisierte ihr, zu warten und ging ins Badezimmer. Gestern Abend hatte ich den Ring dort abgelegt. Jetzt holte ich ihn, um ihn ihr zu zeigen.

»Warum ziehst du ihn nicht an, er ist wunderschön«, sagte Rosa. Ich betrachtete den Ring. Das Licht fiel auf den Stein und ließ ihn strahlen. »Ich verstehe. Du willst ihn nicht. Also, den Mann, meine ich. Den Ring würde jede wollen.« Sie nahm ihn in die Hand und drehte ihn hin und her.

»Ben ist mein bester Freund.«

»Das hast du mir schon einmal erzählt.« Rosa legte den Ring auf den Tisch.

»Ich liebe ihn nicht. Aber wie bringe ich ihm das bei, ohne ihm das Herz zu brechen?«

»Manchmal führt daran kein Weg vorbei, wenn du dein eigenes Herz schützen willst.« Mir fiel ein, dass ich uns noch keinen Kaffee gemacht hatte. Ich stand auf und stellte zwei Tassen unter die Maschine, füllte den Tank mit frischem Wasser und drückte den Knopf. Rosa hatte recht. Ihre Weisheit war so einfach und so treffend.

»Und dann? Dann bin ich alleine«, sagte ich. Davor hatte ich am meisten Angst. Dieser Job hatte mich über die Jahre hinweg alle echten Freundschaften gekostet und nur oberflächliche Kontakte zugelassen. Ben war mein einziger Anker gewesen, und Rosa natürlich. Wenn ich Ben jetzt vergraulte, dann blieb mir nur noch diese alte Frau. Zugegeben eine nette Frau, aber sie würde nicht ewig leben.

»Nur wenn du es so willst«, wandte sie ein.

»Ich kann mir keine Freunde im Katalog aussuchen.«

»Aber du kannst dich unter Leute mischen. Es gibt Kurse, die du besuchen kannst. Oder ein Fitnesscenter. Lerne eine neue Sprache oder beginne, ein Instrument zu spielen. Engagiere dich ehrenamtlich. Du wirst sehen, wie viele Menschen plötzlich Teil deines Lebens sind.«

»So leicht?«

»Oh, es erfordert schon Einsatz. Und ich sage nicht, dass jede dieser neuen Bekannten, als deine beste Freundin taugen wird. Aber es ist eine Möglichkeit.«

»Vielleicht«, sagte ich und kam mit den Tassen an den Tisch.

»Du hast noch nichts von dem zweiten Mann erzählt.«

»Jo. Ich habe ihn kennengelernt und mich verliebt. Wir wollten unsere Jobs kündigen und gemeinsam aufs Land ziehen. Aber wie ich jetzt weiß, ist er der Journalist, der hinter den Artikeln steckt, die mich in so schlechtes Licht gerückt haben.«

»Oh nein!« Rosa schlug die Hände vor dem Gesicht zusammen und brach in herzhaftes Gelächter aus.

»Warum lachst du? Wir haben uns deshalb getrennt. Er hat mich nach Strich und Faden betrogen.«

»Ach. In jeder Beziehung gibt es den Moment, in dem man auf sein Recht pochen oder aber verzeihen kann. Du könntest ihm zugestehen, einen Fehler gemacht zu haben.«

»Einen Fehler? Das ist ja wohl mehr als ein Fehler.«

»Wahrscheinlich«, gab sie zu.

»Und jetzt?«

»Das weißt du doch schon.«

»Was weiß ich?«

»Warum, glaubst du, hast du nicht schlafen können?«

»Weil mich das alles nicht loslässt. Ben und die Hochzeit. Jo und der Bauernhof und all die Lügen. Wie sollte ich da schlafen können!«

»Ich verrate dir ein Geheimnis. Du quälst dich nur, weil du die Wahrheit kennst, sie aber nicht hören magst. Du weißt, dass du Ben nicht heiraten willst, das ist es nicht, was dich wach hält. Der Gedanke, es ihm zu sagen und ihn möglicherweise zu verlieren, hält dich wach. Und so ist es auch bei Jo. Du weißt genau, dass du mit ihm zusammen sein willst. Wach hält dich nur der Gedanke, dass du nie mit ihm zusammen sein kannst, weil er alles kaputt gemacht hat.«

»Genau«, bestätigte ich.

»Also. Dann wirf deine Bedenken über Bord. Und alles wird klar. Geh zu Ben und gib ihm den Ring zurück. Und sieh, wie gut es dir tun wird. Es ist seine Entscheidung, ob er dann noch mit dir befreundet sein will, nicht deine. Und danach gehst du zu Jo und sagst ihm, dass du ihn trotz allem noch liebst. Du wirst sehen, wie gut es sich anfühlen wird. Es steht außer Frage, dass er einen Fehler begangen hat. Aber du bist nicht für seine Fehler verantwortlich. Du kannst dich nur um dich selbst und dein Glück kümmern.«

»Das klingt so einfach …«

»Und ist so schwer«, beendete sie den Satz für mich. »Vielen Dank für den Kaffee. Und entschuldige nochmals, dass ich dich geweckt habe. Ich gehe jetzt, damit du überlegen kannst, wie du alles wieder einrenkst.«

»Vielleicht komme ich später zu dir und hole mir noch ein paar Tipps ab.«

»Du bist immer willkommen. Aber mein Ratschlag wird sein, deinem Bauchgefühl und deinem Herzen zu vertrauen. Vernunft wird überschätzt.«

Am Nachmittag spazierte ich zurück zu Ben. Den Ring trug ich in der Handtasche. Ich schaffte es nicht, mir in Gedanken die richtigen Worte zurechtzulegen, denn es ergab alles keinen Sinn. In der Wohnung war es ganz leise, als ich kam und ich fand ihn im Büro, über Papiere gebeugt.

»Hallo«, sagte ich. Er drehte sich zu mir und stand auf, um mich zu umarmen. Er drückte mir einen Kuss auf den Mund.

»Da bist du ja. Das Bett ist viel zu groß ohne dich. Alles klar bei dir zu Hause?«

»Trinken wir einen Kaffee?«, fragte ich.

»Klar.« Wir gingen Richtung Küche. Ich nahm zwei

Tassen aus dem Schrank und stellte sie unter die Kaffeemaschine.

»Du trägst den Ring ja gar nicht«, sagte er plötzlich.

Ich wartete, bis die Maschine aufhörte zu surren. »Wir müssen darüber reden. Mir geht das zu schnell. Es tut mir leid.«

»Ich weiß, das kann ganz schön beängstigend sein. Aber mach dir keine Sorgen. Der Hochzeitstermin ist erst in einem Jahr. Und wenn wir die Deals unter Dach und Fach gebracht haben, kehrt bis dahin auch wieder Ruhe ein. Ich habe inzwischen einen coolen Designer gefunden, der dein Kleid näht, wir mieten einen Oldtimer, der uns zur Kirche fährt. Wir haben drei Kamerateams, die alles filmen und per Livestream zur Verfügung stellen. Die Werbeeinschaltungen verhandle ich noch, da sind Unsummen im Spiel …«

»Das meine ich nicht. Ich meine nicht den Termin. Ich meine überhaupt.«

»Wie überhaupt?«

»Ich kann den Ring nicht annehmen.«

»Du kannst jetzt keinen anderen mehr aussuchen, alle haben ihn gesehen. Das geht nicht.«

»Ich spreche nicht vom Ring. Es geht um dich«, sagte ich und blickte in meine Kaffeetasse.

»Was? Hast du es dir anders überlegt?«

»Du weißt, dass ich dich nicht liebe. Du hast mich in einem schwachen Moment gefragt und es ausgenutzt. Du weißt, dass ich noch immer Jo liebe.«

»Hat er dich wieder rumgekriegt?«

»Nein, natürlich nicht.«

»Also, sind immer noch wir beide im Spiel?«

»Es ist kein Spiel. Und Jo und was seine Lügen mit mir gemacht haben, schleppe ich noch immer mit mir herum. Ich bin dir keine Rechenschaft schuldig. Ben, ich will dich nicht heiraten. Das ist die Wahrheit. Es tut mir leid, wenn dich das verletzt. Du bist mein bester Freund …«

»Ja, lass stecken. Ich hab's kapiert.« Er schnaubte und begann im Zimmer auf und ab zu gehen. »Also, Karten auf den Tisch. Ich habe inzwischen Deals unterzeichnet, von denen ich nicht zurücktreten kann. Wir können die Hochzeit nicht mehr stoppen. Aber wenn es dich tröstet. Es ist auch für mich keine Liebesheirat. Ich bin einfach nur knapp bei Kasse und wittere schon lange das Geld, das eine Fusion unserer beider Marken mit sich bringen würde.« Mir blieb fast das Herz stehen, als er das sagte.

»Bist du jetzt komplett durchgeknallt?«

»Wir sind die besten Freunde. Das sagst du doch ständig. Es gibt Ehen, die bauen auf einem schlechteren Fundament auf. Und in ein paar Jahren lassen wir uns scheiden und vermarkten unseren Rosenkrieg. Doppelt abkassiert.«

»Ein Glück, dass wir reden.« Mir wurde gerade klar, dass mich mein Bauchgefühl vor dem größten Fehler meines Lebens bewahrt hatte. Ich stellte meine Kaffeetasse auf die Küchentheke und ging ins Schlafzimmer. Ben folgte mir. Ich packte meine Sachen zusammen und ging zur Tür.

»Lass es dir durch den Kopf gehen. Du hättest danach ausgesorgt. Könntest komplett aus dem Internet verschwinden.«

»Ich will, dass du das in Ordnung bringst. Wie, ist mir egal, aber wehe, ich höre nur ein schlechtes Wort über mich, dann packe nämlich ich aus, was hier läuft. Verstanden? Und wenn alles wieder gut ist und sich die Wogen geglättet haben, freue ich mich, wenn wir noch Freunde sind.« Dann ließ ich die Tür hinter mir ins Schloss fallen und machte mich auf den Weg. Ich wunderte mich über die Ruhe, die ich bewahrte. Aber wahrscheinlich war ich dankbar dafür, dass er nicht wirklich in mich verliebt gewesen war. So wurde niemand emotional verletzt. Der Rest? Der Rest war so typisch Ben, dass ich ihm nicht einmal richtig böse sein konnte. Wenn er Geld sah, wurde er gierig, und genauso war es gewesen. Aber das war nicht mehr mein Problem. Jetzt musste er selbst sehen, wie er aus dieser Sache wieder rauskam. Meine innere Stimme flüsterte mir zwar zu, dass auch ich mich über kurz oder lang online zu Wort melden müsste, aber es gab Schlimmeres, als zu seinen Fans zu sprechen. Zum Beispiel auf seinen Ex zuzugehen und ihm seine Fehler zu verzeihen und ihm zu gestehen, dass man selbst einen großen Fehler gemacht hatte.

Ich rief Jo an, aber er ging nicht ans Telefon. Zurück in meiner Wohnung beobachtete ich Bens Kanal, ob er schon etwas zur Auflösung der Verlobung gepostet hatte, und wartete auf Jos Rückruf. Vergeblich. Nach zwei weiteren erfolglosen Anrufversuchen beschloss ich, zu ihm nach Hause zu fahren. Ich fand, das Haus sah noch schäbiger aus als beim letzten Mal, als ich hier war. Ich klingelte ein paar Mal, aber er öffnete nicht. Also fuhr ich wieder nach Hause. Kurz überlegte ich, ob ich zu seiner Zeitung fahren sollte, aber er hatte gesagt, er hätte gekündigt und ich wollte ihn nicht auf die Probe stellen. Ich schrieb ihm eine E-Mail, nun lag es in seiner Hand, zu reagieren.

Lieber Jo,

ich finde noch immer, dass Jo kein Name ist und würde dich gerne Jodok nennen. Aber ich weiß, das magst du nicht. Und wie könnte ich einen Brief, in dem ich dich um Verzeihung bitten will, mit etwas beginnen, das dich verärgert.
Ich möchte dir sagen, dass ich dich verstehen kann. Ich sage nicht, dass ich dir verzeihe und nicht mehr sauer oder verletzt bin, denn das bin ich. Aber ich verstehe, dass dir der Mut fehlte, mir die ganze Wahrheit offenzulegen, nachdem du wusstest, wie viel Abneigung ich gegen den Verfasser der Artikel hegte. Nun habe ich es doch herausgefunden. Und in Wahrheit sind es nicht die Artikel, die mich verärgern, denn ich weiß, dass du mich nicht so siehst. Mich verärgert, dass du so wenig Vertrauen in mich und in uns hattest, um es mir sagen zu können. Ich will dich nicht wegen deines fehlenden Mutes anprangern, sondern ich will dir entgegenkommen und dir meinen Mut unter Beweis stellen.

Ich liebe dich noch immer. Und ich will noch immer, was ich vor ein paar Tagen wollte. Eine Zukunft mit dir.
Du fragst dich, wie das möglich ist, wenn ich doch bald heirate? Das wird nicht passieren und für den überstürzten Plan möchte ich dich um Verzeihung bitten. Ich habe zwar nie das Doppelleben geführt, das du mir am Telefon vorgeworfen hast, aber ich hätte mich niemals so schnell auf einen anderen einlassen dürfen. Und das wäre auch nicht passiert, hätten da nicht schon lange gewisse Gefühle im Raum gestanden. Am Ende hat Ben mich im falschen Moment erwischt und mit vorgetäuschten Argumenten verlockt. Aber das ist keine Entschuldigung. Ich hätte meinen Gefühlen treu bleiben sollen. Und das tue ich jetzt.

Ich stehe zu mir und zu dir. Ich respektiere deine Einschätzung, dass du glaubtest, eine Lüge wäre die beste Lösung für dein Problem.

Ich bin nicht dieser Meinung. Leider können wir es beide nicht mehr ändern. Aber ich will mich selbst nicht länger davon abhalten, die Zukunft zu leben, die ich leben will.

Jetzt liegt es bei dir, zu entscheiden, was du willst. Ich habe versucht, dich zu erreichen. Es hat leider nicht geklappt. Wenn du das liest, melde dich bitte. Oder auch nicht.

Deine Ella

Ich las nochmals drüber, um Tippfehler zu berichtigen,

dann sandte ich die Mail ab. Auf Bens Kanal lief inzwischen das Dementi unserer Verlobung. Gerade als er zu einer detaillierten Erklärung ansetzte, klingelte es an meiner Tür. Es war Jo. Mein Herz begann zu rasen.

»Hallo«, begrüßte ich ihn. Er stand mit einem Blumenstrauß und einer Schachtel Pralinen vor der Tür.

»Du bist da«, sagte er.

»Ich habe dich angerufen.«

»Oh, ich stehe total unter Strom und habe schon ewig nicht auf mein Handy gesehen.«

»Komm doch rein.«

»Wenn ich darf. Hier. Für dich.« Er gab mir den Strauß und die Pralinen. Sie waren vegan.

»Die Blumen sind wunderschön.«

»Vom Biobauern. Selbst gepflückt.«

»Warum bist du hier, wenn es nicht meine Anrufe waren, die dich hergetrieben haben?«

»Ich will mich entschuldigen. Das weißt du. Es ist alles meine Schuld. Aber ich kann nicht glauben, dass es vorbei sein soll. Ich meine, unsere Gefühle. Es kann nicht vorbei sein.«

»Ich habe die Verlobung gelöst«, sagte ich und setzte mich an den Küchentisch. Jo tat es mir nach. »Ben postet es gerade. Ich werde wohl auch noch etwas dazu sagen müssen.«

»Gelöst?«

»Ja. Es war ein Fehler. Ich habe dir eine Mail geschrieben.«

Er nickte. »Das gibt ein Erdbeben.«

»Egal.«

»Woher der Sinneswandel?«

»Tu nicht so.«

»Wie?«

»Du weißt genau, dass ich mit dir zusammen sein will.« Er begann zu lächeln.

»Du verzeihst mir?«

»Nicht ganz. Aber ich kann zumindest verstehen, warum du diesen Weg gewählt hast.«

»Was bedeutet das?«

»Ich würde mich gerne weiter mit dir treffen. Und sehen, wohin es führt.«

»Das würde funktionieren, wenn wir Zeit hätten. Aber wir haben keine Zeit.«

»Natürlich haben wir die«, widersprach ich.

»In einer Stunde ist der Termin in der Bank. Die entscheiden über unsere Zukunft. Wenn nicht als Paar, so zumindest über unseren Traum vom Leben.«

»Dann lass sie entscheiden.«

»Sie werden sich gegen mich entscheiden. Ich bin zu wenig. Ohne dich funktioniert das ganze Konzept nicht.«

»Natürlich bin ich dabei. Ich will den Hof genauso wie du.«

»Wir bleiben bei unserem Plan? Und du glaubst, das kannst du, nach allem, was passiert ist?«

»Kannst du denn?«

»Mir verzeihen? Wenn du es kannst, dann ja.«

»Mir verzeihen, meine ich.«

»Was denn?«

»Das ich mich so schnell gegen dich gewendet habe.« Jo nickte und nahm über den Tisch hinweg meine Hand. Unsere erste Berührung, seit dieses Chaos ausgebrochen war. Es fühlte sich heilend und erlösend an. Ich war auf dem richtigen Weg.

»Vertraust du mir?«, wollte er wissen. Ich erinnerte mich an unseren ersten Abend, der aus einem so furchtbaren Anlass heraus entstanden war. Gleich am Anfang hatte er mir dieselbe Frage gestellt und ohne, dass ich ihn näher kannte, wusste ich, dass ich ihm vertraute. Und so war es noch immer.

»Ich denke, ja.«

»Wir gründen also ein Unternehmen und treffen uns wieder. Und sehen, was passiert. Mit uns und unserem Unternehmen.« Ich nickte.

»Wir müssen los. Wenn du das wirklich willst, dann müssen wir jetzt zur Bank.«

Ich huschte noch schnell ins Schlafzimmer, suchte ein paar seriöse Klamotten heraus und kleidete mich angemessen. Dann fuhren wir los. Er legte während der Fahrt manchmal seine Hand auf mein Knie und lächelte mich hin und wieder an. Wir sprachen nicht viel. Ich war nervös. Ich wusste nicht, ob es an dem Termin oder an ihm lag. Ich wollte, dass er mich in den Arm nahm, ich wollte ihn küssen, nur um die Versöhnung zu besiegeln. Aber er ging nicht auf mich zu. Weder in der Tiefgarage noch auf dem Weg in die Bank. Dann begann der Termin. Es war Showtime und wir beide glänzten. Jo ging ganz auf in seinen Erzählungen rund um die Lama-Zucht und die Unterbringung der Seminargäste. Mein Part war dann der Garten und die Rund-um-die-Uhr-Videobewachung der Pflanzen und die Möglichkeit, einen virtuellen Garten auf Distanz anlegen zu können. Schließlich stellte ich die Pläne zu Kochkursen und Catering und Jo die Idee von Schreibseminaren vor. Am Ende des Gesprächs war klar, dass die Bank uns unterstützen würde. Sie waren hin und weg von der Präsentation.

»Das müssen wir feiern«, schlug Jo nach dem Banktermin vor. »Willst du?« Er wirkte zurückhaltend und schüchtern, wie ich ihn gar nicht kannte.

»Dort drüben ist ein Café.« Ich zeigte auf die gegenüberliegende Seite der Fußgängerzone. Jo bestellte eine Flasche Sekt.

»Wir haben heute eine Unterschrift für unsere Zukunft geleistet«, sagte ich. »Wie fühlst du dich jetzt?«

»Gut. Voller Vorfreude«, antwortete er. Der Kellner brachte den Sekt, öffnete die Flasche an unserem Tisch und schenkte uns ein. »Lass uns anstoßen.«

»Wie du weißt, war ich bis vor Kurzem noch verlobt …« Er nickte.

»Darüber würde ich jetzt lieber nicht sprechen wollen. Es gehört neben meinen eigenen Fehlern zu den Dingen, die ich gerne vergessen möchte«, unterbrach mich Jo.

»Ich will damit nur sagen, dass mir bewusst wurde, dass ich sehr klare Vorstellungen von meiner Hochzeit und von meinem Leben habe«, fuhr ich fort. »Die Zeit für Kompromisse ist vorbei. Ich weiß endlich, wer ich bin und was ich will. Und mir ist klar geworden, dass ich dich in meinem Leben will. Und jetzt können wir sagen, wir kennen uns nicht lange genug. Aber ich glaube nicht, dass das stimmt. Wir wissen beide sehr genau, wer wir wirklich sind.« Ich spielte an dem metallenen Sektverschluss herum, bis ich ihn in eine runde Form gebracht hatte. Dann stand ich auf und tat etwas, das ich nie für möglich gehalten hätte. Ich ging vor Jo in die Knie. »Ich weiß, was ich will und ich weiß, mit wem ich es will. Willst du mich heiraten?«, fragte ich. Jo antwortete nicht. Die Sekunden verstrichen und ich hatte das Gefühl, jeder andere Gast im Café blickte zu uns. Aber alles, was Jo tat, war, hin und wieder zu blinzeln und mich anzusehen. »Willst du mich auf einem kleinen Bauernhof, im Garten, zwischen Blumenbeeten und umringt von wenigen Gästen heiraten? Es wird kein WLAN geben und auch keine Musik. Ich will die Vögel hören und die Bienen. Ich werde ein Second-Hand-Kleid tragen und unsere Ringe werden aus recyceltem Altmetall sein.« Mehr konnte ich nicht sagen. Er hatte mich gehört, jetzt lag es an ihm, ob er wie Rosa seinerzeit glaubte, noch zu jung zu sein.

»Apropos Ring«, sagte er. »Wann steckst du ihn mir an?« Er nickte zu dem selbstgeformten kleinen Reif, den ich symbolisch in der Hand hielt.

»Sobald du *Ja* sagst«, antwortete ich und mir versagte die Stimme, so gerührt war ich.

»Das habe ich doch längst«, sagte er und beugte sich zu mir und küsste mich.

Ellas Rezepte: für ca. 2 Personen

Als Ella Ben zum ersten Mal in seiner neuen Wohnung besucht, kochen sie gemeinsam ein gesundes »Fast-Food-Menü« Ungefähr so könnte das Rezept dazu aussehen:

Fast-Food-Menü
bestehend aus Hot Dogs, Süßkartoffelpommes, karamellisierten Zwiebelringen, Gurkenrelish, selbstgemachtem Dip

Zutaten:
4 Aufbackbrötchen

2 Süßkartoffeln
5 EL Öl
Salz und Pfeffer

4 Karotten
1 EL Öl
250 ml Gemüsebrühe
2 EL Sojasauce
1 EL heller Essig
1 TL Paprikapulver
1 TL Thymian
1 TL Agavendicksaft

2 Zwiebeln
Öl
Zucker
4 Essiggurken

4 EL vegane Mayonnaise
2 EL Ketchup
1 TL Senf
Salz und Pfeffer

250 g pflanzliches Joghurt
Kräuter, z.B. Schnittlauch
Salz und Pfeffer

Heize zuerst das Backrohr auf 200 Grad Heißluft vor.

Schäle die Süßkartoffeln und schneide sie in Streifen. Sammle sie in einer Schale. Gieße das Öl darüber und würze mit Salz und Pfeffer. Vermische alles mit den Händen, damit sich Öl und Gewürze gut auf den Süßkartoffeln verteilen. Wenn der Ofen seine Temperatur erreicht hat, schiebe ein Blech auf der mittleren Schiene ein und verteile die Pommes gleichmäßig. Nach etwa 10 Minuten wendest du sie. Nach etwa 20 Minuten sind sie fertig.

Nimm die Aufbackbrötchen zur Hand. Informiere dich über die Dauer der Backzeit und lege sie gegen Ende der Backzeit zu den Süßkartoffelpommes, damit alles gemeinsam fertig ist.

Schäle nun die Karotten und schneide die Enden ab. Das Öl in der Pfanne erhitzen und die Karotten von allen Seiten scharf anbraten. Wenn sie rundherum eine goldene Farbe angenommen haben, mit der Gemüsebrühe aufgießen. Gib nun einen Deckel auf die Pfanne, reduziere die Hitze und lass die Karotten leise dünsten. Nach etwa zehn Minuten sind sie fertig. In der Zwischenzeit bereitest du in einem möglichst flachen Behälter die Marinade aus Sojasauce, Essig, Agavendicksaft, Paprikapulver und Thymian vor. Wenn die Karotten fertig sind, legst du sie in die Marinade und übergießt sie gelegentlich damit. Sei mit den Karotten vorsichtig, sie können brechen, sie sind sehr weich. Diesen Arbeitsschritt kannst du auch schon am Vortag erledigen und die Karotten im Kühlschrank ziehen lassen.

Schäle nun die Zwiebeln und schneide sie in Ringe. Erhitze das Öl in der Pfanne und brate die Zwiebeln zuerst scharf an und reduziere dann die Hitze, um die Zwiebeln zu schmoren, bis sie braun und weich werden. Wenn du willst, kannst du etwas Zucker über die Zwiebeln streuen und ihre Süße damit unterstreichen.

Schneide die Essiggurken in Ringe oder Würfel.
Mische die vegane Mayonnaise, Ketchup und Senf, und würze mit Salz und Pfeffer.

Mische das vegane Joghurt mit Kräutern deiner Wahl und schmecke mit Salz und Pfeffer ab.

Schneide die fertigen Brötchen auseinander, achte darauf, sie nicht ganz durchzutrennen. Bestreiche nun die Ober- und Unterseite mit der selbstgemachten Sauce, lege die Karotte ein, beträufle sie mit der Marinade, gib Zwiebelringe und Gurken darüber und lege den Hot Dog auf einen Teller. Richte die Süßkartoffelpommes daneben an und reiche einen Klecks Kräuterdip dazu.

Ella lädt Jo zu einem Grillabend zu sich nach Hause ein. Ungefähr so könnte das aussehen.

Grillabend
bestehend aus Salat, Stockbrot, Blumenkohl-Steaks, Zucchini-Paprika-Spießen, Ofenkartoffeln, Knoblauch-Dip, Pfirsichen mit Kokosjoghurt

Zutaten:
250 g Mehl
1/2 Pkg. Trockenhefe
125 ml warmes Wasser
1 EL Öl
1 TL Salz

grüner Blattsalat
5 Cocktailtomaten
1/2 Gurke
Essig und Öl

Salz und Pfeffer

1/2 Blumenkohl
Olivenöl, Salz und Pfeffer

1 Zucchini
1 Paprika
Spieße
Olivenöl, Salz und Pfeffer

6 Kartoffeln (vorwiegend festkochend)
Olivenöl
Rosmarin
Salz und Pfeffer

1/2 vegane Mayonnaise
Getreidejoghurt
4 Zehen Knoblauch
1/2 Bund Schnittlauch
Salz und Pfeffer

4 Pfirsiche
8 Holz- oder Metallspieße
brauner Zucker
Kokosjoghurt
1/2 Zitrone

Bereite als Erstes den Hefeteig für das Stockbrot zu. Mische alle Zutaten und knete den Teig zu einer glatten und geschmeidigen Kugel. Lass den Teig in einer mit einem Tuch abgedeckten Schüssel etwa eine Stunde an einem warmen Ort gehen. Wenn der Teig fertig ist, nimmst du etwa eine Hand voll, rollst den Teig zu einer Kugel und formst dann eine Schlange und wickelst sie um einen sauberen Stock. So kannst du Stockbrot über dem offenen Feuer grillen. Nicht in die Flamme, nur über die Hitze halten. Du kannst die Kugel, anstatt eine Schlange zu formen, auch zu einem Fladen pressen. Es ist dann zwar kein klassisches Stockbrot, eignet sich aber bestens für den Grillrost eines Gas- oder Kontaktgrills. Notfalls können die Fladen auch in einer heißen Pfanne gebacken werden.

Wasche den Salat und zupfe die Blätter in mundgerechte Stücke und wirf sie in eine Schüssel. Wasche die Tomaten und schneide sie in Scheiben und gib sie zum Salat. Schäle die Gurke und schneide sie in Scheiben oder Würfel und gib sie zum Salat. Die Marinade aus Essig, Öl, Salz und Pfeffer bereitest du erst beim Servieren zu und gibst sie ganz frisch darüber.

Heize das Backrohr auf 200 Grad vor und schäle die Kartoffeln. Schneide sie in Spalten und sammle sie in einer Schüssel. Mariniere sie mit Öl, Rosmarin, Salz und Pfeffer. Verteile sie dann auf einem Backblech und gib sie für zwanzig Minuten in den Ofen bis sie an den Kanten knusprig braun werden.
Schneide den Blumenkohl in etwa einen Zentimeter dicke Scheiben und lege sie auf einer Servierplatte oder

einem großen Brett aus. Die äußeren Röschen werden abfallen, diese kannst du trotzdem verwenden. Bestreiche die Scheiben und einzelnen Röschen nun mit Olivenöl und würze sie mit Salz und Pfeffer. Drehe sie vorsichtig um und wiederhole alles auch auf dieser Seite. Stelle die Steaks nun beiseite, bis du zu grillen beginnst. Sie sind in etwa zehn Minuten fertig.

Schneide die Zucchini und die Paprika in grobe Stücke und sammle sie in einer Schüssel. Mariniere sie mit Olivenöl, Salz und Pfeffer. Mische alles gut durch und verteile die Stücke abwechselnd auf Holz- oder Metallspieße. Stelle die Spieße zur Seite, bis du zu grillen beginnst. Sie sind in etwa zehn Minuten fertig.

Schäle den Knoblauch und schneide ihn in kleine Stücke, du kannst auch eine Knoblauchpresse verwenden. Vermische nun das Getreidejoghurt mit der veganen Mayonnaise, dem Knoblauch, Schnittlauch, Salz und Pfeffer und reiche den Dip zu den Kartoffeln, Blumenkohl und Gemüsespießen.

Die Pfirsiche waschen, halbieren, den Stein entfernen und an den Schnittflächen mit braunem Zucker bestreuen und auf einen Holz- oder Metallspieß stecken. Erst frisch vor dem Verzehr mit der Schnittfläche nach unten auf den Grill legen. Wenn davor Gemüse gegrillt wurde, ist es sinnvoll, den Grill kurz mit einer Bürste zu reinigen, damit es zu keiner geschmacklichen Beeinträchtigung kommt.

Die Pfirsiche sind nach etwa zehn Minuten fertig. In der Zwischenzeit das Kokosjoghurt mit etwas Zucker und Zitronensaft mischen und in zwei kleine Schalen füllen. Den gegrillten Pfirsich kopfüber in den Dip stecken und mit der goldenen Grillseite nach oben schauend servieren.

Als Rosa eines Morgens bei Ella vor der Tür steht, macht Ella sich gerade Frühstück und bietet auch Rosa etwas davon an. Ungefähr so könnte das Rezept aussehen.

Hirsebrei mit Tomaten und Avocado

Zutaten:
150 g Hirse
300 ml Gemüsebrühe
1 Tomate
1 Avocado
1/2 TL Kurkuma
1/2 TL Koriander

Die Hirse in einem Sieb waschen und in einen Topf geben. Die Gemüsebrühe dazu gießen und zum Kochen bringen. Die Hitze immer weiter reduzieren und laufend umrühren. Solange kochen, bis die Flüssigkeit vollständig aufgenommen ist. Das dauert etwa zwanzig Minuten. In der Zwischenzeit die Avocado halbieren, den Kern entfernen und aus der Schale lösen. Dann in

Würfel schneiden. Die Tomate waschen und in Würfel schneiden. Die Gewürze, Tomate und Avocado unter den fertigen Hirsebrei rühren. Es kann jederzeit auch anderes Gemüse verwendet werden. Wer den Hirsebrei lieber süß mag, verwendet statt Gemüsebrühe Wasser oder Getreidemilch und kocht zwei gewürfelte Datteln oder eine Handvoll Rosinen mit. Am Ende wird frisches Obst nach Wahl untergemengt. Es eignen sich Bananen, Erdbeeren, Himbeeren, Äpfel, Birnen, Trauben etc.

Bevor sie mit Jo zur Besichtigung des Gutshofs aufbricht, frühstücken die beiden zusammen. Ella richtet Schmorgemüse auf einem Vollkornbrot an. So kann es funktionieren.

Schmorgemüse auf Vollkornbrot

Zutaten:
1 Zwiebel
2 Karotten
1 Fenchel
Öl
Salz und Pfeffer
Vollkornbrot

Die Zwiebel schälen und würfeln. Öl in eine Pfanne gießen und erhitzen, die Zwiebel zugeben und anschwitzen. Die Karotten schälen, Enden abschneiden, in Ringe schneiden und in die Pfanne geben. Den Fenchel vierteln, säubern und in Würfel schneiden und ebenso in die Pfanne geben. Alles anbraten und würzen, dann die Hitze reduzieren und einen Deckel aufsetzen. Unter häufigem Rühren langsam weich dünsten. Nach etwa fünfzehn Minuten ist das Gemüse fertig. In einer anderen Pfanne die Brotscheiben für ein oder zwei Minuten rösten. Zuerst das Brot auf einen Teller legen, dann mit Gemüse toppen.

Bei Jo zu Hause hilft Ella seiner Mutter, Schnitzel und Pommes zu machen. Und so geht es.

Schnitzel und Pommes

Zutaten:
2 Zucchini
Wasser
Mehl
Brösel
Salz und Pfeffer

6 Kartoffeln (vorwiegend festkochend)
Öl
Salz
Ketchup
Als Erstes das Backrohr auf 200 Grad vorheizen. Die Kartoffeln schälen und in Stifte schneiden. In einer

Schüssel mit Öl und Salz mischen und auf der mittleren Schiene für etwa 20 Minuten im Backrohr backen. In der Hälfte der Zeit wenden.

Die Zucchini waschen und in einen Zentimeter dicke Scheiben schneiden und nebeneinander auslegen. Auf beiden Seiten salzen und pfeffern. Dann beidseitig in Mehl wenden. Dann Ei-Ersatzpulver mit Wasser anrühren, salzen und pfeffern und die Zucchinischeiben darin kurz schwenken und zum Schluss in Bröseln wälzen. In der Geschichte nimmt Ella, in Ermangelung von Ei-Ersatz einfach Wasser, das geht im Notfall auch. Als Alternative funktioniert auch Wasser mit etwas Stärkemehl. Die panierten Zucchinischeiben in Fett herausbacken. Eine Fritteuse funktioniert genauso gut wie eine Pfanne. Wer auf das Fett verzichten möchte, kann die panierten Zucchinischeiben auch im Backrohr backen. Es eignet sich auch anderes Gemüse als Schnitzel-Alternative. Aubergine zum Beispiel. Auch Selleriescheiben schmecken toll, diese müssen aber für etwa zehn Minuten in Salzwasser weichgekocht werden. Ebenso können Parasolpilze oder auch Champignons sehr gut paniert werden.

Als Ella und Ben sich verloben, bereitet sie im Anschluss ein Frühstück mit dem zu, was sie in Bens Küche findet.

Gemüseomelette

Zutaten:
6 Cocktailtomaten
1 Zwiebel
2 EL Mehl
1 Tasse Getreidemilch oder Wasser
1/2 TL Kurkuma
1/2 TL Koriander
Salz und Pfeffer

Die Zutaten reichen für zwei Omelettes, die entweder hintereinander ausgebacken werden oder gleichzeitig in zwei Pfannen. Die Angaben gelten für zwei Portionen. Das Öl in die Pfanne geben und erhitzen. Die Zwiebel schälen, würfeln und anschwitzen. Die Tomaten in Scheiben schneiden und dazugeben. Mit Kurkuma, Koriander, Salz und Pfeffer würzen und weich dünsten. In der Zwischenzeit das Mehl mit etwas Salz in einer kleinen Schüssel mit der Flüssigkeit vermengen und mit einem Schneebesen glattrühren, damit es keine Klümpchen gibt. Wenn die Konsistenz breiig ist, mehr Flüssigkeit zugeben. Sollte der Teig zu flüssig sein, mehr Mehl einstreuen. Dann über dem Gemüse verteilen und die Temperatur hochdrehen. Sobald die Ränder beginnen zu stocken und der Teig an der Oberfläche langsam Blasen wirft, vorsichtig mit einer großen Bratschaufel wenden. Die Temperatur nun zurückdrehen und auch auf dieser Seite fertig backen.

Als Ella in ihre Wohnung spaziert, bereitet sie mit Gemüseresten, die sie findet, ein schnelles Essen für sich zu. So könnte das aussehen.

Ofengemüse

Zutaten:
TK-Packung Sprossenkohl
2 Rote Beten
Öl
Salz und Pfeffer

Das Backrohr auf 200 Grad vorheizen. Den Sprossenkohl in eine Schüssel geben und in der Mikrowelle antauen. In der Zwischenzeit die Roten Beten waschen, an unschönen Stellen schälen, ansonsten mit Schale verwenden. Die Knolle vierteln und in Scheiben schneiden. In eine Schüssel geben und mit einem EL Öl marinieren und mit Salz und Pfeffer würzen und auf eine Hälfte des Backbleches verteilen. Danach die aufgetauten Kohlsprossen halbieren und zurück in die Schüssel geben, ebenso marinieren und auf die noch freie Seite des Backblechs geben. Das Blech auf mittlerer Schiene in den Ofen schieben und für etwa zwanzig Minuten backen. In der Hälfte der Zeit wenden. Dieses Rezept ist eine Art Universalrezept und funktioniert für fast jedes Gemüse. Einfach in mundgerechte Stücke schneiden, mit Öl und Salz mischen und für etwa zwanzig Minuten backen. Ein gesundes und schnelles Essen, egal, ob Kartoffeln, Spargel, Fenchel, Radieschen, Zucchini, Auberginen, Paprika, Blumenkohl, Brokkoli oder ähnliches.

Gutes Gelingen!

Danksagung

Ich danke Thomas vom Empire-Verlag, für das große Vertrauen und die tolle Zusammenarbeit. Es ist der Traum vom Schreiben, den Du mir erfüllst. Danke.

Ich danke Nicole, die den Kontakt hält und die Dinge im Hintergrund koordiniert und immer erreichbar ist. Deine Whats-App-Nachrichten erinnern mich daran, dass noch viel zu tun ist. Ich danke Dir, dass Du an alles denkst!

Ich danke Peter für das Korrektorat. Du verleihst meinem Buch den letzten Schliff. Vielen Dank für Deine Mühe.

Ich danke Frau Strefford für den Buchsatz. Herzlichen Dank für das genaue Tüfteln.

Ich danke Frau Busch für ihr sorgfältiges Lektorat. Herzlichen Dank, dass Sie sich so sehr in meinen Text hineindenken.

Ich danke meinem Ehemann Matthias, ohne den das alles nicht möglich wäre. Danke, dass Du, wenn es darauf ankommt, alles tust, was nötig ist, um mir den Rücken freizuhalten. Du bist mein Held.

Ich danke meiner Tochter Marla, die meine Geschichten liest und liebt. Vielen Dank für Deine unverblümte Meinung und Deine Fähigkeit, meine Texte mit denen Deiner Lieblingsautorinnen zu vergleichen.

Ich danke meiner Tochter Esther, die immer wissen will, was ich gerade schreibe. Vielen Dank, dass Du mit so vielen Ideen zu mir kommst und mir sagst, was Du gerne von mir lesen möchtest.

Mit euch an meiner Seite kann eigentlich nichts schiefgehen. Ihr seid mein Hafen.

Ich danke meinen Eltern Brigitte und Emil. Ihr seid aller Anfang.

Ich danke meiner Schwägerin Daniela, die Bücher verschlingt. Vielen Dank, dass Du auch meine Bücher liest.

Ich danke meinem Onkel Wolfgang, der immer einer meiner ersten Leser in der Verwandtschaft ist. Das macht mich stolz. Danke!

Ich danke Astrid und Margit und allen anderen, die meine Bücher lesen. Schön, dass Ihr Euch interessiert.

Ich danke meinen engen Freunden Saskia und Ronald, Bernadette und Markus, Christine und Alexander, Andrea und Christian. Ihr seid meine größten Fans. Dafür danke ich Euch.

Ich danke meinen Freundinnen Michaela H., Margit, Ramona und Michaela M. für ihr Interesse an meinen Geschichten. Ich freue mich so, dass Ihr jedes Mal wieder mehr wissen wollt.

Ich danke Maja für ihre Unterstützung. Danke, dass Du meine Bücher sogar in Deinem Laden auflegst. Du bist spitze!

Ich danke Angelika und Christian für die Besuche

und Einladungen und die gewünschten Widmungen. Schön, dass ich Euch kennenlernen durfte.

Ich danke Daniela und Armin für die vielen Urlaube und Treffen und das Interesse an meinen Geschichten. Zum Glück darf ich Euch kennen.

Ich danke Monika, Melanie, Harald und Georg für die Telefonate und Treffen. Danke, dass Ihr noch immer da seid! Das bedeutet mir sehr viel.

Ich danke meinen ehemaligen ArbeitskollegInnen: Gebi, Thomas, Harald, Susanne, Melanie, Jürgen, Matthias, Alexander, Robin, Constantin, Bertram, Andreas, Tobias, Florian, Benni, Irene, Simone, Philipp, Markus, Bernhard, Roman, Nadja, Norbert, Marco, Renato, Mattej, Gerda, Claudia, Lenka, Sandra, Arturo, Lisette, Kerstin, Tanja, Mario, Alexandra, Karin, Anita ... Vielen Dank, dass wir noch immer Kontakt halten.

Ich danke meinen aktuellen LehrgangskollegInnen: Angie, Annette, Kathrin, Marion, Lisa, Alexandra, Claudia, Gökce, Anna, Annett, Claudia und Martin. Ihr freut Euch mit mir und fragt nach und gebt mir ein tolles Gefühl. Danke.

Ich danke Mika für die Unterstützung und Hilfe im Kurs. Ich habe Dich kennengelernt als mein Protagonist Mika aus „Weihnachtsküsse am Leuchtturm" gerade das Licht der Welt erblickte. Zufall? Universum? Ich danke Dir für Deinen Zuspruch.

Ich danke so vielen aus meinem kleinen Örtchen, die meine Bücher lesen. Margit, Andrea, Sandra ... Danke, dass Ihr mich unterstützt.

Ich danke Ulla. Du bist ein Fan der ersten Stunde. Ich danke Dir für Deine große Unterstützung.

Ich danke Saskia, Coco und Thomas. Ihr teilt meine Beiträge regelmäßig. Das ist unglaublich wichtig für mich. Ihr habt keine Ahnung, wie dankbar ich Euch dafür bin.

Ich danke allen, die mir in den letzten Monaten begegnet sind und mir auf die eine oder andere Art mit ihrer Zeit, ihrem Nachfragen oder ihrem Lachen Unterstützung signalisiert haben. Daniela, Doris, Sabine, Kerstin, Coco, Bernd, Barbara, Fleur, Markus V., Markus S., Elisabeth, Ursula ...

Mein größter Dank gilt meinen Leserinnen und Lesern. Ich danke Euch, dass Ihr meine Geschichten mögt, und sie durch Euer Lesen zum Leben erweckt. Ich schreibe für mich und ich schreibe für Euch. Vielen Dank, dass es Euch gibt.

Weitere Veröffentlichungen

Weihnachtsküsse am Leuchtturm
Empire-Verlag, November 2021

Job, Geld … gerade alles etwas schwierig für Nina. Das Start-up, in dem sie eben noch Karriere machte, ging kurz vor Weihnachten pleite. Nun steht sie ohne Arbeit und Einkommen da. Dafür mit einem hippen Loft und viel zu hohen Schulden. Der Traum vom Erfolg – irgendwie zerplatzt.
Verzweifelt und frustriert kauft sie das günstigste Zugticket, das sie finden kann und flieht nach Travemünde, ein kleines malerisches Städtchen an der Ostsee. Barfuß watet sie bei Minusgraden im Meer und landet tatsächlich bäuchlings im Wasser. Einfach eine dumme Idee …
Aber da trifft sie auf Mika, den Leuchtturmwärter mit den silberblauen Augen und komplizierten Ansichten rund um Zero Waste und Nachhaltigkeit. Hals über Kopf verliebt sie sich in den großen, gut gebauten Kerl, der an Zeichen aus dem Universum glaubt. Und anfangs sieht es auch gut aus, eine Privatführung im Leuchtturm, selbstgekochtes Labskaus bei ihm zu Hause. Aber lässt sich Ninas Wunsch nach Erfolg und Luxus mit dem reduzierten Leben im Leuchtturm vereinbaren? Passen zwei so unterschiedliche Menschen wirklich zueinander?
Ein weihnachtlicher Liebesroman, der in der kalten Winterzeit das Herz erwärmt und am Ende ein wohliges Gefühl hinterlässt.

Frühlingsküsse in der Hafenkneipe
Empire-Verlag, Mai 2022

Liebe, Studium … – gerade alles etwas aus der Bahn geraten bei Pia. Ihr Freund, mit dem sie seit einem Jahr zusammen ist, macht mitten im Urlaub an der Ostsee Schluss mit ihr. Nun steht sie da, ganz alleine in Stralsund, mit einem teuren Hotelzimmer im Gepäck, das auf Bezahlung wartet und einem viel zu kleinen Studentenbudget.
Tränenblind stolpert sie in die alte Hafenkneipe und betrinkt sich. Der dort angebotene Aushilfsjob kommt ihr gerade recht. Das Geld kann sie fürs Hotelzimmer brauchen, außerdem sollte Bier zapfen nicht so schwierig sein. Aber weit gefehlt …
Zum Glück kommt Finn, der Barista vom angrenzenden Café, immer wieder vorbei und zeigt ihr den einen oder anderen Kniff. Vom ersten Moment an ist sie verliebt in diesen tätowierten Rebellen, der von Werten wie Mut und Ehre spricht, als stünden sie jedem im Überfluss zur Auswahl. Und gerade als es zwischen den beiden zu knistern beginnt und romantische Stimmung aufkommt, steht plötzlich Moritz, Pias Exfreund, in der Kneipe und will sie zurück.
Ein romantischer Frühlingsroman, der die Zeichen auf Anfang stellt und alles entstehen lassen kann. Eine Geschichte, die nach den kalten Wintertagen endlich Sonne ins Herz bringt und ein warmes Gefühl hinterlässt.